ROWOHLT
BERLIN

Catherine Clément

Martin und Hannah Roman

Aus dem Französischen
von Doris Heinemann

Rowohlt · Berlin

1. Auflage März 2000

Die Originalausgabe erschien 1999 u. d. T.
«Martin et Hannah»
bei Calmann-Lévy, Paris

Umschlaggestaltung Walter Hellmann
(Foto: G + J Fotoservice/Didier Thimonier)
Satz aus der Foundry Old Style PostScript PageOne
Gesamtherstellung Clausen & Bosse, Leck
ISBN 3 87134 400 1

Die Schreibweise entspricht den
Regeln der neuen Rechtschreibung.

Für Anne Schuchman

Freiburg im Breisgau
15. August 1975

«Zum Donnerwetter!»

Die alte Dame kämpfte mit ihrem Regenschirm. Die Schauerböen peitschten ihre runzeligen Wangen, schlugen ihr den Rock um die Beine und verwüsteten die Löwenmäulchen im Garten. Sie drückte auf die Klingel an der Pforte.

In dem kleinen Haus am Ende des Wegs regte sich nichts. Auch der zweite Versuch blieb erfolglos. Erbittert trommelte die alte Dame gegen die Holzlatten und schrie: «Elfride! Elfride! Ich bin da!»

Ein schleppender Schritt. Das Schnappen des Türschlosses. Unter dem Verandadach erschien die andere alte Dame.

«Sie sind es!» Elfride stand unbeweglich da. «So früh hatte ich Sie nicht erwartet, Hannah!»

«Sagen Sie mal, so ein Sturm, mitten im August!»

«Ein Sommergewitter», stellte Elfride fest; sie rührte sich immer noch nicht vom Fleck.

Ihr Blick wanderte über den aufgeweichten Rasen, ihre zerzausten Blumen und die alte Frau mit der Adlernase, den schlammigen Schuhen, den Tränensäcken und diesem immer gleichen Gesichtsausdruck einer eigensinnigen Ziege.

«Ist Ihnen klar, dass es regnet?», erkundigte sich Hannah säuerlich.

Hannah Arendt, die arrogante Jüdin, die Amerikanerin, dachte Elfride. Ob ich sie vorwarne? Nein, soll sie doch auch einmal leiden.

«Warten Sie, ich komme!»

Ein Schirm wurde geholt, absichtsvoll umständlich aufgespannt, dann kam Elfride auf die Pforte zu. Hannah schäumte.

«Sie sind ja pudelnass», sagte Elfride. «Gehen wir. Oh, Verzeihung.»

Kurzes Schirmscharmützel, die Gestänge hatten sich verhakt. Mit einem unwilligen Laut senkte Hannah ihren Schirm.

«Es war doch keine Absicht», seufzte Elfride.

«Gehen Sie vor, ich folge Ihnen», sagte Hannah.

«Wie immer», murmelte Elfride.

Im gleichen Takt trippelten die beiden durch den peitschenden Regen.

Elfride Heidegger, die Deutsche, die Rechtmäßige, dachte Hannah. Die an der Tür wacht und mich nicht hereinlässt. Werde ich ihn endlich in Ruhe sehen können?

«Da wären wir», sagte die Dame des Hauses. «Hängen Sie Ihren Regenmantel auf und ziehen Sie Ihre Schuhe aus. Da sind Hausschuhe...»

«Ja, ich weiß. Wo ist er?»

«Möchten Sie sofort zu ihm?»

«Aber ... Ja, natürlich», antwortete Hannah überrascht.

Sie schlägt es mir von sich aus vor!, dachte sie. Ob er krank ist? Aber dann hätte sie die Gelegenheit genutzt und mich von ihm fern gehalten. Nein. Es muss etwas anderes sein.

«Haben Sie die Flasche bereitgestellt?», fragte sie unvermittelt.

«Welche Flasche?»

«Die er mir für meinen dänischen Preis versprochen hat, natürlich! Sie wissen doch, den Sonning-Preis. Eine gute Flasche Wein. Im Juli schrieb er mir noch ...»

«Davon weiß ich nichts», unterbrach Elfride sie barsch. «Ich brauche Ihnen den Weg ja nicht zu zeigen.»

«Kommen Sie denn nicht mit?»

«Diesmal nicht», sagte Elfride.

Hannahs Herz begann wild zu klopfen. Wie lang war sie nicht mehr mit ihm allein gewesen? Mindestens zwanzig Jahre, oder noch länger? Genau seit ... Ja, seit 1950. Fünfundzwanzig Jahre.

Jedes Mal wenn sie über den Atlantik nach Deutschland gekommen war, hatte Hannah Martin Heidegger besucht. Bei ihm wachte Frau Heidegger.

Immer in der Nähe, nie war man vor ihrem plötzlichen Auftauchen sicher. Sie teilte ihnen die Sprechzeit zu. Und jedes Mal gab Martin nach.

Einmal, ein einziges Mal, hatte sich Martin über das eheliche Verbot hinweggesetzt. 1950 in Freiburg waren Hannah und Martin allein gewesen. Nach Hannahs Emigration, nach der Endlösung, nach der Gründung des Staates Israel. Nach Martins Verurteilung wegen seiner nationalsozialistischen Vergangenheit, seiner Verirrung. Jetzt, fünfundzwanzig Jahre später, sollten Martin und Hannah endlich wieder miteinander allein sein!

Denn seit Frau Heidegger die Wahrheit über Martins und Hannahs ehebrecherische Liebe kannte, war sie auf der Hut. Die Lageraufseherin Heidegger ließ nie nach in ihrer Wachsamkeit. Martin war ein Gefangener im eigenen Heim.

«Gehen Sie nur, meine Liebe», sagte Elfride und verschränkte die Arme. «Nein, nicht im Arbeitszimmer. Hinten am Fenster, im Esszimmer.»

Hannah und Martin

Sanft schloss Hannah die Tür hinter sich.

Er saß vor dem Fenster, eine Decke über den Knien, das ewige schwarze Käppchen auf dem Kopf.

«Guten Tag, Martin, ich bin's! Ein Wetter, bei dem man keinen Hund vor die Tür jagen würde! Wie geht ...»

Er drehte sich nicht um, stand nicht auf, er, der immer so höflich war, fast zeremoniös! Hannah brachte ihren Satz nicht zu Ende, näherte sich ihm zögernd. Schlief er? Nein. Er räusperte sich.

«Ich bin da, Martin!», trompetete sie. «Hinter Ihnen. Direkt hinter Ihnen.»

Keine Antwort. Die alte Dame ging um den Sessel herum.

«Martin», sagte sie leiser, «ich bin's.»

Er kehrte ihr einen unsteten Greisenblick zu. Seine Augen waren ausdruckslos.

«So müde», murmelte er. «Höre nichts mehr.»

«Wie oft haben Sie mir meine laute Stimme vorgeworfen!», rief sie erzwungen fröhlich. «Sie können doch nicht in einem Jahr taub geworden sein, Martin. Haben Sie meinen Brief erhalten? Ich hatte mich für heute angekündigt.»

Er wehrte die Frage mit einer Handbewegung ab und begann zu husten.

«Sie haben sich erkältet», stellte sie fest. «Elfride hat mir gar nicht gesagt, dass Sie krank sind.»

Der Hustenanfall ging in Keuchen über. Martins Mund stand offen, angstvoll starrte er ins Leere.

«Atmen Sie langsam», sagte sie und legte eine Hand auf die Brust des Alten. «Ja, so. So ist es gut, Martin.»

Langsam kam er wieder zu Atem. Dann fuhr er mit der Zunge über die trockenen Lippen, schloss die Augen und schwieg.

«Immer noch diese Asthmaanfälle», sagte Hannah. «Keine Angst, ich werde nicht rauchen. Fühlen Sie sich besser?»

Der Greis lehnte den Kopf gegen die Rückenlehne, er antwortete nicht. Hannah setzte sich ihm gegenüber. Martins Gesicht drückte nichts aus, absolut nichts.

«Na», murmelte sie. «Seien Sie nicht kindisch. Der Anfall ist vorbei. Endlich können wir ganz offen miteinander sprechen.»

Kein Wimpernzucken, nicht die kleinste Regung. Martin war versteinert.

«Sehen Sie mich wenigstens an! Sie sind doch nicht wieder in Ihre Depression verfallen, hoffe ich? Martin! Öffnen Sie die Augen!»

Nur die Hände lebten, sie streichelten die Decke über den Knien.

Deshalb also hat mich seine Frau mit ihm allein gelassen, sagte sich Hannah. Dieses Biest!

«Martin», sagte sie und nahm seine Hände, «Martin, Sie dürfen nicht wieder abgleiten. Ihr Werk ist noch nicht vollendet! Sie sind der größte Philosoph des zwanzigsten Jahrhunderts. Welchen Grund könnten Sie haben, sich in diesen schrecklichen Abgrund fallen zu lassen? Kommen Sie sofort da heraus! Früher schrieben Sie so schöne Briefe über meine Hände, spüren Sie die Wärme nicht mehr? Wo bleibt Ihr Lächeln!»

Nichts. Hannah ließ seine Hände los. Sie hatte Tränen in den Augen.

Nichts mehr schien übrig von diesem wachen Geist, dem romantischen Herzen, das nur sie kannte! War das Genie, das sie ihr ganzes Leben lang geliebt hatte, wirklich nur noch ein Greis mit hängendem Kopf? Nichts deutete darauf hin, dass er sie verstanden hatte. In welche Seinsbezirke hatte sich Martin geflüchtet?

Nein, sie würde ihn nicht diesem Schweigen überlassen. Lautlos vergewisserte sich Hannah, dass Elfride nicht an der Tür horchte. Dann nahm sie wieder ihren Platz ihm gegenüber ein, zog ein Taschentuch aus ihrer Tasche und schnäuzte sich resolut.

«Hör zu Martin», sagte sie. «Ich habe dich lange nicht mehr geduzt. Wir waren nie mehr allein seit … seit unserer letzten Nacht. Ich weiß nicht, ob wir uns wieder sehen werden. Wenn du mich hören kannst, heb einen Finger, bitte.»

Die fleckigen Hände verkrampften sich.

«Vielleicht sehen wir uns zum letzten Mal!», schrie sie. «Du musst es wissen, ich habe nie aufgehört, dich zu lieben! Hörst du, Martin? Nie, seit 1924 in Marburg ...»

Die Hände zu Fäusten geballt, wartete Hannah.

«Als du Nazi wurdest», fuhr sie mit gesenkter Stimme fort, «glaubte ich mich von dir geheilt. Bis Kriegsende habe ich durchgehalten, und dann ... bin ich zu dir zurückgekommen und komme immer wieder zu dir zurück.»

Er hatte sich bewegt. Kaum wahrnehmbar, aber er hatte sich bewegt.

«Du bist da», flüsterte sie. «Ich weiß es. Ich muss es jetzt wissen, Martin. Hast du damals an mich gedacht? Sag, war es, um mich zu vergessen?»

Der Kopf des Alten fiel nach vorn.

«So ist es», sagte sie. «Wir sind uns sehr ähnlich. Ich konnte dich nicht auslöschen. Trotz allem. So ist es eben, ich kann dich nicht nicht lieben. Dir geht es genauso. Oder täusche ich mich?»

Ein schwacher Seufzer.

«Ich bin neunundsechzig, und du noch viel älter», bat sie, «lass mich nicht allein! Gib dir Mühe ... Ich habe dir immer geholfen. Sag mir, dass ich mich nicht geirrt habe. Sag mir, dass ich die einzige Passion deines Lebens geblieben bin, Martin! Sag es!»

Seine Hand hob sich mechanisch und fiel wieder zurück.

«Ach, ich mache mich lächerlich. Mit einem reglosen Greis über Liebe reden! Es hat keinen Sinn! Ich dringe nicht zu ihm durch. Gut, ich gehe.»

Zögernd stand sie auf. Dann beugte sie sich hinunter und drückte scheu ihre Lippen auf die schwarze Kappe. Da fühlte sie, wie zitternde Hände nach den ihren griffen.

«Danke», sagte sie.

So standen sie, hielten sich bei den Händen, als die Tür aufging.

«Nun, sehen Sie?», fragte Elfride. «Und jetzt lassen Sie ihn.»

Hannah antwortete nicht. Sie küsste den alten Mann auf die Schläfe. Plötzlich wandte er sich um. Ein Blick, in dem wieder ein Blitzstrahl war. Ein Aufblitzen, gleich erloschen. Er hustete. Das Käppchen geriet ins Rutschen. Seine Frau eilte zu ihm.

«Sie strengen ihn an», sagte Elfride und rückte die Kappe wieder zurecht. «Gehen Sie hinaus, Hannah.»

Als sie das Zimmer verlassen hatten, blinzelte der alte Mann und streichelte seine Handflächen.

Tür zu, endlich. Sie sind weg. Frei!

Liebe dich immer noch ... Liebe dich noch ... Liebe mich, je ich, je ich ... Sag mir. Mühe! Versuch es! Sag es! Müde, erschöpft. Passion? Nazi, Nazismus, je ich, sie vergessen? Schweigen! Depression, Abgrund?

Nein, nein, gar nicht. Reglos, ja. Sprache verloren. Ergebnis: Kuss, Streicheln, Hände, Berührung, Wonne. Nicht schlecht! Versuch. Wollen, Blick, Blitz, zu schwer … Gescheitert! Kann nicht!

Die beiden, zusammen. Ohne ihn. Harnische, Angriffe, Pfeile. Ziellos. Und dann? Totpunkt. Wurzeln, Eintauchen, Vergangenheit, Seufzer … Verzweiflung. Krieg, Frieden? Grenze; Ödland. Wohin?

Schlafen. Nicht da. Wie tot. Sterben? Aber nein, nicht doch. Warten. Wachen. Standhalten.

«So», sagte Elfride. «Sie mussten es selbst sehen. Martin ist nicht mehr, was er war. Mir hätten Sie ja nicht geglaubt.»

«Das stimmt», antwortete Hannah mit einem Schauder. «Was hat er?»

«Er ist taub geworden. Ist erkältet und abgekämpft. Er sagt fast nichts. Nur einzelne Wörter. Er ist sehr alt, wissen Sie.»

«Und deprimiert», seufzte die alte Dame.

«Deprimiert, Martin? Das war er nur einmal in seinem Leben, 1946, als man ihn ... Na, als man ihm diesen schrecklichen Prozess gemacht hat.»

«Bereinigungsverfahren, Elfride. So hieß das damals. Und ich weiß, dass er oft deprimiert ist.»

«Das ist er nicht, ich sage es Ihnen. Er ist einfach alt geworden, sonst nichts.»

«Sie täuschen sich, wieder einmal», gab Hannah kühl zurück. «Sie haben sich ständig getäuscht. In ihm, in mir, in uns und in Hitler.»

«Ich bitte Sie, Hannah, nicht heute ... Auch ich werde älter. Bleiben wir nicht hier im Flur stehen. Trinken Sie immer noch so gern Kaffee?»

Er ist verloren, dachte Hannah. Wenn Elfride sich so versöhnlich zeigt, dann wird Martin sterben.

«Gehen wir in die Küche», bestimmte die Gattin und legte ihr die Hände auf die Schultern. «Sie müssen sich aufwärmen.»

Elfride zog einen Stuhl vor, holte die Kaffeekanne aus dem Schrank, setzte den Kessel auf, stellte Tassen, Milch und Zucker bereit; jeder Handgriff saß.

«In den letzten Monaten ist er schwächer geworden», erklärte sie. «Der Arzt vermutet einen leichten Schlag, aber das ist es anscheinend nicht. Ich bin die Einzige, die sich ihm verständlich machen kann. Denken Sie nur, nach so vielen Ehejahren ...»

«Ach ja, die Ehe, natürlich», seufzte Hannah.

«Bitte, Hannah, keine Ironie! Inzwischen erschöpft ihn die geringste Anstrengung. Heute Abend zum Beispiel wird er Ihretwegen schlecht einschlafen können. Das weiß ich.»

«Glauben Sie?», fragte Hannah freudig.

«Ganz sicher. Er hängt sehr an Ihnen. Aber es ist zum Erbarmen, Hannah.»

Nie hatten sie so ruhig miteinander gesprochen. Nie hatten die beiden alten Feindinnen in der Küche Kaffee getrunken. Mit ihren vergissmeinnichtblauen Augen musterte Elfride Hannah. Faltig, gebeugt, ergraut und immer noch so schön. Hannah zog die Schultern hoch.

«Sie sprechen von Erbarmen», murmelte sie. «Das verbiete ich Ihnen. Welch eine Beleidigung für Martin! Erbärmlich, er? Dazu ist er zu groß ...»

«Lassen Sie mich damit in Ruhe. Ich bin keine Philosophin und nicht so wortklauberisch wie Sie. Ich empfinde großes Erbarmen und schäme mich dessen nicht. Ich denke nur an meinen armen Martin. Ihn in diesem Zustand zu sehen …»

«Der größte Geist seiner Zeit kann nicht verdämmern», sagte Hannah mit Nachdruck. «Er ist immer noch da, ich fühle es.»

«Nein. Er ist nicht mehr da. Aber er ist immer noch Professor Heidegger, mein Mann. Ob er Sie geliebt hat oder nicht, hat keine Bedeutung. Man wird Sie nie mit seinem Namen verbinden. Sein Werk wird bleiben. Was sein Privatleben angeht … An Sie, Hannah Arendt, wird man sich nicht erinnern. Milch?»

«Auf keinen Fall!» Hannah bebte vor Wut.

«Rauchen Sie immer noch so viel?»

Hannah antwortete nicht. Krieg, bis zum letzten Atemzug.

Elfride

Krieg, ganz entschieden, dachte Elfride.

Hannah hatte die Feindseligkeiten eröffnet, 1950, als sie sich zum ersten Mal wiederbegegnet waren.

Drei Jahre nach Martins Demütigung.

Von der Universität entfernt und seiner Bezüge beraubt, hatte der berühmte Professor Heidegger seinen guten Ruf eingebüßt, weil er 1933 zum Rektor der Universität Freiburg ernannt worden war. Dabei hatte er sein Amt schon zehn Monate später niedergelegt. Nach weniger als einem Jahr!

Wegen eines knappen Jahres war er nach dem Sieg der Alliierten verurteilt worden. 1949 hatte man die Strafe aufgehoben. Und 1950 war Frau Arendt aus Amerika gekommen, um in ihr Eheleben einzubrechen. Ein knappes Jahr, um zur alten Liebe zurückzukehren.

Denn das war klar: Hannah liebte Martin, wie nur Jüdinnen lieben konnten, mit einer Verbissenheit ... Dafür gab es keine Worte. Als Achtzehnjährige, hatte sie da gezögert, ihren Professor, einen siebzehn Jahre älteren Familienvater, zum Geliebten zu nehmen? Nein! Hannah hatte ihn ohne Umschweife verführt. Und als sie mit dem Heiligenschein der Märtyrerin und dem in Amerika erworbenen Ruhm nach Deutschland zurückkehrte, hatte Frau Arendt da gezögert, Martin zu sich zu bestellen? Ebenfalls nein. Martin war unschuldig. Er hatte ihr immer nachgegeben. Er hatte sogar von ihr, seiner Frau, verlangt, Freundschaft mit der ehemaligen Geliebten zu schließen!

O ja, sie wusste, wie man weggeht, diese Hannah. Aber vor allem wusste sie, wie man wiederkommt. All ihre Weltreisen kreisten immer nur um einen Punkt, das Heim der Heideggers. Wenn sie dann wenigstens in ihrem Geburtsland Deutschland geblieben wäre ... Aber nein! Ein stetes Auf- und Abtauchen. Nach Frankreich geflohen, über Spanien und Portugal in die Vereinigten Staaten emigriert, außerhalb von Martins Reichweite. Und plötzlich, raten Sie mal, wer wieder da ist? Die ewige Geliebte.

Nichts hatte sie aufhalten können. Hannah hatte zweimal geheiratet. War Zionistin geworden. Kurz nach dem Krieg hatte sie einen bösartigen Artikel gegen Martin geschrieben, mit der Begründung, er sei überzeugter Nazi gewesen – als hätten nicht alle Deutschen Hitlers Ideen angehangen ... Und dann kam diese Jüdin völlig unbefangen nach Freiburg zurück.

Konnte er sich weigern, sie zu sehen? Dazu hatte er

zu viel Angst! Armer Martin! Er hatte keine Wahl. Mit der aufgeblasenen Großmut der Sieger hatte sich Hannah darauf versteift, ihn zu retten. Es war keine Gegenwehr mehr möglich. Die brillante Hannah Arendt hatte sich in ihrem Haus eingenistet.

In Wahrheit hatte sie sich schon 1924 Zutritt verschafft. Aber das hatte er ihr erst fünfundzwanzig Jahre später gestanden.

Martin war nie ein Ehemann wie alle anderen gewesen. Anfällig. Er war anfällig geblieben. Er brauchte Halt, einen regelmäßigen Zeitplan, Stille, reine Luft, Ruhe. Elfride hatte ihm ein unzerstörbares Nest gebaut. Hier konnte er denken, an seinem Werk arbeiten, wohl behütet. Wer ahnte denn schon hinter der Autorität des großen Philosophen seine Panikattacken, seinen Schrecken, seine Angst vor der Welt? Seine Frau. Niemand sonst.

Als Elfride Martin begegnet war, hatte er sich noch nicht von seinen Jahren im Priesterseminar erholt. Warum zum Teufel hatte er sich auch für den geistlichen Stand entschieden, der so gar nicht zu ihm passte? Elfride, eine Lutheranerin, hatte Martins Leben nur mit Mühe wieder ins rechte Gleis bringen können. In Meßkirch, dem kleinen schwäbischen Ort, in dem Martin zur Welt gekommen war, wurden die Römisch-Katholischen von den Altkatholiken verfolgt. Diese erkannten die päpstliche Unfehlbarkeit nicht an und befürworteten einen deutschnationalen Katholizismus. Sie waren fortschrittlich, mächtig und reich. Meßkirchs Elite. Martins Vater war nur ein einfacher Böttcher und Küster, römisch-katholisch, ohne Besitz, ohne Zukunft. Wenn Martin etwas lernen wollte, blieb ihm keine Wahl als das kleine Priesterseminar in Konstanz zu besuchen, auf Empfehlung des Pfarrers von Meßkirch.

Aber schon in der Kindheit hatte sich Martins träumerische Veranlagung gezeigt, wie seine Familie wohl wusste. Er war mit besten Absichten ins Priesterseminar eingetreten, aber er hatte die Disziplin nicht ertragen. Die Strenge, wie er sagte. Die Stundenpläne, die Kniefälle. Der Katholizismus verlangte das Unmögliche, und Martin wurde von nervösen Herzbeschwerden oder Asthmaanfällen gequält; genau konnte es nicht diagnostiziert werden. Der junge Heidegger habe nicht die gesundheitlichen Voraussetzungen für das Priesteramt, befanden die kirchlichen Würdenträger. Niemand hatte unter seiner Atemlosigkeit das Feuer seiner Gedanken vermutet.

Diese Narren! Luther hatte Recht. Elfride mochte die katholischen Priester nicht, ihre vorgebliche Keuschheit, das Eheverbot und dessen sattsam bekannte Verlogenheit. Endlich von den klerikalen Banden befreit, hatte sich Martin an der Universität eingeschrieben, um Theologie zu studieren, zur gleichen Zeit, als Elfride Nationalökonomie studierte. Dort, im Dämmer der Bibliothek, hatte sie ihn bemerkt. Ein ganz kleiner junger Mann mit ernstem Gesicht und unglaublich zurückhaltend.

Martin hielt den Kopf oft gesenkt, aber wenn er ihn hob, fuhr ein schwarzer Blitz aus seinen Augen. Eines Juninachmittags fiel dieser leuchtende Blick auf Elfride, blitzte auf und war schon wieder verschwunden. Als Martin aufhörte, Elfride so anzusehen, verloren die Linden ihren Duft. Sie würde ihr Leben dafür geben, das Leuchten in den Augen des geliebten Mannes wieder zu sehen.

Er war weder gut gebaut noch blond, noch wirklich schön. Er war schon fast lächerlich klein. Martin, mit seinem gewaltigen Schädel, dem wehrhaften kleinen Schnurrbart, dem herabgedrückten Kinn und den tief liegenden Augen, ähnelte niemand. Mal strahlend, mal melancholisch, schalkhaft in der Liebe, mit lachendem oder verlorenem Blick. Manchmal litt er an Erstickungsanfällen. Martin war eine getriebene Seele in einem untersetzten Körper, dunkles Denken, bedrohtes Atmen, ein Mann, der noch geboren werden musste und sie wortlos um Hilfe gerufen hatte.

Elfride war zur Stelle gewesen. Seinetwegen hatte sie in eine katholische Trauung eingewilligt und damit akzeptiert, dass die Kinder katholisch getauft würden. Sie, eine Lutheranerin! Sie hatte ja gesagt.

Dann begann ihre emsige Fürsorge. Schon als Kind hatte Martin Fußball gespielt, nun fuhr er auch Ski, wanderte, bewegte sich in der frischen Luft, im Freien, im schweigenden Schnee. Sein Körper wurde kräftiger. Erst war er Privatdozent in Freiburg, dann stieg er in der Universitätshierarchie auf. Elfride hatte ihm zwei Söhne geschenkt und ihm ein Schindelhäuschen bauen lassen, eine einfache Hütte auf tausend Meter Höhe. Dort konnte er sich dem Denken hingeben. Martin liebte dieses im Wald verlorene Häuschen ohne fließendes Wasser und Elektrizität. Dieses Refugium beflügelte seine Inspiration.

Die Eheleute und die Kinder lebten in vollkommener Eintracht, Martin arbeitete. Bis Hannah in diese schöne Ordnung einbrach.

Damals hatte Fräulein Arendt offenes Haar, ein ovales Gesicht und melancholische Augen, schwarz wie die von Martin. Ein hübsches Mädchen, das musste man zu seiner Entlastung zugeben. Aber heute! Hannah war nicht wieder zu erkennen. Die Zähne standen schief, und das Haar! Ein Gestrüpp.

Rasch rückte Elfride den Knoten in ihrem Nacken zurecht und lächelte.

«Denken Sie manchmal an die Zeit, als Sie achtzehn waren, Hannah?»

«Und Sie», gab diese gereizt zurück. «Ich kann Sie mir kaum jung vorstellen.»

«Sie haben mir nicht geantwortet.»

«Ich wüsste nicht, was meine achtzehn Jahre hier zu suchen hätten. Es sei denn, Sie möchten mich gern leiden sehen … Aber wir sitzen im selben Boot, Elfride.»

«Ich bin älter als Sie», tönte Elfride.

«Das sollte man nicht meinen!» Hannah lachte auf. «Wo Sie immer so adrett sind mit Ihren geblümten Schürzen … Na gut, wenn es sein muss, gebe ich es zu. Ich bin sehr alt geworden. Sind Sie nun zufrieden?»

«Nein, ich habe Ihnen eine Frage gestellt.»

«Welche war das noch?»

«Das Jahr, als sie achtzehn waren.»

«Mal überlegen … Achtzehn … Ich war in Marburg. Ach! Sie denken an unsere Liaison. Aber Martin hat Ihnen doch 1950 alles gestanden!»

«Nein!», rief Elfride. «Martin konnte sich überhaupt nicht mehr an den Anfang erinnern.»

«Den Anfang wovon?»
«Von Ihnen beiden, natürlich!»
«Eine so alte Geschichte, Elfride.»

Hannah

Wer hatte angefangen? Die Frage der betrogenen Gattin.

Elfride war zur Ehefrau geboren. Sie hatte Martin geheiratet, darüber gab es gar keine Diskussion. Für einen Augenblick verspürte Hannah Sehnsucht nach einem Heim voller Kinder und mit einem einzigen Mann, den sie ihr ganzes Leben geliebt hätte. Aber sie hatte zwei einzige Männer geliebt, und es hatte keine Kinder gegeben. Alles Bedauern war überflüssig.

Wer hatte 1924 angefangen, sie oder Martin?

Schon bevor sie ihn zum ersten Mal sah, hatte sie ihn bewundert. Heidegger - das war kaum mehr als ein Name, aber der Name reiste durch ganz Deutschland wie das Gerücht vom heimlichen König. Das Denken ist wieder lebendig geworden, die tot geglaubten Bildungsschätze der Vergangenheit werden zum Sprechen gebracht, wobei sich herausstellt, dass sie ganz andere Dinge vorbringen, als man misstrauisch vermutet hat. Es gibt einen Lehrer; man kann vielleicht das Denken lernen. Er hat es gewagt, die

Akademiker aus ihrem friedlichen Dämmerschlaf zu schrecken, die ursprünglichen Fragen zu stellen, die reinsten, die neuesten, die unter Jahrhunderten des Vergessens begraben gewesen waren.

Er hatte noch nicht viel veröffentlicht, aber von ihm erwartete man den Anbruch einer neuen Epoche. Seine Art zu lehren sei völlig ungewöhnlich, wurde erzählt, anfangs verstehe man kaum etwas, aber dann reiße er den Geist in eine unvergleichliche Begeisterung hinein. Die Amtsphilosophen blickten übrigens auf ihn herab. Ein gutes Zeichen. Man lebte in einem Zeitalter des Verfalls, Deutschland konnte sich von der Niederlage von 1918 nicht erholen, die Weimarer Republik wurde kaum mit der Armut und der Verbitterung fertig, und dieses kommende Genie hob den Deckel, den man dem Denken übergestülpt hatte.

Das hatte Hannah immer wieder gehört und sich daher eine Art griechischer Gottheit vorgestellt, einen ein wenig gealterten, leicht verrückten Dionysos, von der Philosophie berauscht wie der Gott vom heiligen Wein. Mit achtzehn Jahren hatte sie einen Entschluss gefasst. Sie würde ihre Heimat, Preußen, verlassen, sich zum ersten Mal von ihrer Mutter trennen. Die Philosophiestudentin Hannah Arendt würde nach Marburg gehen, um Professor Heidegger zu hören.

Sie war überrascht, wie jung er war. Das heißt, so jung war er auch wieder nicht. Fünfunddreißig, vielleicht älter, wohl an die vierzig. Klein, eher dunkel, matte Haut, gewelltes Haar, ein Zigeuner. Und doch wirkte er ordentlich. Seine gebügelten Hemden, die maßvollen Gesten, die wohlgeformten Beine in den Kniestrümpfen. Denn eigentümlicherweise trug Professor Heidegger nicht den an der Universität üblichen Gehrock, sondern erschien in Knickerbockern und brauner Jacke mit aufgestickten Edelweiß auf dem Revers. Wie ein Dorfdichter hätte er gewirkt, wären da nicht manchmal das flüchtige Lächeln am Wendepunkt eines Satzes und das dunkle Leuchten seiner Augen gewesen.

Der Professor verblüffte seine Hörer mit der unfehlbaren Gelehrsamkeit, die aus allen seinen Worten sprach. Das war der erste und für die Unwissenden niederschmetternde Eindruck. Dann gewöhnte sich das Ohr an die Mysterien der verlorenen Texte: Die Hörer tasteten sich in ein neues Reich vor. Er verlieh dem Gedanken neue Eindringlichkeit, gab den Wörtern ihre Kraft zurück. Wie brachte es dieser Magier nur fertig, das Eigentliche in der gewöhnlichsten Alltagssprache aufzuspüren? Wie ein Wünschelrutengänger des Geistes wusste dieser Professor die Quelle der von ihrer dicken Kruste befreiten deutschen Sprache zum Sprudeln zu bringen. Sorgsam zog er die verdorrten Wurzeln aus den Wörtern, pflanzte sie ein, ließ sie wachsen, leben.

Wo beispielsweise die anderen deutschen Philosophen über die Dekadenz schwatzten, beschränkte sich Professor Heidegger darauf, das Wort in seine Bestandteile zu zerlegen – De-kadenz – und mit einem Mal tauchte die gute alte Kadenz wieder auf. Die Dekadenz war ein Verfallen der Zeit, das hatte man schon vergessen, und nun erinnerte man sich dessen wieder. Man darf nicht aus der Zeit fallen, wenn man die De-Kadenz vermeiden will.

Oft wurde der Professor von seinem eigenen Zauber mitgerissen. Die unsichtbare Wünschelrute, von der er sich bei seiner Arbeit leiten ließ, geriet in Schwingungen, seine Rede erhob sich zu einem Flug, wurde zum Gedicht, unbezähmbar ... Es war, als erwache er zum Denken, und in jenen Augenblicken gab man sich entweder hin oder man war verloren. Hannah hatte sich hingegeben.

Später hatte ihr Martin gesagt, sie sei ihm von Anfang an aufgefallen. Aber keinen Moment lang hatte Hannah seinen Blick auf sich ruhen gespürt, denn, das wusste jeder, der Professor schaute seine Studenten bei seinen Vorlesungen nicht an. Er behielt seinen Blick für sich oder für die Wolken hinter dem Fenster. Manchmal, ja manchmal fing sie einen dieser Blitze auf, die sie seinen Gedankenabenteuern zuschrieb. Er glitt über sie hinweg und erlosch. Unmöglich, den Blick des Professors zu erhaschen; genauso gut hätte man der Sonne ins Gesicht starren, sich die Hornhaut versengen, blind werden können. Oder dumm. Hannah beschränkte sich aufs Zuhören und Mitschreiben.

Und da sie nicht um das Gespräch zu bitten wagte,

das jeder Student mit seinem Meister zu führen hat, lud sie der Professor schließlich selbst ein, mit etwas gespreizter Höflichkeit.

Sie hatte an jenem Tag wohl einen modischen Hut getragen; immer hatte Martin sie an diesen Hut erinnert. Er hatte nichts Besonderes an sich, außer, dass er klein war, aus Filz und eng am Kopf anlag. Der letzte Schrei. Der Professor also hatte erst diesen glockenförmigen Hut gesehen und dann Hannahs Regenmantel. Dann hatte er ihr betört zugelächelt. Dieser so seltene Blick hatte sich auf sie gerichtet und sie nicht mehr losgelassen. Seltsam, Hannah hatte überhaupt keine Erinnerung mehr an ihr Gespräch damals, in seinem Arbeitszimmer in der Marburger Universität.

Das war aller Anfang Anfang, die Unmittelbarkeit des Seins. Wie hätte sie mit ihren achtzehn Jahren widerstehen können? Sie hatte es gar nicht erst versucht. Martin war unwiderstehlich.

Heidegger war verheiratet? Was ficht das die Helden an? Damals hatte es sich Hannah mühelos einreden können: Ihre Liebe gehorche keinem menschlichen Maß. Die gewöhnliche Ordnung der Dinge war die der gewöhnlichen Ehefrau, die das auf Erden gefangene Genie nur behinderte, furchtbar behinderte.

In Hannahs Augen blieb Martins Ehe ein tragischer Irrtum, Verursacher der Katastrophe, die nach Kriegsende über ihn hereingebrochen war. Denn Martins Nazismus war Elfride.

Lange vor Martin hatte sie sich entschieden. Schon 1920, als Hitler noch irgendein terroristischer Volksverhetzer war, war Elfride der nationalsozialistischen Partei beigetreten; sie war eine Nazisse, eine echte. Elfride hatte *Mein Kampf* gelesen. Sie wusste alles über Hitlers Judenhass. Elfride hatte die Wut des Führers vorausgeahnt, herbeigewünscht. Eine Preußin, pedantisch, nationalistisch, rassistisch. Armer Martin.

So war die rechtmäßige Angetraute. Eifersüchtig, jähzornig und immer da. Kleinlich. Antisemitisch sowieso. Und die wollte Genaueres wissen?

Zigarette. Seit sie die Schwelle dieses Hauses überschritten hatte, hatte Hannah nicht mehr geraucht. Aber angesichts dieser gebieterisch Rechenschaft fordernden Ehefrau ließ es sich nicht durchhalten. Ihre Hände zitterten vor Ungeduld, ihr Fuß klopfte unter dem Tisch, im heftigen Rhythmus ihres rasenden Herzens. De-kadent, dieses alte Herz. Sie musste sie wieder finden, die Kadenz. Feuerzeug, Flämmchen, Rauch, Entspannung.

Durch die Rauchwölkchen sah Hannah den Zorn in den vergissmeinnichtblauen Augen lodern.

«Eine so alte Geschichte!», erboste sich Elfride. «Glauben Sie, ich hätte nicht gesehen, wie Sie ihn eben aufs Haar küssten? Sie werden ihn bis zum Schluss nicht in Ruhe lassen! Sein Leben war vollkommen. Die Vorlesungen, die Familie, die Bücher. Sie müssen ihm nachgestellt haben!»

«Nachgestellt, das ist das richtige Wort», sagte Hannah. «Ich habe ihm schöne Augen gemacht, ihm am Ausgang des Hörsaals aufgelauert und ihm Schlüpfrigkeiten zugeflüstert ... Also wirklich.»

«Ich bin sicher, dass Sie die Initiative ergriffen haben», beharrte Elfride.

«Ach! Gut, reden wir darüber. Ich habe eine Einladung nach der Vorlesung angenommen. Wie es an der Universität üblich war. Ich habe ‹Guten Abend, Herr Professor› gesagt. Und dann habe ich geschwiegen.»

«Das ist noch schlimmer!», rief Elfride. «Und er, was hat er getan?»

«Das weiß ich nicht mehr. Seine Vorlesung für mich weitergehalten, glaube ich.»

«Und daraufhin haben Sie ihn in Ihre Bude eingeladen», sagte Elfride. «Er ist gekommen.»

«Genau so hat es sich nicht zugetragen», lächelte Hannah. «Suchen Sie nicht nach den Anfängen der Liebe, Elfride. Sie sind unauffindbar.»

«Ach ihr!», grollte Elfride. «Ihr habt immer gewusst, wie ihr uns die Männer wegnehmen könnt.»

«Wer, ‹ihr›?»

«Ihr …»

Elfride verstummte. Hannah wartete.

«Sprechen Sie weiter!»

«Studentinnen», beendete Elfride ihren Satz leiser.

«Ja, das ist besser», sagte Hannah.

Bedächtig drückte sie ihre Zigarette aus. Elfride atmete schwer. Hannah beobachtete sie aufmerksam.

«Die Mädchen aus der Stadt», begann Elfride wieder. «Völlig ungeniert. Ich sah sie um ihn herumstreichen … Und er, der Arme, merkte nichts! Sie haben Jagd auf ihn gemacht!»

«Jagd», wiederholte Hannah ruhig. «Ein Jäger jagt. Oder die Polizei. Man jagt ein Wild, sei es Mensch oder Tier. Das führt nicht zur Liebe. Ich weiß das, ich wurde gejagt.»

«Verstecken Sie sich nicht hinter der Judenverfolgung!», schrie Elfride. «Seit ich Sie kenne, hören Sie nicht auf damit. Sieben Jahre Exil im schönen Frankreich, das Sie dann in einem Konzentrationslager interniert hat, Flucht nach Spanien, Einschiffung in Lissabon … Genug! Sie wissen genau, worüber ich sprechen will, Hannah. Ihre Unverfrorenheit. Sie haben vor nichts Angst!»

«Ach», sagte Hannah. «Deshalb bin ich wohl geflohen. Als ich beschloss, ins Exil zu gehen, hatte ich zweifelsohne keine Angst vor dem, was da auf uns zukam.»

«Hören Sie auf!»

Hannah schloss die Augen.

Hannah
Berlin, 1933
Die Flucht

Mutter und Tochter haben je einen Koffer bei sich. Mit dem Taxi haben sie am Abend Berlin verlassen und sind bis zum Gasthaus am Waldrand gefahren. Dort ist der Treffpunkt für all jene, die den Nazis entkommen wollen, eine Hand voll jede Woche. Sie warten, vor sich eine Tasse Bouillon mit Klößchen. Martha Arendt-Beerwald und ihre Tochter Hannah Arendt, zwei Namen auf der Liste der Organisation, die sich um sie kümmert. Es ist höchste Zeit.

Schon vor einem Monat wurde die Studentin Hannah Arendt mehr als eine Woche lang verhört. Und gleich danach ihre Mutter, einige Stunden.

Martha hatte wirklich Pech. Wie schon so oft hatte sie ihre einzige Tochter für kurze Zeit besuchen wollen, und dann kam die Katastrophe. Sie musste sofort fliehen, konnte nicht nach Königsberg zurück, wo ihr Mann, Hannahs Stiefvater, auf sie wartete.

Sie hätten damit rechnen müssen. Seit längerem versteckte Hannah Verdächtige, meist Kommunisten, in ihrer Wohnung. Wenn sie gerade in Berlin war, half ihr Martha, so gut sie konnte. Hannah kann sich auf sie verlassen. In ihrer Jugend hat Martha auf der Seite der Revolutionäre gekämpft.

Hannah wird beschuldigt, Dokumente für die deutsche zionistische Organisation beschafft zu haben, die die Weltöffentlichkeit mit dem wahren Gesicht des neuen Regimes, Hitlers Drittem Reich, konfrontieren will. Gleich nach seiner Wahl hatte der Reichskanzler die ersten Judengesetze erlassen. Weitere sollen folgen. Aber niemand kann glauben, dass der Führer sein Programm nach Geist und Buchstabe durchführen wird.

Glücklicherweise ist der Polizist, der Hannah verhört, noch nicht lange in der für Gegner des neuen Regimes zuständigen politischen Abteilung. Und außerdem ist er nett. Er hat nichts gegen die Juden, die ganze Sache ist ihm sehr unangenehm. Er hat wenig Lust, die besagten Dokumente eingehend zu prüfen. Was sollte er mit diesem sanftäugigen Mädchen anfangen? So jung und schon eine gefährliche Oppositionelle? Aber nicht doch.

Am ersten Tag gab ihr der Polizist Zigaretten, die er aus eigener Tasche bezahlt hatte. Der Kaffee war zu schwach für Hannahs Geschmack; er kochte neuen. Er riet ihr, ihr Geld nicht an einen Anwalt zu verschwenden; er würde schon dafür sorgen, dass sie am

Ende freikomme! Er sagte ihr sogar, die Juden sollten ihr Geld besser behalten, sie würden es noch brauchen. Auf seine Weise leistete der Polizist Widerstand.

Etwa eine Woche behielt er Hannah da. Vielleicht war er ein wenig verliebt.

Seine Kollegen durchsuchten ihre Wohnung, vergeblich. Martha hielt sich gut. Und nun müssen sie fliehen.

Bevor sie das Haus verließen, hat Hannah alle belastenden Papiere verbrannt. Dann hat sie mit ihren Freunden ein letztes Mal groß gefeiert, so sehr, dass sie immer noch ein bisschen verkatert ist.

Sie haben nur einen Koffer als Gepäck. Und wissen vorerst nur, dass sie zur «grünen Grenze» fahren werden, über die auch die anderen fliehen.

Punkt für Punkt ruft sich Hannah den Ablauf des Plans ins Gedächtnis. Der eigentliche Grenzübergang ist Karlsbad, an der tschechischen Grenze. Wenn man den Harz erst durchquert hat, ist Karlsbad nicht mehr weit. Sie werden ein Haus von Freunden betreten, durch die Eingangstür, die in Deutschland liegt. Man wird sie zum Abendessen einladen, und dann werden sie das Haus durch die Hintertür, die in der Tschechoslowakei liegt, verlassen. Die Grenze zwischen dem Dritten Reich und der Freiheit verläuft mitten durch dieses Haus. Die Fluchthelfer sind Deutsche und Nazigegner. Alles scheint ganz einfach zu sein.

Hannahs junger Ehemann ist schon vor wenigen

Monaten geflohen. Als Journalist war er zu bekannt, er wollte nicht warten, bis sie ihn verhafteten. Hannah wird sich später mit ihm treffen, in Paris. Wenn alles gut geht.

Martha zittert vor Kälte. Schließlich ist sie nicht mehr jung.

«Ich verspreche dir, dass du nach Königsberg zurückkehren wirst», sagt ihre Tochter und streichelt ihre Hand. «Weine nicht.»

Plötzlich hat Martha Tränen in den Augen.

Hannah lässt ihre intellektuellen deutschen Freunde Revue passieren. Diese verrückten Denker, die in Hitler die Hoffnung Deutschlands sehen. Benno von Wiese, mit dem sie kurz liiert war. Ein großer Augenblick der Geschichte, sagte er, als Hitler Reichskanzler wurde. Martin, ihre einzige Liebe – er hat nicht gegen die Nürnberger Gesetze protestiert. Professor Heidegger sagt nichts; er nimmt es hin.

«Nie wieder», murmelt sie erbittert.

Von nun an wird sie sich als Jüdin wehren, da man ja die Juden angreift. Das ist neu für Hannah: sie wird sich mit der Judenfrage befassen, an der Basis, in der Organisation. Hannah wird im faktischen Leben handeln. Von den Intellektuellen hat sie genug. Sie sind Verräter.

Es ist so weit. Ein letzter Löffel Suppe, dann erheben sie sich vom Tisch. Es ist dunkel. Sie müssen ihren Koffer nehmen und gehen.

Die Reise war ohne Zwischenfall verlaufen. In Prag hatte man den beiden Damen Arendt bis zur Weiterreise nach Genf weitergeholfen. Hannah hatte die Rückkehr ihrer Mutter zu ihrem Stiefvater arrangieren können. Dann hatte sie den Zug nach Paris genommen, dem gelobten Land der deutschen Flüchtlinge. Das war 1933, fünf Jahre bevor sie auch in Frankreich verraten wurden.

«Sie hatten die Augen geschlossen», sagte Elfride misstrauisch. «Sie dachten an ihn.»

«Wenn Sie wüssten, worin ich mich verloren habe ...», murmelte Hannah. «Es ist sehr merkwürdig. Seit einiger Zeit werde ich immer wieder von der Vergangenheit überfallen. Unzusammenhängende Szenen. Wohl eine Alterserscheinung.»

Elfride warf ihr einen gedankenvollen Blick zu.

«Angeblich läuft im Augenblick des Todes das ganze Leben vor einem ab», sagte sie mit gesenkter Stimme.

«Gedulden Sie sich ein wenig, meine Liebe, noch bin ich nicht tot.»

«Nein, aber mir passiert es auch manchmal. Momentweise. Ich hasse es. Man ist nicht mehr bei sich.»

«Man ist nicht mehr in der Zeit der Uhren», korrigierte Hannah. «Eine andere Kadenz. Nicht unangenehm.»

Elfride beruhigte sich. Hannah sog den Rauch ein und hustete.

«Sie sollten nicht rauchen», wies Elfride sie zurecht. «Nach Ihrem Herzanfall hat man es Ihnen verboten, nicht wahr?»

«An irgendetwas muss man sterben. Geben Sie mir noch ein wenig Kaffee, bitte. Aber im Ernst, Elfride, wissen Sie, dass es zwei braucht für die Liebe?»

Elfride

Diese hoheitsvolle Verachtung, dachte Elfride mit einem Aufblitzen von Hass. Diese Frau hatte ihr nicht nur Martin gestohlen, sie hatte auch noch versucht, es an Berühmtheit mit ihm aufzunehmen ... Das sollte eine Philosophin sein, diese Alte mit dem struppigen Haar? Gewiss nicht! Eine Schülerin von Martin, weiter nichts. Frau Arendt hatte ihren Ruhm nur ihrem Lehrmeister zu verdanken. Und wenn nicht die Niederlage von 1945 gewesen wäre ...

Das Wort «Niederlage» war aus dem deutschen Wortschatz verbannt. Ein für alle Mal sollten die besiegten Deutschen das Wort «Besatzung» verwenden. 1945 war das Jahr des Sieges der Alliierten. Eine Welt, an die Elfride geglaubt hatte, brach zusammen. Und die neue hätte Martin fast unter den Trümmern begraben. Die Druckwelle war von weit her zu spüren, aber es waren nicht die Bomben auf Deutschland, nicht das verwüstete Berlin, das dem Erdboden gleichgemachte Dresden, nicht der Schutt und nicht der Hunger. Ein regloses Nichts.

Die Heideggers waren nicht von den Kugeln getroffen, ihr Haus nicht zerbombt worden, ihre Söhne waren nicht in Russland gefallen. Sie waren unversehrt, aber die Druckwelle hatte Martins Ruf getroffen, tödlich. Bereinigungsausschuss, Vernehmungen, Gericht. Zeugenaussagen, Gegenaussagen. Urteil. Lehrverbot und Streichung der Rente wegen nationalsozialistischen Engagements. Der Name Heidegger war besudelt.

Elfride wusste nicht mehr, wann sie sich geirrt haben sollte. Denn in die Partei war sie schon eingetreten, als sie das einfache Manifest Adolf Hitlers gelesen hatte, dieses Unbekannten, der Deutschland wieder auf die Beine bringen wollte. 1920 hätte noch niemand einen Pfennig auf ihn gesetzt. Damals, als Deutschland sich in den Sümpfen der Demokratie festgefahren hatte, erhoffte sich Elfride eine neue Spiritualität, einen patriotischen Aufschwung. Worin bestand ihr Irrtum? Wann hätte sie verstehen müssen? 1933, als der Führer der nationalsozialistischen Partei gewählt worden war, hatte sich Deutschland demokratisch auf seine Seite gestellt. Hitler war ohne Regelverstoß Reichskanzler geworden. Elfride war stolz, dem deutschen Volk voraus gewesen zu sein. Wo war der Bruch, den sie übersehen hatte?

Auf alle Fälle ging es nicht Martin an. Nichts ging Martin an, außer dem Denken. Aber Elfride war für Ordnung. Im Interesse Martins, Deutschlands, Europas, hatte sie geglaubt …

Nicht mehr daran denken. Nicht in Hannahs Gegenwart. In die Betrachtung der Adlernase versunken, die das Alter noch verlängerte, fragte sich Elfride, welches der schlimmste Moment mit Frau Arendt gewesen war.

1924 hatte Elfride von der ehebrecherischen Liaison nichts geahnt; also auch nicht gelitten. 1945, aus der sicheren Ferne Amerikas, hatte sich Hannah öffentlich gerächt, mit einem Artikel gegen Martin. Wenn sie sich wenigstens mit dieser Verurteilung begnügt hätte! Aber bei Hannah musste man immer auf das Schlimmste gefasst sein. Keine vier Jahre später hatte sie es sich offenbar anders überlegt und Martin wieder gesehen. Damals, 1950, hatte Elfride alles über ihr vergangenes Liebesverhältnis erfahren.

Hannah hatte Martin noch mehrmals besucht. Elfride hatte darauf bestanden, bei ihren Gesprächen zugegen zu sein. Sie hatte Hannahs Briefe zensiert. Sie hatte gekämpft und nach zwei Jahren gewonnen. 1952 hatte Martin nachgegeben. Für zwölf lange Jahre war Hannah verschwunden. Aber sie war hartnäckig, diese Jüdin. Eines Tages war sie wieder nach Freiburg gekommen.

Aber das war nicht das Schlimmste. Das Schlimmste war letztlich, Martin von seiner jüdischen Geliebten am anderen Ende der Welt unterstützt zu wissen. Seine beste Beschützerin war die bekannte, mit Ruhm und dem ihr soeben in Dänemark für ihre Verdienste um Europa verliehenen Sonning-

Preis gekrönte Hannah Arendt. Europa! Fast hätte es ein Europa unter Hitler gegeben. Jawohl, Elfride hatte eine Flasche guten Rheinweins kalt gestellt, wie Martin es von ihr erbeten hatte, um Frau Arendts Preis zu feiern. Aber sie hatte nicht die geringste Absicht, sie mit ihrer Feindin zu öffnen.

Und Martin kniff und tat ihr schön …

Die Angriffe wegen der Nazivergangenheit waren bedrohlich, in Abständen verschwor man sich immer wieder gegen Martin. Das Schlimmste hing mit dieser unabänderlichen und Elfride nur zu bekannten Tatsache zusammen: Seit der Niederlage brauchte er Hannah. Solange sie lebte, würde Hannah sein Werk mit Zähnen und Klauen verteidigen, aus Passion.

Seit 1967 kam Hannah regelmäßig zu ihrer alten Liebe zurück. Und während die beiden Philosophen unsterbliche Worte wechselten, blieben ihr, Elfride, nur die Ausbrüche, die Szenen und die Überwachung. Sie kochte Kaffee und kümmerte sich um den Haushalt.

Wer hätte es sonst getan? Hannah? Dazu war sie nicht fähig, die Arme. Hannah war nur eine Intellektuelle. Und außerdem rauchte sie.

Martin und Hannah. Dass es zwei braucht für die Liebe …

«Fassen Sie sich», sagte Hannah.

«Ich? Ich bin nicht aus der Fassung!», empörte sich Elfride. «Ich finde nur, Sie sind von einer Rüpelhaftigkeit …»

«Weil ich die Dinge beim Namen nenne? Man liebt nicht allein in einer Ecke!»

«Mag sein», sagte Elfride. «Aber eine anständige Frau verführt keinen verheirateten Mann.»

«Ein verheirateter Mann begeht keinen Ehebruch! Nein, Elfride, und wenn Sie sich noch so sehr bemühen, den Tatsachen entkommen Sie nicht. Wenn Martin mich geliebt hat, dann aus freien Stücken.»

«Er hasste kurze Haare. Und Mädchen, die rauchten.»

«Ich war sehr gesittet! Meine Eltern hatten mich gut erzogen!»

«Oh», sagte Elfride leise. «Waren Sie Jungfrau?»

«Himmel», sagte Hannah. «Sie sind vielleicht engstirnig. Nein, ich war nicht mehr Jungfrau. Aber was bedeutet das schon?»

«Das bedeutet, dass er nicht der Erste war!», brach es aus Elfride heraus.

«Er hatte eine Frau, ich hatte einen Liebhaber gehabt. Wir waren ebenbürtig, meine Liebe.»

«Ebenbürtig, ein Mann und eine Frau! Sie träumen!»

«In dieser Frage haben wir unterschiedliche Vorstellungen», sagte Hannah, die Zigarette im Mundwinkel. «Meine ist eher freizügig, und außerdem rauche ich.»

«Sie rauchen, weil Sie nicht in Ihrer normalen Verfassung sind. Sie sind völlig zerzaust ...»

«Zerzaust?» Hannah griff in ihren Haarverhau. «Schon möglich. Bei diesem Sturm ...»

«Ich habe Sie schon eitler erlebt. Diese schlecht zugeknöpfte Bluse, der zerknitterte Kragen ...»

«Verdammt noch mal, Elfride, was für ein Spiel spielen Sie eigentlich? Aus dem Alter für Benimmregeln bin ich heraus!»

«Schon, aber das Äußere zählt. Vor allem, wenn man alt ist. Wenn man nicht völlig herunterkommen will, muss man ...»

«Man muss, man muss ... Was kann man schon gegen einen Körper tun, der sich verabschiedet?»

Sah sie wirklich so aufgelöst aus, wie Elfride behauptete? Hektisch drückte Hannah ihre Zigarette aus, knöpfte die Bluse zu und glättete die Augenbrauen. Aufmerksam beobachtete Elfride die fliegenden Hände.

«Geben Sie sich keine Mühe», sagte sie. «Seit dem Tod Ihres Mannes lassen Sie sich gehen. Natürlich, eine allein stehende Frau ohne Kinder ...»

«Bitte?»

«Ich sagte, dass Sie Witwe sind und kinderlos», setzte Elfride nach. «Traurig.»

«Sie werden mir doch nicht wieder Ihre Kinder um die Ohren hauen!»

«Es sind die Kinder, die Martin mir geschenkt hat! Ihnen hat er nichts …»

«Hören Sie auf! Sie werden ordinär!»

«Aber warum hatten Sie eigentlich keine Kinder?»

Hannah zündete eine dritte Zigarette an und blies ostentativ den Rauch in die Luft.

Hannah

Keine Kinder, kinderlos, Elfrides altes Lied. Die verdorrte Hannah mit den leeren Brüsten. Auf der anderen Seite die deutsche Ehefrau mit dem fruchtbaren Schoß. Elfride hatte ihrem Land zwei gesunde Söhne geschenkt.

Natürlich, ihr Mann, ihre Söhne. Ihr Eigentum, ihr Werk, das sie wie eine Löwin verteidigte. Der Löwe hing seinen Gedanken nach, die Löwin behielt alles im Auge. Das Revier, das Fleisch für die Jungen, die Umgebung und die Gefahr.

Dieser animalischen Tatsache hatte die große Arendt nichts entgegenzusetzen. Ihr philosophisches Werk? Für die Heideggers unbedeutend. Ihr politisches Engagement? Unverständlich. Ihre Bekanntheit? Lästig. Sie würde die Prüfung nicht bestehen, das wusste sie.

Wenn sie das behagliche Haus in Freiburg verließ, beschlich sie manchmal eine gewisse Niedergeschlagenheit bei dem Gedanken, nach New York zurückzukehren, in ihr hektisches Leben, ihr Arbeitszimmer, zu ihrer Schreibmaschine und dem morgendlichen Kaffee. Sie wurde nicht richtig wach ohne diesen bitteren Trank, diese schwarze Droge, die die Welt wiederherstellte. Keine Hellsicht ohne das Aufputschmittel des Tages. Kein Leben ohne Kaffee.

Kaffee, Kaffee und keine Kinder. Zwei Ehemänner, eine Scheidung, Freunde und Bücher. Taxi, Flugzeug, Zug, Motor, Aktion, Reisen, Hin- und Rückreisen. Ein überstürztes Leben, zermahlen wie Kaffeebohnen. Unkontrollierbar, zerhackt, ermüdend.

Früher wirkte dieses Reisen durch die Welt anregend auf den Geist. Bei der Rückkehr, nach der Überquerung des Atlantiks, sobald sie in der Schlange für die Einreisekontrollen stand, dachte Hannah nicht mehr an die Kinder, die sie nicht gehabt hatte. In Amerika war es leichter, nicht Mutter zu sein, und Hannah war jetzt Amerikanerin.

Berühmt. Eine Persönlichkeit, die überallhin eingeladen wurde. Allein in diesem Jahr, 1975, Ansprache bei der Eröffnung der Zweihundertjahrfeier in Boston, Vortrag in Köln und, nicht zu vergessen, ihre Vorlesungen an der New School for Social Research in New York. Im Vorjahr, mitten in der Vortragsreihe in Aberdeen, der Herzinfarkt. Die Demütigung im Krankenhaus, Untersuchungen, Ruhe, Diuretika, Digitalis und was sonst noch alles? Einige Monate Müßiggang. Dann hatte sie in Kopenhagen den Sonning-Preis erhalten. Erschöpft, sie war erschöpft. Und kein Kind als Stab und Stütze.

Sie wurde befragt. Zur Watergate-Affäre, zu Nixons wahrscheinlichem Rücktritt, zum Obersten Gerichtshof der Vereinigten Staaten, den Streiks an den Universitäten, zum Ende des Vietnamkriegs. Ausgerechnet in dem Augenblick, als Hannah nur noch eins wollte, wieder lesen, die deutschen Mystiker, Kant, die griechischen Philosophen, Schluss machen mit den Angelegenheiten der Menschen, diesem ewigen Radau …

Neulich hatte ihr ein junger Mann einen Brief geschickt, um sie seine Meinung wissen zu lassen, bevor sie hinscheide, denn sie komme jetzt in die Jahre, schrieb er ihr. Sie hatte das eigenartige Gefühl, zum lebenden Denkmal zu werden, eine Art Altar, an dem schnell noch geopfert werden musste. Was sollte sie antworten? Ja, ihr Hinscheiden würde nicht mehr lange auf sich warten lassen.

Ihre Freunde wurden älter. Keine Kinder an ihrem Sterbebett, die ihren letzten Seufzer hören würden. Und Heinrich Blücher, ihr zweiter Mann, war tot.

Über den Wolken zwischen Deutschland und New York, gerade als die Sonne am hellen Horizont unterging, dachte Hannah an die alte Sara, die hundert war, als ihr der Allmächtige ein Kind ankündigte. Abrahams Frau hatte dem Engelsboten ins Gesicht gelacht, ein herzhaftes, zahnloses Lachen. Aber schon keimte Isaak im leeren Schoß und die ausgedörrten Brüste der Hundertjährigen füllten sich mit Milch. Und Isaak kam zur Welt. Vielleicht musste man nur herzhaft in die blaue Unendlichkeit lachen, um mit neunundsechzig ein Kind zu empfangen …

Aber dann geriet man natürlich in eine Turbulenz, die Stewardess überprüfte die Gurte, Hannah drückte ihre Zigarette aus und verfluchte das Bocken der Maschine, von dem ihr übel wurde. Schließlich landete das Flugzeug auf der festen Erde, auf der es weder einen Mann noch einen Gott gab, der sie schwängern würde.

Hannahs berühmtem Lachen, das ihre Freunde so liebten, war eine Art Wehmut gefolgt, nicht traurig, nicht fröhlich. Ein Hingenommenes zwischen Leben und Tod, ohne Glanz. Dem Denken bekam das eher gut. Sie lebte nicht in der griechischen Antike, die Zeiten waren vorbei, in denen eine thrakische Magd noch über den einfältigen Philosophen lachen konnte, der so gar nichts über die Wirklichkeit wusste. Hannah lächelte nur noch.

Verloren, der mit ihrem Mann geteilte Alltag. Seit Heinrichs Tod gab es ein Vorher und ein Nachher in ihrem Leben.

Vorher gab es ihren geliebten Mann, ihren Revolutionär, Mitglied der Kommunistischen Partei, der mit der Waffe in der Hand gekämpft hatte. Heinrich, den die Nazis verfolgt hatten, ihre andere große Liebe. Der wundervolle Gefährte, dessen Exil in Amerika sie seit ihrer Einschiffung in Lissabon geteilt hatte. Von 1941 bis 1970, so viele Jahre …

Der unberechenbare Heinrich, der in der Unordnung lebte, voller Einfälle, brodelnd und konfus, aber standhaft. Hannah teilte die Unabhängigkeit mit ihm. Bei Heinrich gab es weder Gebote noch Sanktionen. Keinerlei Verpflichtung, eine freie Liebe. Gemeinsam jeder für sich mit dem anderen.

Und dann kam das Nachher. Elfride hatte den empfindlichen Punkt getroffen: Hannahs Mann war tot und sie allein. Witwe? Nein. Allein. Heinrich und sie hatten keine Kinder.

Wann immer Elfride im Verlauf ihrer ewigen Streitereien auf die Mutterschaft zu sprechen gekommen war, hatte Hannah sie mit den Kriegsgräueln unter Beschuss genommen. Mit der Flucht nach Frankreich, den Entbehrungen der deutschen Flüchtlinge.

Im Allgemeinen genügte Hannahs Internierung im Konzentrationslager von Gurs, um Frau Heidegger zum Schweigen zu bringen. Warum hatte Hannah keine Kinder bekommen? Wegen Hitler. Damit war Elfride matt gesetzt. In die Ecke verwiesen. Sie würde das Feuer wieder eröffnen müssen.

«Darf ich Sie daran erinnern, dass ich mein Leben retten musste, als ich im gebärfähigen Alter war?», gab Hanna bissig zurück.

«Statt vier Jahre mit einem verheirateten Mann zu verbringen, hätten Sie mit einem ordentlichen Ehemann Kinder haben können. An der Zeit hat es Ihnen nicht gefehlt, Hannah. Außerdem haben Sie 1929 Günther Stern geheiratet. Und? Nichts!»

«Sie sollten meinen ersten Mann lieber nicht erwähnen», sagte Hannah ironisch. «Er verabscheut Sie von ganzem Herzen.»

«Stern? Sie wissen doch, dass ich ihn nie gesehen habe.»

«Sie haben ganz entschieden ein kurzes Gedächtnis, Elfride. Sie bewunderten seine Muskeln so sehr, dass Sie ihn einluden, der nationalsozialistischen Partei beizutreten. Und als er Ihnen sagte, er sei Jude, haben Sie ihm den Rücken zugekehrt. Das war in Todtnauberg. Stern war noch Student. Und Sie haben ihn in der berühmten Hütte von Professor Heidegger empfangen. Das habe ich Ihnen schon zwanzigmal gesagt.»

«Und zwanzigmal habe ich Ihnen geantwortet, dass das eine Lüge ist!», schrie Elfride. «Diese Episode hat sich nie zugetragen! Sonst müsste ich mich doch daran erinnern!»

«Er hingegen erinnert sich sehr gut. Er spricht heute noch davon.»

«Unmöglich. Er lügt, um Ihnen einen Gefallen zu tun. Denn Sie möchten mir gern Antisemitismus unterstellen, Hannah! Das stimmt aber nicht. In Wahrheit beneiden Sie mich um meine Kinder. Sie ersticken an Ihrer Eifersucht.»

«Wirklich?» Hannah stieß den Rauch aus.

Irgendwo im Haus stürzte etwas um. Oder jemand.

«Dieses Geräusch», flüsterte Elfride mit völlig verändertem Gesichtsausdruck. «Haben Sie das gehört?»

«Martin!», schrie die alte Dame und stand auf.

«Nein. Bleiben Sie. Ich gehe.»

Schwerfällig setzte Hannah sich wieder. Allein in der Küche, drehte sie die Tasse zwischen ihren Händen und wartete.

Vielleicht träumte Martin schlecht.

Martin
Meßkirch, 1899
Der Uhu

Sonntag. Noch vor der Morgendämmerung. Das Kind steht auf dem Gang und hält die Kerze zwischen den gefalteten Händen. Die Mutter reißt das Streichholz an, hält es an den Docht, berührt ihn. Das Wachs schmilzt, der Docht fängt Feuer. Zwei Flammen vereinigen sich zu einer, tapfer und zart.

«Wie immer, Martin», sagt die Mutter. «Schütze sie und geh.»

Der Junge, schlaftrunkener Hüter des Lichts, geht über den Flur. Die Mutter öffnet die Tür. Draußen der erste Morgenschimmer. Die Flamme leuchtet in der verblassenden Nacht. Hier und da glänzt noch ein Stern. Der Himmel schwankt zwischen Grau und Rosa. Wenn er blau ist, werden die Sterne erloschen sein.

Im Speicher würgt der Uhu an seiner Beute. Am Abend wird der Junge in irgendeiner Ecke das Gewölle finden, dieses klebrige Gemisch aus Knochensplittern und Haaren, das einzige Anzeichen für die Anwesenheit des Uhus. Einmal, im Winter, hat das Kind zwei riesige Kreise gesehen, den starren Blick des Uhus. Seither macht sich der Nachtvogel unsichtbar.

Ein Windstoß! Die Flamme flackert. Wachgeschreckt schützt er sie mit der Hand. Die Flamme richtet sich wieder auf. Lebt, lässt das Wachs schmelzen.

Wie jeden Sonntag streicht der Junge das Wachs nach oben, damit die Kerze länger hält, so lange, bis er die Strecke vom Haus zur Kirche zurückgelegt hat. Es brennt ein wenig an den Fingern. Das Wachs tropft auf seine Hand. Die durchsichtigen Tropfen fließen hinunter und erstarren. Oben auf dem weißen Stab hält sich die Flamme. Gleich wird die erste Glocke läuten ...

Die Sterne verblassen, es wird hell. Das Tageslicht zehrt am Licht der Kerzenflamme. Es ist nicht mehr weit bis zum Kirchenportal. Drei Schritte, zwei, einer ...

«Gut gemacht, Martin», sagt der Pfarrer. «Du bist ein guter Messdiener. Du hast die Flamme bewahrt. Sie hat standgehalten. Und du wirst es auch tun.»

Der Junge atmet tief auf. Danach hat er keine Pflichten mehr. Jetzt setzt sich der Klöppel der großen Glocke über ihm in Bewegung. Von einer Seite zur anderen schwingt sie, der Klang der Bronze ist so nah, dass der Junge unter ihren Schwingungen bebt, unter diesem Hin und Her, das stärker ist als er, ihn emporhebt, an ihm zerrt, unerträglich wird … Er kann nicht mehr. Er hält sich die Ohren zu und rennt, so schnell er kann. Die Stufen zum Altar empor, wo er sich auf die kleine Brücke rettet. Eine Brücke?

Von einem Ufer zum anderen überspannt die blassgrüne Metallkonstruktion den Fluss, der über die Ufer tritt. Die kleine Brücke ächzt im Unwetter. Verängstigt klammert sich das Kind an die Eisenstäbe und beugt sich hinunter. Es ist finster, das Wasser schwillt, ein schäumender Abgrund des Nichts. Der Orkan rüttelt an den Streben, die Brücke schwankt, das Kind taumelt. Nur nicht fallen! Festhalten!

Da! In den Wellen werden zwei glimmende, unbewegliche Kreise sichtbar. Starr, leuchtend, rettend. Die Brücke hält stand. Dank den Augen des Uhus. Und die Morgendämmerung hüllt sie in ihren hellroten Schimmer. Der Fluss fängt Feuer, steht in Flammen. Licht, endlich. Und aus dem Abgrund eine heisere Stimme: «Der Deutsche, in sich selbst zerfallen, uneinig im Geist, zersplittert in seinem Wollen und damit ohnmächtig … kraftlos in der Behauptung des eigenen Lebens … träumt vom Recht in den Sternen … verliert den Boden auf der Erde … Sehnsucht nach einem neuen Reich … neuem Leben!»

Die Stimme eines Uhus, der seine Beute verschlingt. Das Kind gibt dem Sog nach, schwingt sich über das Geländer und springt …

Und brennt, im zermalmenden Magen des Flusses. Ein furchtbarer Schnabel zerhackt sein Gehirn, verdaut sein Denken, würgt es als Gewölle wieder heraus. Nicht nachgeben! Standhalten! Das Kind taucht ein, ringt um Atem. Schwimmt auf ein Ufer zu, zögert, verliert den Grund unter den Füßen, schwimmt zum anderen … Für welches der beiden Ufer soll es sich entscheiden? Welches ist das wahre Ufer des Lebens?

Da ist die Erde, unerklärlicherweise. Das Kind atmet auf. Gerettet. So schwer verbrannt, dass sich die Haut in Fetzen löst. Mit lauten Krachen bricht die Eisenbrücke in sich zusammen.

Martin stöhnt im Schlaf.

Sterne … Verbrannt! Kein Recht. In sich zerfallen. Kraftlos! Den Boden verlieren … Nicht aufgeben! Standhalten!

Er erwacht, schreit, versucht aufzustehen … Elfride!

«Ich bin hier», sagt sie. «Es ist nichts passiert, Martin. Du hast im Schlaf ein Buch heruntergestoßen.»

Sie küsst ihn auf die Stirn.

«Ich bin mit Hannah in der Küche. Wenn du etwas brauchst, ruf mich.»

Elfride

Elfride drückte die Klinke nieder und schloss geräuschlos die Tür.

Nichts war so kostbar wie Martins Schlaf; wenn er schlief, wich die angstvolle Spannung, seine Züge gewannen ein wenig von ihrer alten Festigkeit zurück, und manchmal lächelte er im Traum.

Aber manchmal war sein Gesicht auch angstverzerrt. In der ersten Woche seines Lebens windet sich ein Neugeborenes in Schmerzen, die sich die Mutter nicht erklären kann. So war Martin in seinen Alpträumen. Welche Schrecken verfolgten ihn? Welche Bilder? Wer griff ihn an, ihn oder den anderen, den verfluchten Führer?

Ein ganzes Leben hatte Elfride damit zugebracht, Martin zu beruhigen. Wo war das spitzbübische Funkeln in seinen Augen geblieben, die Begeisterung, die ihn manchmal erfasste, der plötzliche Elan? Elfride wurde nur noch mit dem zufriedenen Seufzer des satten Säuglings belohnt. Unmerklich bewegte sich Martin zu seinem Ausgangspunkt zurück.

Sorgfältig bereitete sich Elfride auf die Rückkehr in die Küche vor, zu ihrer Feindin. Nur keine Eile. Hannah im Ungewissen lassen. Ihr verständlich machen, dass sie auf die Zwischenfälle in Martins Leben kein Recht hatte. Ihr den Weg zu Martins Schlaf abschneiden.

Sie nicht den kindlichen Martin sehen lassen. Ihr Alter gehörte nur ihnen.

Was würde der Eindringling sagen? «Geht es ihm gut?» Oder: «Lebt er noch?» Elfride würde schweigen. «Antworten Sie mir!» Schweigen, Rache.

Sie ging um die Ecke im Flur, diese hässliche Stelle, wo sie sich oft stieß. Die Tür zur Küche stand offen. Hannah saß versunken vor ihrer Kaffeetasse.

Hannah

Königsberg, Januar 1916

Der erste Test

Im Krankenhaus. Martha hält das Mädchen an der Hand und führt es über die Flure zu der Abteilung für venerische Krankheiten. Hannah hat Fieber und starkes Halsweh. Gestern Abend auch noch Nasenbluten. Was würde der Arzt tun? Einen mit einer ätzenden Flüssigkeit getränkten Wattebausch an einem Stäbchen in die Nasenlöcher schieben? Das tut weh, das brennt ... Oder ihr eine Spange mit einer Schraube in den Mund stecken, um den Gaumen zu weiten? Das fühlt sich sehr kalt an und spannt.

«Venerische Krankheiten, was ist das?», fragt das kleine Mädchen.

Die Mutter macht den Rücken steif. Sie hat beschlossen, nie zu lügen. Hannah ist zehn.

«Krankheiten, an denen man sterben kann», sagt sie zu ihrer Tochter. «An einer von ihnen ist dein Vater gestorben.»

«Und ich habe dieselbe Krankheit?»

«Er ist gestorben, weil er nicht rechtzeitig behandelt wurde, mein Herz. Wenn du seine Krankheit hast, wird man dich behandeln, und du stirbst nicht.»

«Also habe ich deshalb Nasenbluten?»

«Nein! Du hast dich erkältet. Mach dir keine Gedanken.»

Hannah macht sich von ihrer Mutter los und geht schneller. Sie beißt die Zähne zusammen, sie wird nicht weinen. Venerische Krankheiten, das Wort muss sie sich merken. Martha holt sie wieder ein, sie sind da.

«Guten Tag, Frau Arendt», sagt der Arzt. «Und das ist also unsere Hannah. Was für große Augen du hast!»

«Aber ich habe ein scheußliches Gerät an den Zähnen», gibt Hannah zurück und öffnet den Mund. «Angeblich kommt es eines Tages raus.»

«Ganz bestimmt! Aber erst mal krempelst du schön deinen Ärmel hoch und hältst mir den Arm hin ...»

«O nein!», schreit Hannah, als sie die Spritze sieht.

«Du wirst gar nichts merken», versichert er. «Mach eine Faust, Hannah. Noch fester.»

Hannah schließt die Augen. In ihren Fingern sind lauter kleine Ameisen. Tränen steigen ihr in die Augen, aber sie darf nicht weinen. Nie.

«Schon passiert», sagt der Arzt. «Öffne die Faust und bleib still sitzen. Du kannst hinsehen, wenn du magst. Ich bin gleich fertig.»

Die Nadel steckt in einer grünlichen Erhebung in ihrer Armbeuge, eine schwarze Flüssigkeit steigt im Glaskolben auf.

«Was ist das?», fragt Hannah.

«Dein Blut. Ich nehme nur ganz wenig. Dir bleiben noch fünf Liter. Stillhalten ...»

Die dünne Nadel tut weh, als sie herausgezogen wird. Das Kind stößt einen schwachen Schrei aus.

«Alles vorbei!», sagt der Arzt. «Siehst du, es war nicht schlimm. Und jetzt den Mull ... Halte den Arm angewinkelt und setz dich brav auf den Hocker da.»

Die Kleine gehorcht, die Finger fest auf die Kompresse gepresst. Man hört keinen Laut mehr von ihr.

Martha seufzt.

«Halten Sie die Testergebnisse für zuverlässig?», fragt sie leise.

«O ja! Völlig! Wir sind sehr zufrieden mit dem von Dr. Wassermann entwickelten Verfahren. Ein großer Fortschritt. In einigen Tagen wissen wir es genau.»

«Und wenn ...»

«Das ist äußerst unwahrscheinlich, Frau Arendt. Machen Sie sich keine Sorgen. Die Untersuchung muss zweimal jährlich wiederholt werden. Aber ich bin sehr zuversichtlich. Die Kleine hat sicher nichts.»

«Sicher», flüstert Martha. «Mein Mann glaubte sich geheilt, als ich Hannah empfing. Und dann ...»

«Wir werden den Test auch bei Ihnen durchführen müssen», unterbricht sie der Arzt. «Vielleicht nicht heute. Wussten Sie vor der Hochzeit von seiner Krankheit?»

«Ja», murmelt sie. «Er hatte mir gesagt, er habe Syphilis gehabt, aber sie sei ausgeheilt.»

«So», sagt der Arzt. «Morgen früh?»

Martha nickt.

Syphilis, sagt sich Hannah. Noch ein Wort, das ich mir merken muss.

«Hannah! Du sollst doch stillsitzen!», ruft der Arzt. «Winkel den Arm wieder an. Sehr gut. In fünf Minuten hast du alles vergessen.»

«Morgen früh um wie viel Uhr?», erkundigt sich Martha.

«Sagen wir um neun», antwortet der Arzt und trägt den Termin ein. «Auf Wiedersehen, Frau Arendt. Auf Wiedersehen, Kleines. So ein hübsches Kind!»

Sie sind auf dem Flur. Martha ist bleich.

«Hat es dir nicht zu wehgetan, mein Herz?», fragt sie.

«Es geht», stöhnt Hannah Mitleid heischend.

«Wir gehen in die Konditorei», verspricht Martha.

Hannah trippelt nachdenklich neben ihr her.

«Syphilis, hieß so Papas Krankheit?»

«Ja, mein Liebes. Ich werde dir erklären, was du tun musst, um sie nicht zu bekommen, ich verspreche es dir.»

«Aber wenn ich sie schon habe, dann von Papa?»

«Du hast sie nicht von Papa bekommen!», ruft die Mutter entsetzt. «Ich werde es dir später erklären.»

«Nein, jetzt!» Hannah stampft mit dem Fuß auf.

«Hannah, hör auf», mahnt Martha. «Wenn du herumzappelst, bekommst du wieder Nasenbluten …»

Das Mädchen beruhigt sich. Das ist das Schlimmste, wenn das Blut aus den Nasenlöchern rinnt.

Hannah

Wie alt war sie, als ihre Mutter Wort hielt und ihr alles erklärte? Vierzehn? Dreizehn? So in etwa.

Bis dahin hatte Hannah das Wort Syphilis noch oft gehört. Syphilis war eine beschämende Krankheit. Die Väter zogen sie sich oft zu, die Mütter selten. Wenn sich jemand angesteckt hatte, sagte er es nicht, weil er sich schämte. Aber man erriet es, wegen seiner Kinder, schwächliche Geschöpfe mit schrecklichen Pickeln, verkrümmten Rücken und kümmerlichen Gehirnen. «Degeneriert» nannte man sie manchmal.

Alle Testergebnisse waren negativ. Aber der Arzt hatte zu zusätzlichen Tests vor einer Eheschließung geraten.

Als aufgeklärte Mutter sprach Martha ohne Umschweife mit ihrer Tochter, als diese ihre erste Regel hatte. Hannah konnte sich kaum vorstellen, dass die Liebe tödlich sein sollte und die Kinder krank.

«Doch, leider», sagte ihre Mutter. «Aus der Liebe zwischen Mann und Frau können Krankheiten entstehen. Venerische Krankheiten.»

«Wie Venus?»

Wie Venus. Aber nur an der Syphilis konnte man sterben. Sie hatte schon Millionen von Menschen in Europa hinweggerafft.

«Auch Frauen?»

Auch Frauen.

Martha beschrieb das Aussehen des ersten Schankers auf dem Penis des Mannes, der so gefährlich war, weil er auch ohne Behandlung schnell wieder verschwand. Man müsse sich den Partner gut aussuchen, wenn es so weit sei.

«Wann?»

«Du bist noch zu jung.»

Hannah wusste also, dass man die Liebe genau im Auge behalten musste, und erkundigte sich eingehend nach ihrem Vater.

Er hatte selbst nicht gewusst, bei wem er sich angesteckt hatte. Paul Arendt hatte als braver Sohn einer liberalen jüdischen Familie sein Junggesellenleben entsprechend den üblichen Gepflogenheiten geführt: Frauen vor der Heirat, damit man die künftige Ehefrau zu befriedigen wusste. Paul war angesteckt worden. Ein einziges Mal genügte. Er war nicht daran schuld. Niemand war schuld.

Aber er war vorzeitig daran gestorben, einen schrecklichen und langsamen Tod. Hannah hatte keine hässlichen Pickel, aber vor ihrer Heirat würde sie sich einem Test unterziehen müssen, hatte der Arzt gesagt.

Der Zeitpunkt kam. Nein, nicht der der Eheschließung, aber der des Körpers, ohne Ehering. Das Spiel mit der Gefahr, der Versuch.

Der erste war ein Junge, bei dem sie nichts zu befürchten hatte. Wenngleich … Er schlief auch mit ihrer besten Freundin, aber bei Anne Mendelssohn bestand keine Gefahr. Und doch hatte Hannah einen flüchtigen Blick riskiert, bevor sie ihre Beine öffnete. Der Junge machte es kurz, Lust fand nicht statt.

Keine Kinder … Die Gefahr lauerte im Dunkel. Absurd, unvernünftig.

Als Hannah Martin kennen lernte, verzog sich die Gefahr. Sie vergewisserte sich nicht, sie dachte gar nicht mehr daran. Martin ließ sich Zeit, die Lust war groß. Und dann, vom ersten Mal an, verließ er sie um sieben Uhr abends, um nach Hause zu gehen.

«Es ist Zeit, mein Leben», murmelte er, wenn es so weit war. Die ihrer Liebe zugemessene Zeit lief ab, der Abend begann, und er zog sich wortlos an. Ihre Passion gab es nur heimlich oder gar nicht. Die Frage nach Kindern war Hannah nicht in den Sinn gekommen.

Danach hatte sich die Frage nicht mehr gestellt.

Aus Trotz hatte Hannah Günther Stern geheiratet, einen Jungen ihres Alters und überdies Jude. Vor der Heirat hatte sie sicherheitshalber den Test durchführen lassen. Nichts. Erstaunlicherweise, wenn man es recht bedachte.

Günther und Hannah arbeiteten, um sich ihren Lebensunterhalt zu verdienen; sie hatten es nicht eilig mit einem Kind. Vier Jahre später war Hitler Reichskanzler.

Hannah war nach Paris geflohen, dort Heinrich begegnet, und wie durch ein Wunder hatten sie überlebt und waren nach Amerika emigriert. Nach dem Krieg war Hannah geschieden, wieder verheiratet und über vierzig. Die Frage stellte sich nicht mehr.

Ganz einfach. Sie war nicht zur Mutter bestimmt. Sie sollte eine Intellektuelle mit übervollem Terminplan sein, der einem Baby keinen Raum gelassen hätte, was sie weder bedauerte noch bereute.

Elfrides Schritte näherten sich. Die Feindin war zurück.

Hannah sah sie wortlos an. Die andere senkte den Kopf. Gleichmütig, mit einem eigenartigen, etwas versteckten Lächeln.

Dann war er nicht tot.

Elfride wartete auf eine Frage. Hannah spielte schweigend mit ihrer Tasse. Elfride setzte sich enttäuscht.

«Es war nichts», seufzte sie. «Ein Fenster war nicht richtig zu, ein Buch ist heruntergefallen.»

«Und Martin?»

«Er wird hochgeschreckt sein, er versuchte aufzustehen, der Arme! Aber ich bin rechtzeitig gekommen. Ich glaube, er ist wieder eingeschlafen.»

«Zweifelsohne das Beste, was er machen kann», bemerkte Hannah in neutralem Ton.

«Er schläft jetzt viel. Viel zu viel. Ich mache mir Sorgen, Hannah. Es geht ihm wirklich nicht gut.»

«Sind Sie sicher, dass er keine Depression hat? Er hatte schon so oft welche ...»

«Ich weiß nicht. Diesmal ist es anders. Ich habe Angst, Hannah.»

Elfride hatte die Waffen niedergelegt. Zu ihrer eigenen Überraschung empfand Hannah Mitgefühl mit der verzweifelten Feindin.

«Wann immer es so weit ist, seinen Tod können Sie nicht verhindern», sagte sie sanft. «Das sind schwere Augenblicke. Als Blücher starb ... Ach! Es ist sehr grausam. Wichtig ist, dass er nicht leidet.»

«Ich weiß», sagte Elfride. «Er könnte friedlich verlöschen. Das wäre gut. Ich denke jeden Morgen daran. Aber ich habe Angst.»

«Gut, dann haben Sie eben Angst. Aber doch wohl nicht zum ersten Mal! Dieses Gefühl muss man bekämpfen. Haben Sie denn nie zuvor Angst gehabt?»

«O doch! Als meine Söhne in russischer Gefangenschaft waren. Und als die Sieger kamen. Eine dumpfe Angst, die mich nie verließ. Jetzt ist es anders.»

«Aber echte Angst, Elfride, panische Angst?»

«Die Bomben?»

«An die Bomben gewöhnt man sich. Ich spreche von panischer Angst. Die kenne ich. Und Sie nicht.»

«Sie wollen schon wieder ins Lager von Gurs zurück», seufzte Elfride. «Sie werden mir schon wieder mit der Schiffsreise nach Amerika kommen. Die Geschichten wiederholen, die ich auswendig kenne. Bis ich den Kopf senke und Sie triumphieren.»

Ein Sonnenstrahl fiel auf das Kupfergeschirr an der Wand. Aus dem Rauschen in ihrem Kopf vernahm Hannah den Widerhall eines Liedes, das sie aus ihrer Kindheit kannte:

‹*S'brent briderleh, s'brent! Oy, undzer orem Shtetl s' brent!*›

«Falsch», sagte Hannah halblaut. «Sie kennen die

Ursache für die Angst nicht, von der ich spreche. Zum ersten Mal empfand ich sie 1914, als meine Heimatstadt von den Kosaken belagert wurde. Sie haben schon von den Kosaken gehört. Aber wenn Sie wüssten ... Diese Schreie!»

«Ich habe nie Kosaken gesehen», gab Elfride zu. «Und nie ihren Schrei gehört.»

«Es war nicht *ihr* Schrei, Elfride. Es war die Stadt, die schrie: Die Kosaken kommen! Selbst in den besseren Vierteln Königsbergs wie in unserem hörte man von sehr weit den Lärm der Angst ... Die Kosaken, die Kosaken kommen! Ich erinnere mich an ein altes jiddisches Lied: ‹Es brennt, meine Brüder, es brennt! Ach, unser armes jüdisches Stetl, es brennt!›»

Hinter den geschlossenen Lidern wogten die panischen Bilder eines kleinen lodernden Dorfes unter einem orangefarbenen Himmel. Weinende Frauen in Umschlagtüchern hoben die Hände zum Allmächtigen, die Männer hatten mit kümmerlichen kleinen Wassereimern eine Kette gebildet, und weit in der Ferne, am blauen Horizont, sah man ein Pferd mit verhängtem Zügel fliehen, einen Kosaken. Die Angst war orange, die Gewalt blau.

«Die Angst vor dem Pogrom», fuhr sie fort. «Sie ist schrecklich.»

«Ihr Leben war nicht einfach.» Elfride war verlegen. «Aber Sie mussten sich nicht um Kinder sorgen. Sie wissen nicht, wie es ist, wenn man auf Nachricht von zwei Söhnen im Krieg wartet, ich schlief nicht mehr und noch dazu musste ich Martin schützen. Später fehlte es uns an allem. Ich musste als Volksschullehrerin arbeiten, um unseren Lebensunterhalt zu verdienen, Martin hatte keinen Broterwerb mehr …»

«Seine Schuld», unterbrach Hannah sie.

«Und was haben die Kosaken 1914 gemacht?», fragte Elfride unsicher.

«Was sie immer machen», sagte Hannah, «niederbrennen, vergewaltigen, ausrauben.»

Ein Bild überfiel sie. Ein Mann in einem Glaskasten.

Hannah
Jerusalem, 1961
Immanuel Kant

Hannah hat Rückenschmerzen.

Der Prozess des größten Naziverbrechers auf israelischem Boden nimmt kein Ende. Zeugenaussagen, Befragungen, Zeugenaussagen, Befragungen, juristische Haarspaltereien, endlos. Mit hämischem Vergnügen quält der israelische Staatsanwalt die wenigen überlebenden Zeugen der Vernichtung: «Warum habt ihr nicht rebelliert? Warum habt ihr euch nicht gewehrt?» Sie senken schuldbewusst den Kopf, Tränen in den Augen. Was soll diese Frage, wenn nicht das heroische Israel vor der Unterwürfigkeit der europäischen Juden glänzen lassen? Das ist töricht und grausam. Wütend macht sich Hannah Notizen und fragt sich dabei, wie sie den Artikel für den *New Yorker* abfassen soll.

Um diesem Prozess beiwohnen zu können, hat sie ihre Vorlesungen abgesagt, sämtliche Pläne umgeworfen und in aller Eile diese Reise vorbereitet. Bei den Nürnberger Prozessen nach Kriegsende war sie nicht anwesend, aber diese Verabredung mit sich selbst wird sie pünktlich einhalten: zur Verurteilung Adolf Eichmanns, des nationalsozialistischen Organisators von Reisen ohne Wiederkehr in die Todeslager.

Auf der Pressebank krümmt sich Hannah unter der Last der vorbeiziehenden Tage. Der Jahrhundertprozess versickert in der Gerichtsroutine. Niemand zweifelt daran, dass Adolf Eichmann zum Tode verurteilt wird. Er weiß es. Alle wissen es.

Eifrig verteidigt sich der Angeklagte in diesem Glaskasten. Er erzählt alles, ohne Reue. Plötzlich richtet Hannah sich auf. Eichmann spricht von Kant, Immanuel Kant. Der Hauptverantwortliche für die Judenvernichtung philosophiert!

Sie traut ihren Ohren nicht.

Adolf Eichmann bekräftigt, er habe, als er den Transport in die Gaskammern organisiert habe, lediglich der Philosophie Kants gehorcht. Denn es sei doch Kant gewesen, der das erste Gebot des Sittengesetzes und den kategorischen Imperativ niedergelegt habe, nicht wahr? Und entsprechend habe er, Eichmann, sich verhalten. Er sei dem kategorischen Imperativ gefolgt: Du sollst, weil es deine Pflicht ist. Du sollst, weil du musst. Gehorchen, vorbehaltlos. Ausnahmslos. Und vor allem bar jeglichen Gefühls.

Denn Kant zufolge müsse das Sittengesetz von der Empörung, von Ressentiments, Hass und sogar Mitleid absehen. Das Sittengesetz kenne kein anderes Gefühl als den kalten Gehorsam.

Das und nichts anderes habe Kant gesagt. Und bei allem Mitgefühl für seine teuren Juden habe er, Eichmann, sich zum Gehorsam gezwungen. Denn er sei weichherzig. Als er eines Tages bei einer Massenerschießung habe zusehen müssen, sei er beinahe ohnmächtig geworden. Aber der kategorische Imperativ könne auf menschliche Gefühle keine Rücksicht nehmen.

Eichmanns Worte treffen Hannah wie ein Peitschenhieb. Das also macht dieser auf schreckliche Weise banale Mensch aus der deutschen Philosophie! Kant als intellektuelles Werkzeug der Judenvernichtung!

Dieser Mann lügt. Er hat Kant nicht gelesen. Das Sittengesetz ist nicht das Gesetz eines Führers, es ist vor allem Moral an sich. Es verlangt, dass auch der andere als «Zweck an sich selbst» geachtet und nie «als Mittel zum beliebigen Gebrauch für diesen oder jenen Willen» benutzt wird. Dieses Gesetz verbietet, den Menschen mit einer Nummer zu versehen und in einen Lieferanten für Zahngold und Frauenhaar für die Pantoffelherstellung zu verwandeln, um seinen Körper dann zu verbrennen.

Hannah hört angespannt zu. Nein, Eichmann lügt nicht. Ja, er hat Kants Buch gelesen, die *Kritik der praktischen Vernunft.* Dieser Verbrecher ist von verblüffender Aufrichtigkeit. Mit besten Absichten hat er Kants Anweisungen befolgt, um die Transporte besser zu organisieren. Als guter Schüler hat er die Lehren der deutschen Professoren angewandt. Der Verrat beginnt an der Universität.

In ihrem Prozessbericht wird es sich Hannah zur Aufgabe machen, den Ursprung dieses schrecklichen Gehorsams offen zu legen. Dieses deutschen Missverständnisses, das der Reue keinen Raum lässt.

Kants Gesetz steht innerhalb der Menschheit. Eichmann außerhalb. Er weiß es nicht.

«**Woran** denken Sie, Hannah?»

Hannah fuhr zusammen. Elfrides Stimme holte sie in die Gegenwart zurück.

«Eine alte Erinnerung», sagte sie.

«Aber keine sehr angenehme, Ihrem Gesichtsausdruck nach zu schließen. Immer noch die Kosaken?»

«Fast. Nein, schlimmer.»

«Ihre Leiden sind vorüber, Hannah. Sie erhalten Preise, reisen, veröffentlichen Bücher ... Was fehlt Ihnen noch?»

«Mein Gefährte», sagte Hannah.

Elfride stand auf und lehnte ihre Stirn ans Fenster. Es regnete immer noch.

«Ihr Glück ist», sagte sie, ohne sich umzuwenden, «dass Sie eine Intellektuelle sind.»

«Also bitte ...», begann Hannh.

«Keine Pflichten, keine Zwänge, nach Belieben kommen und gehen!», rief Elfride. «Diese Freiheit hatte ich nie!»

«Vorsicht», warnte Hannah. «Sie sind im Begriff, mir zu erklären, ich könne mich glücklich schätzen, frei zu sein, weil mein Mann tot ist! Wofür halten Sie mich eigentlich?»

«So wie ich Sie kannte, dachte ich ...», stotterte Elfride. «Die geistige Arbeit hätte Ihnen genügen müssen … Ich weiß auch nicht. Ich dachte, die Philosophie sei Ihnen eine Hilfe.»

«Nun, da irren Sie sich. Sie kennen mein Leben nicht, Elfride.»

«So wenig wie Sie meins!» Elfride wandte sich brüsk um. «Jeden Tag den Haushalt, immer kochen, putzen, die Betten machen, und dann Martins Bücher, Martins Schlaf, Martins Ängste … Sie kennen dieses tägliche Einerlei nicht.»

«Jeder Tag ist es wert, gelebt zu werden. Selbst wenn man trauert. Ich liebe das Leben.»

«Weil Sie mehr als einen Mann haben!», seufzte Elfride. «Denken Sie doch nach. Ein einziger Mann mit all seinen Gequältheiten.»

«Das Glück ist dennoch auf Ihrer Seite», lächelte Hannah.

«Glauben Sie nur das nicht! Die Wahrheit der Ehe ist Ihnen erspart geblieben, Hannah. Dieses Sakrament …»

Elfride schwankte und klammerte sich an die Lehne ihres Stuhls.

Elfride
Freiburg im Breisgau, März 1917
Die Hochzeit

Die Kapelle ist fast leer. Einige Gläubige auf den Bänken, zufällige Zuschauer einer Kriegshochzeit. Der Priester hatte die Brautleute schon vorgewarnt: wegen der schweren Zeiten keine Orgel, keine Musik.

Elfride hat kein langes Kleid. Sie trägt einen hellen Mantel und einen einfachen Hut ohne Brautschleier. Der Bräutigam einen dunklen Lodenmantel mit Hirschhornknöpfen am Revers, diese Kleidung steht ihm am besten. Er zittert ein wenig. Fährt sich mit der Hand durchs dichte Haar.

Am Vorabend hatte der Priester Fräulein Elfride Petri zu sich bestellt. Er hatte sie daran erinnert, was Martin der Kirche schuldete, die während seiner Jahre am Priesterseminar für seinen Lebensunterhalt aufgekommen war. Er hatte auch die Charakterstärke von Martins Vater, dieses der apostolisch-römisch-katholischen Kirche im Schwabenland treu gebliebenen Küfers, nicht unerwähnt gelassen. Er hatte nachdrücklich auf Martins Armut hingewiesen, auf die Verfolgung der wahren Katholiken durch die «Altkatholiken», diese reichen Abtrünnigen und Fortschrittsfanatiker. Auf den tiefen Glauben des Privatdozenten, eines viel versprechenden jungen Theologen. Auf seine in der erhabensten aller Traditionen verankerte Zukunft als deutscher Philosoph. Der Priester hatte sie auf ihre bräutliche Liebe schwören lassen, dass sie ihre Kinder katholisch taufen lassen würde.

Martin ist so anfällig … Elfride hatte es versprochen. Was zählt der Katholizismus schon angesichts der Kraft der Liebe. Nichts. Nicht einmal für eine Lutherische. Der Priester in seiner weißen Kasel ist im Begriff, das Hochzeitssakrament zu erteilen. Mit leichtem Schrecken denkt sie an die Hochzeit des Fleisches.

Elfride hält sich gerade. Martin streckt seinen kleinen Körper und hustet, ein Zeichen von Bewegtheit. Sie schiebt ihre behandschuhte Hand unter seinen Arm, berührt seine Hand, zieht sich wieder zurück. Sie hört fast nichts von den Worten des Priesters. Draußen ist Krieg. Die Armee, die Front, der Geschützdonner. Martins «Ja» verliert sich im Raum, aber Elfrides ist deutlich vernehmbar. Das Sakrament der Römischen Apostolischen Katholischen Kirche eint sie vor Gott und den Menschen. Sie sind Mann und Frau, in guten wie in schlechten Tagen.

Unbeholfen wenden sie sich einander zu, Martin drückt einen Kuss auf die Lippen der Braut. Elfride zittert vor Glück.

Martins Eltern sind nicht gekommen; Elfrides wollten nicht kommen. Keine Feier, kein Festmahl. Es gab keine Pferde, keine Kutsche. Nur den kleinen Strauß weißer Hyazinthen für Elfride. Nun ist der Moment gekommen, in dem sie unter dem Joch hindurch vor die Augen der Welt treten müssen. Sie müssen die Kapelle verlassen. Die Geste, mit der Martin ihren Arm nimmt, ist so natürlich, dass Elfride erschrickt.

Sie ist stolz, Martin auf so ärmliche Weise zu heiraten, während ihr Land im Krieg steht. Stolz, allein an seinem Arm zu sein, sein Stab und seine Stütze. Sie wird ihn glücklich machen, auch gegen seinen Willen. Er wird groß werden.

Elfrides Herz schlägt im Takt zu den letzten Zeilen eines Gedichts, das Martin ihr nach einem Ausflug auf die Reichenau geschrieben hat: «eine sinnentrückte Fracht – mir in der grauen Wüste einer großen Einfalt».

Nun kommt die Steintreppe.

«Fracht», eine Stufe, «sinnentrückt», zwei Stufen, «in der grauen Wüste», zwei Stufen, ein Zögern. Die letzte Stufe zum Vorplatz, «einer großen Einfalt».

So würde ihr Leben sein. Das Wetter ist nicht grau. Die Zukunft von großer Einfalt zeichnet sich vor einem blendenden Blau ab.

Elfride

Der Krieg war 1918 schlecht ausgegangen für Deutschland, das man durch einen Schandvertrag zu Reparationszahlungen gezwungen hatte. Auf das Reich war die Republik gefolgt und mit ihr eine Krise von unerhörtem Ausmaß. Im Namen der Freiheit wurde die deutsche Kultur in den Schmutz der Städte gezogen. Die Sieger des Ersten Weltkriegs gaben keinen Pardon. Das Habsburgerreich war vernichtet, von Österreich so gut wie nichts mehr übrig. Die gedemütigte deutschsprachige Welt trieb in den Untergang.

In Russland terrorisierten die Roten ihr Volk und bedrohten Europa. Und Amerika floh in einen ausschweifenden Reichtum, dort zählte nur noch das Geld. Überall herrschte der Verfall des Geistes.

Dank günstiger Umstände musste Martin nicht an den Kämpfen teilnehmen.

Zu Elfrides Glück fehlte nur die Familie. Ein Sohn wurde ihr geboren, ein zweiter, beide blieben ungetauft. Es gab Dringenderes: den Wiederaufbau des Landes.

Elfride hütete sich wohlweislich, die Frage der Taufe anzuschneiden. Im Übrigen sah sie keinen Sinn mehr in einem Versprechen, das sie im Namen von Martins Vergangenheit gegeben hatte. Die Vergangenheit, immer diese verwünschte Vergangenheit, die wie Lehm an den Füßen des deutschen Riesen klebte und ihn am Fortkommen hinderte … Wo es so viel Elend gab, so viele Frauen, die in den Straßen aus Hunger bettelten, so viele Mäuler zu stopfen und so viel Geld, das in die Reparationen gesteckt werden musste!

Eines feierlichen Abends verkündete Martin seiner Frau, er habe dem Priester, der sie getraut habe, einen Brief geschrieben und sie damit von ihrem Versprechen entbunden. Er hatte die Verbindung zur katholischen Kirche selbst gelöst.

Das heißt fast. Ein paar Wörtchen hier, eine kleine Bemerkung da. Elfride begnügte sich mit dem immer wiederholten sanften Hinweis, dass Martin zum Philosophieren un-be-ding-te Freiheit brauche. Sie verweilte auf den einzelnen Silben, hörst du, Martin, ohne Bedingungen. Was war eine bedingte Ehe? War er frei? Nein. Martin hatte sie verstanden. Mit der ihm eigenen Aufrichtigkeit hatte er seinen Mentor zu gegebener Zeit davon in Kenntnis gesetzt.

Sein Denken hatte sich den Weg durchs Dunkel gebahnt. Zuerst hatte er sich von der auf seiner Kindheit liegenden römischen Last befreit. Dann hatte er sie leidenschaftlich gehasst, um sich zu rächen. Dann hatte

Martin Gott öffentlich besiegt. Vor ihm hatte Nietzsche geschrieben: «Gott ist tot.» Und Martin hatte von Nietzsche, diesem großen Deutschen, die Fackel übernommen. Gottes Tod eröffnete eine neue Welt.

Das Denken braucht keinen Gott, um zu sein. Gott ist tot, und die Welt kann entstehen.

Dieser Entstehung widmete Martin sein Leben. Er dachte die Zukunft. Und Elfrides Gegenwart bestand darin, sein Denken zu schützen.

In ihrem Herzen blieb sie Lutheranerin. Steifrückig und mit klarem Blick für den Niedergang Deutschlands, für die Kloake Berlin, in der die Abfälle der Weimarer Republik verrotteten. Man müsste ein Feuer legen, diese ganze Verderbtheit zu Asche verbrennen und zu den wahren Werten zurückfinden, die Martin vollkommen verkörperte: Liebe zu den Gipfeln, unberührter Schnee, Sport, Natur, Gesundheit, freie Luft, freies Denken.

Elfride ersehnte den Sturm, der die Ausdünstungen der Demokratie hinwegfegen und die Berliner Nachtlokale, die Prostituierten, Kommunisten, Bankiers und Künstler mit sich fortreißen würde. Dann wäre Deutschland judenrein. Ein gewaltiger Sturmwind war nötig, um diese Dekadenz zu vernichten.

Martin sprach vom Ruf, von angstbereiter Entschlossenheit. Und Elfride träumte von dem Tag, an dem sie ihren Mann auf die Gipfel des Seins würde führen können, die ihrem Land so bitter fehlten.

Dieser Tag kam 1933.

Schon lange vor Martin hatte Elfride die große Bestimmung des kleinen Österreichers erkannt, der sich Deutschland zum Vaterland erkoren hatte. Bis der Führer kam, hatte Elfride allein gekämpft. Dann, nach stiller denkerischer Einkehr, hatte Martin seine Frau um eine Länge überholt. Und war ihr von da an vorangegangen.

Endlich waren zwei Nationalsozialisten in der Familie – ein verantwortungsbewusstes Paar. Die Heideggers waren der lodernden Fackel arglos gefolgt. Wie hätte man unter dem Heroismus auch das Ungeheuerliche ahnen sollen?

Hätte sie 1924 ahnen sollen, dass Martin sie mit Hannah Arendt betrog?

«Fallen Sie nur nicht um!», rief Hannah mit ihrer Stentorstimme. «Hören Sie mich? Da, gleich werden Sie ohnmächtig!»

Hannah bemühte sich um sie.

«Stützen Sie sich auf mich. Setzen Sie sich. Geht es?»

«Danke», sagte Elfride benommen.

«Soll ich einen Arzt rufen?»

«Das ist nicht nötig», war die rasche Antwort. «Das sind nur meine Schwindelanfälle. Daran bin ich schon gewöhnt.»

«Wie Sie meinen.»

Die Feindin hatte eine Pause verdient.

Wovon hatte Elfride noch gesprochen? Ach! Die Wahrheit der Ehe. Und wenn Hannah nicht da gewesen wäre und sie festgehalten hätte? Dann wäre die Ehefrau gestürzt. Ein gebrochener Oberschenkelhals, und Martin in seiner Ecke schlummernd. Eine schöne Bescherung!

Elfride verzog das Gesicht, strich sich über die Schläfen. Sie trank ein Glas Wasser; ihre Wangen nahmen wieder ein wenig Farbe an.

«Wenn man bedenkt, dass Sie beide hier ganz allein leben», begann Hannah. «Was wäre, wenn ...»

«Das ist eben die Ehe. Zusammen alt werden.»

«Ja. Das ist schrecklich.»

«Man sieht gleich, dass Sie nicht wissen, wovon Sie sprechen.»

«Bitte? Aber Sie sind nicht im Alleinbesitz der … wie nannten Sie es? Wahrheit der Ehe? Mein Mann und ich, wir hatten auch unsere Wahrheit, denken Sie nur.»

«Bis dass der Tod euch scheide», schloss Elfride. «Das ist das heilige Gelöbnis der Christen.»

Hannah schnappte nach Luft, schwieg. Elfride errötete.

«Das wollte ich nicht sagen», begann sie verlegen. «Ich mochte Herrn Blücher sehr.»

«Sie haben ihn ein einziges Mal gesehen!»

«Das genügt. Er hat Ihnen sehr gut getan.»

«Hören Sie auf», gab Hannah kurz zurück. «Wir liebten uns, das ist alles.»

«Sicher. Und doch kamen Sie immer zurück zu …»

«Meiner alten Liebe», unterbrach Hannah sie. «Das ist es also, was Sie quält. Ihre Wahrheit der Ehe verlangt Ausschließlichkeit. Man ist nicht wirklich verheiratet, wenn man eine Liebe aus der Vergangenheit wieder sehen will, nicht wahr? Aber Blücher war anders, er war nicht kleinlich. Er liebte mich so sehr, dass er mir zuredete, Martin wieder zu sehen.»

«Das ist nicht möglich. Das glaube ich Ihnen nicht.»

«Ihn nicht nur wieder zu sehen, sondern ihm auch zu helfen», bekräftigte Hannah. «Denn das sollen Sie wissen, ohne ihn hätte ich Martin nicht geholfen, nicht mit dieser …»

Elfride wandte sich um, wartete. Hannah sprach nicht weiter.

«Warum sagen Sie es nicht?», fragte Elfride. «Sagen Sie es. Mit dieser Passion.»

Überrascht sah Hannah die Feindin an. Elfride hatte ohne Hass gesprochen, traurig. Mit gerunzelter Stirn dachte sie nach, folgte ihrem engen Gedankenpfad. Mit einem Mal hellte sich ihr Gesicht auf.

«Aber er liebt nicht Sie, Hannah. Er liebt eine Idee.»

«Eine Idee! Wissen Sie überhaupt, was das ist, eine Idee?» Hannah fand keine Worte.

«Also ich bin eine Idee», fuhr sie schließlich mit fester Stimme fort. «Wollen Sie wissen, wie Martin und ich uns 1950 wieder gesehen haben?»

«Nein!», rief Elfride.

Hannah

Es war im August 1950. Zum ersten Mal hatte Hannah eingewilligt, in das Land zurückzukehren, das sie vertrieben hatte. Mit einer wichtigen Mission: Mithilfe bei der Inventarisierung jüdischen Eigentums, ein unanfechtbarer Grund. Aber dorthin zurückkehren, in das Land, das sie verlassen hatte, als Hitler kam … Ein unerträglicher Gedanke. Schmerzhaft? Aufregend?

Nach sorgsamer Abwägung des Für und Wider hatte sich Hannah darauf vorbereitet, Deutschland wieder zu sehen. Einerseits das Land des Todes, andererseits das der deutschen Sprache. Auf der einen Seite Ruinen, auf der anderen Teilhabe: Hannah würde dort ihre Muttersprache sprechen, sie müsste sich nicht um den deutschen Akzent kümmern, der ihr Englisch einfärbte. Sie würde das Schönste an ihrem Deutschland wieder finden, sprechen wie alle anderen, mit allen anderen.

Ihre offizielle Mission führte sie zwangsläufig über Freiburg.

Aber in Freiburg war Martin. Ihr ehemaliger Geliebter, ein Nazi.

Wenn Martin sprach, grenzte das Deutsche ans Übernatürliche. Niemand hatte die Königin der Sprache schöner gekrönt als Martin Heidegger, der Dichter der Philosophie. Ohne ihn müsste man sich damit abfinden, im verwüsteten Deutschland nur die gewöhnliche Sprache zu hören. Ohne Martin wäre das Wiedersehen mit Deutschland unvollkommen. Nur seine Sprache. Allein das.

Martins Nazivergangenheit ausblenden? Unmöglich.

Hannah machte in Paris Station. Die Stadt kam ihr wunderschön vor, doch hinter den Kulissen das reiche Lumpengesindel, um die Kriegsgewinnler vermehrt, die sich nicht mal zu benehmen verstehen, wie sie an Blücher schrieb. Sie besuchte ihren alten Lehrer Karl Jaspers im Baseler Exil. Die aufgrund ihrer Neutralität verschonte Schweiz lebte in einer verstörenden Ordnung. Nur England hatte ungeachtet seiner Verwundung moralisch intakt überlebt. Deutschland wurde auf seinen Trümmern wieder aufgebaut. In der Masse verloren die entwurzelten Menschen ihre Individualität. Sicher auch Martin.

Gleich nach der Ankunft auf deutschem Boden hatte Hannah einen – nicht unterschriebenen – Brief an Martin geschickt. Da sie sich einige Zeit in Freiburg würde aufhalten müssen, hatte sie für alle Fälle die Adresse ihres Hotels angegeben.

Hannah machte sich keine Illusionen, als sie in Freiburg ankam.

Und dann hatte der Mann an der Rezeption ihres Hotels eine Nachricht für sie. Ein Herr habe sie gerade abgegeben. Er sei übrigens noch da. Dahinten in der Halle, sehen Sie, Frau Arendt?

Martin.

Ihre Körper erkannten sich sofort. Schneller als der Geist, heftiger als der Krieg, in derselben Offenbarung, Martin und Hannah. Martins Haar war an den Schläfen silbrig geworden, seine Stirn höher, und sie ... Hannah wusste wirklich nicht mehr, wie sie an jenem Abend ausgesehen hatte. Wer von ihnen beiden hatte gesagt «Komm»?

Seine Frau war nicht da, und Martin hatte Hannah in sein Haus mitgenommen. Dort geschah es.

Dann erst waren die Worte gekommen, die Tränen, die Erklärungen, seine Scham. Hannahs Rolle in dieser Tragödie. Ihre unglückselige Trennung, die schrecklichen, unfassbaren Ereignisse. Martins Gesicht war verwüstet, als er dieses Wort sagte: «Tragödie!»

Dann, dachte Hannah, hat er seinen Fehler also eingesehen.

Sie täuschte sich. Denn er dachte nicht an die Tragödie des Nationalsozialismus, o nein. Das war ihm nicht einmal in den Sinn gekommen. Martins Tragödie war ihr Bruch. Seine Feigheit in der Liebe, sein Schweigen. Hannahs Rolle in Martins Tragödie beschränkte sich auf die einer von ihrem Gott verlassenen Sterblichen.

Vor so viel Blindheit fand Hannah keine Worte. Es ihm erklären? Er verstand nichts. Er war immer noch so naiv wie früher, ein großes Kind. Wie hatte er, der den «menschlichen Machenschaften» so kritisch gegenüberstand, in diese Falle gehen können? Seiner Zeit verfallen, seine Kadenz verlassen, das Sein aufgeben können? Nichts lief seiner Philosophie stärker zuwider. Der Philosoph war gestrauchelt.

Ein einziger falscher Schritt am Rande des Abgrunds. Eine kleine Abweichung im Verhalten, und schon war das Böse geschehen. Das Böse? Das hatte Martin aus seinem Denken ausgeklammert. Allenfalls würde er den Begriff der «Irrnis des Seins» des denkenden Menschen zulassen.

Ihm sagen: Sieh dich an, Martin! Du hast das Hakenkreuz am Jackenaufschlag getragen! Du hast den Arm zum Hitlergruß ausgestreckt und die Lieder gesungen! Und du hast mich geliebt, sagst du? Wie konntest du es wagen? Ja, die Frage stellen, sich aufraffen, los …

Die Worte kamen ihr nicht über die Lippen. Martin hatte nicht die leiseste Vorstellung von seiner Schuld. Warum sollte man wollen, dass er anders wäre, als er war?

Ein Wort formte sich in ihr. *Eskapade.* Martins Nazitum war eine Eskapade gewesen. So war es.

Sie liebte ihn noch.

Der Reue des Geliebten waren die süßen Worte gefolgt. Martin nannte sie, wie früher, mein Leben, mein Orient, mein Griechenland …

Früher, zur Zeit ihrer heimlichen Liebe, hatte Martin mit Hannah von seinem Ideal-Griechenland geträumt, in seiner ganz eigenen Sprache. Das Land des Ursprungs, sagte er. Geburtsland der Philosophie. Im fahlen Schatten der Olivenbäume sei der griechische Geist zwischen den dorischen Säulen erstanden, und der griechische Geist, das sei sie, Hannah, sagte er.

Hannah war die verlorene Heimat. Hannah war Martins Meer, der Orient der Morgenröte, der Okzident des Sonnenuntergangs, die Berührung von Sonne und Sein. An diesem Punkt seiner Träumereien angelangt, fand er keine Worte mehr.

In gewisser Hinsicht hatte Elfride nicht ganz Unrecht. Die Idee, die Martin liebte, war eine Idee mit zwei Gesichtern – wie das vierbeinige, vierarmige und zweiköpfige androgyne Wesen, das Aristophanes in Platons *Gastmahl* beschreibt. Eine Hälfte auf der ewigen Suche nach der anderen.

Über dieses Ereignis von 1950, das sie beide ergriffen hatte wie am ersten Tag, hatte Martin sie Stillschweigen schwören lassen. So würden sie ein Universum teilen, in das niemand eindringen konnte.

Den Brief, den Martin an der Hotelrezeption abgegeben hatte, fand Hannah erst am nächsten Tag in ihrer Tasche, sie las ihn, als sie sein Haus verließ.

Überaus höflich lud darin Professor Heidegger Frau Arendt ein, den Abend in seinem Heim zu verbringen – seine Frau würde anderer Verpflichtungen wegen nicht anwesend sein können.

Hätte Frau Arendt ihn vorher gelesen, hätte sie vielleicht nicht auf die eisige Einladung geantwortet. Aber im Verlauf des Lesens entdeckte Hannah die eigentliche Botschaft dieses Briefes. Ganz beiläufig und als sei es nicht weiter erwähnenswert, schrieb Heidegger, er habe seiner Frau ihre vierjährige Passion gestanden. 1924–1928, um genau zu sein. Das war schon viel, aber das war nicht alles. Er hatte seine rechtmäßige Ehefrau darüber in Kenntnis gesetzt, dass Hannah Arendt die Passion seines Lebens sei.

Für den nächsten Tag hatten sie ein weiteres Treffen vereinbart. Elfride war zurück. Und machte ihre erste Szene.

Martin blieb fest. Er ging zu Hannah ins Hotel. Elfride geriet in Wut. Hannah reiste aus Freiburg ab und setzte ihre Mission fort. Es gab kein drittes Tête-à-tête zwischen Hannah und Martin.

Ihr Briefwechsel lebte wieder auf, Freiburg – New York – Freiburg, ein beständiges Hin und Her. Gut zwei Jahre hielt Martin trotz der ehelichen Bedrohung stand. Dann konnte Elfride mit ihren Vorwürfen eine erste Runde gewinnen. Von 1952 an trat ein langes Schweigen zwischen Hannah und Martin ein. Zwölf Jahre! Eine Ewigkeit ...

Als Hannah 1966 sechzig wurde, schrieb er ihr

einen Brief, in dem es vor allem um ihn ging und um Elfride. Aber immerhin, ein Brief. Im Jahr darauf kam Hannah wieder nach Freiburg.

Die zwölfjährige Unterbrechung hatte sie einfach nur altern lassen. Martin hatte nicht mehr die Kraft, Treffen außerhalb seines Hauses und ohne seine Frau durchzusetzen.

Hannah umging Elfride und gab sich friedlich, sie gebrauchte eine List. Sie erfand eine Mär, an die zu glauben sie sich selbst zwang. Zwischen Ehefrau und Geliebter galt es demnach als vereinbart, dass Martin, gekränkt über den Ruhm seiner einstigen Schülerin, die Veröffentlichung von Hannahs Büchern schlecht aufgenommen und daher zwölf Jahre geschwiegen habe. Damit sollte es sein Bewenden haben. Aus dem Alter für Eifersuchtsszenen waren sie heraus.

Elfride trotzte zwar demonstrativ, aber Martin durfte Hannah ab und zu sehen. Die beiden Frauen hatten einen Nichtangriffspakt geschlossen, indem sie sich beim Vornamen zu nennen beschlossen.

«Guten Tag, Hannah, wie geht es Ihnen?»

«Danke, sehr gut, Elfride.»

Geharnischte Höflichkeit. Die Pfeile blieben im Köcher.

Im Jahr zuvor war Hannahs Besuch gescheitert. Martin, schon geschwächt, hatte sich gegen Elfride nicht durchsetzen können. Wie inzwischen üblich, hatten sich Martin und Hannah unter Aufsicht gesehen, und der arme Martin hatte geschwiegen. 1974 würde eine traurige Erinnerung bleiben.

Und 1975! Noch schlimmer. Ein vergebliches Tête-à-tête mit ihm und eine lange Gegenüberstellung mit der Feindin … Ein erbärmliches Ende, einer unmöglichen Liebe nicht würdig.

Von nun an wusste Elfride alles über Martins und Hannahs Passion, außer dem Geheimnis des Doppelwesens von 1950. War die Zeit gekommen, es der Gattin zu enthüllen? Nicht, solange Martin lebte.

Ja, sie war letztlich eine Idee Martins. Eine Fleisch gewordene Idee.

Ihr gegenüber die kampfbereite alte Ehefrau mit dem luftigen Haar. Nie war Elfrides Blick so durchsichtig gewesen, so rein.

Sich nichts anmerken lassen. Als wäre nichts gewesen.

«Sie meinen also, dass Martin in mir nur eine Idee liebte?» Hannah lachte gezwungen. «Aber welche Idee, meine Liebe? Die Philosophie?»

«Ich habe nicht gesagt, dass es sich um die Philosophie handle», antwortete Elfride.

«Um was dann? Sehe ich aus wie eine Abstraktion?»

«Vielleicht. Sie sind die Fremde. Die Nomadin. Die, die Martin nicht jeden Tag sieht. Wie einfach das ist!»

«Ach, das große Glück, aus der Heimat vertrieben worden zu sein», stieß Hannah in einem Seufzer hervor. «So lange staatenlos zu sein, welche Freude!»

«Aber ja!», schrie Elfride und warf den Kopf zurück. «Ja, es ist ein Glück, keine Heimat mehr zu haben! Nicht mehr am Unglück seines Landes zu leiden! Sie haben die Niederlage nicht erlebt, nicht ihre Entbehrungen!»

Die Feindin bedurfte einiger Aufklärungen. Hannah wählte ihre Worte sorgfältig.

«Staatenlos sein», erklärte sie, «bedeutet, nichts für sich zu haben als eine vorübergehende Bleibe. Das heißt nie wissen, ob man weggehen muss oder nicht.»

«Und das ist die Idee, die er in Ihnen liebt!»

«Die Idee, nirgends zu Hause zu sein?», rief Hannah aus. «Aber niemand ist häuslicher als Martin!»

«Eben! Verstehen Sie denn nicht? Sie haben sein Leben nur für Augenblicke durchquert, Sie sind vorübergegangen, Sie waren nicht von Dauer. Er hat Sie nicht altern sehen, und als Sie nach dem Krieg zurückkamen, war es schon geschehen.»

«Aber ich war erst vierzig!», protestierte Hannah schwach.

«Zum Glück! Glücklicherweise war es zu spät. Gott weiß, was Sie sonst noch alles getan hätten!»

In jener Nacht in seinem Haus war Martin an Hannahs Brust eingeschlafen. Gegen drei Uhr morgens war er aufgewacht und hatte sich die Augen gerieben wie ein Kind. Dann hatte er sein Kinn betastet, rau von den weißen Stoppeln des Vortags. Er hatte sich im Spiegel betrachtet und sich verschwörerisch zugezwinkert. Was hatten sie dem Leben für einen Streich gespielt!

Hannah lächelte.

«Sie sind so merkwürdig», frage Elfride misstrauisch. «Woran denken Sie?»

«An Sie», log Hannah. «Warum hängen Sie so an Ihrem Heim? Sie haben Wirtschaftswissenschaften studiert und hätten arbeiten können …»

«Genau das habe ich zu Hause getan», unterbrach Elfride sie verärgert.

«Ah, die gute alte deutsche Tradition! Kinder, Küche, Kirche!»

«Na wissen Sie, die Kirche …» Elfride zog die Mundwinkel herunter.

«Schade. Mit der Kirche wären Sie wenigstens nicht ins falsche Lager geraten. Bestimmt nicht. In Hitler haben Sie sich einen menschlichen Gott gewählt … Wir Juden sagen, dass nur das Ewige Gott ist. Wenn ich daran denke, dass manche Juden das ‹Höre Israel› sangen, als sie in die Gaskammern gingen …»

«Ich kann den Zusammenhang nicht erkennen», sagte Elfride.

«Natürlich sehen Sie ihn nicht. Diese Menschen, die in den Tod gingen, beteten zu Gott. Sie hingegen beteten blitzende Augen an, eine raue Stimme, eine Uniform …»

«Anbeten! Nein, das ist zu viel gesagt. Ich habe ihm nur geglaubt.»

«Die Juden haben auch an das Goldene Kalb geglaubt. Und auch sie sind dafür hart bestraft worden. Zu Tausenden hingemordet, auf Moses' Geheiß. Aber die an der Schwelle des Todes beteten, glaubten nicht, sie beteten.»

«Sie glaubten nicht an Gott, sagen Sie?»

Hannah schwieg und legte die Hände zusammen.

«Ah!», triumphierte Elfride.

«Wie soll ich Ihnen den Unterschied zwischen Glauben und Beten erklären», sagte Hannah entmutigt. «Ich will Ihnen schließlich keine Vorlesung halten! Ich spreche nicht von den Gebeten, die man aufsagt, sondern von denen, die angesichts einer Bedrohung hervordrängen, ob man nun an Gott glaubt oder …»

Elfride hörte ihr nicht mehr zu. Auf Fragen müsse man mit wesenhaftem Schweigen antworten, hatte Martin geschrieben. Schweigen und Frau Arendt reden lassen.

«Einen Augenblick, Hannah», unterbrach sie. «Ich sehe nur nach, ob alles in Ordnung ist.»

Diesem Wortschwall entkommen, zu Martin.

Er schlief. Elfride berührte die schwarze Kappe und das spärliche, einst so schwarze Haar. Unter ihrem Streicheln begann Martin zu schnarchen.

Martin

Todtnauberg im Schwarzwald, 1929

Die Komplet

Sonntag. In der Hütte erwartet Martin seine Besucherin. Er ist allein gekommen, er will schreiben. Die Holzwände werden von den letzten Sonnenstrahlen vergoldet. Bald wird es dämmern. Martin zündet die Petroleumlampen nicht an, draußen der Maihimmel ist noch hell. Die Besucherin öffnet die Tür. Sie ist da.

Er nimmt sie bei der Hand, drückt sie im Halbdunkel auf einen Stuhl. Sie spricht schüchtern, aber sie hat einen scharfen Verstand.

Martin neigt sich zu ihr, berührt ihre Lippen. Sie weicht zurück, atemlos. Nein, dieses Mal verweigert sie sich. «Ich verstehe», sagt er. «Ich habe die Grenze überschritten. Verzeihen Sie.»

Die Besucherin kommt wieder zu Atem und beruhigt sich, aber ihr Blick hat sich verschleiert. Martin führt das Gespräch an dem Punkt weiter, an dem sie ihn am Tag vorher verlassen hat, bei der Philosophie

Platons. Die Hände im Schoß gefaltet, spricht er halblaut, um sie nicht zu verschrecken. Wenn er sich erhitzt, steht er auf, starrt in die Nacht, geht auf und ab, setzt sich wieder. Sie rührt sich nicht. Endlich zündet er eine Lampe an. Das Gesicht der Frau erhellt sich beruhigt.

Auf dem Tisch ein Laib Brot, Butter, Leberwurst. Butterbrote behindern das Gespräch nicht. Entspannt und mit Verve kommentiert die junge Frau den Mythos des letzten Buches von Platons *Staat*. Dann kommt sie auf den *Theaitetos* zu sprechen.

Eine Stunde vergeht. Die Besucherin sagt, es sei Zeit zu gehen. Martin sucht nach einem Mittel, mit dem er sie zurückhalten könnte. Warum nicht zum nahe gelegenen Kloster Beuron hinuntergehen? Die letzte Messe hören, die «Komplet»?

Erleichtert willigt sie ein; so kommen sie aus der Hütte heraus. Martin schlägt vor, zu Fuß zu gehen. Sie würden kräftig ausschreiten, es sei nicht weit. Sie nickt. Mit Absicht eilt er ihr voraus. Sie keucht ein wenig in der Nacht. Martin ist beglückt; er neckt sie. «Aber, wir müssen schneller gehen!» Sie stöhnt. Er zittert vor Behagen.

Über dem Kloster erscheint der Umriss der Abteikirche. Sie sind da. Als Martin das Portal aufdrückt, hört er den Uhu, seinen alten Freund.

Sie treten ein, setzen sich in eine Bank, warten auf das Geräusch von klappendem Holz, das das Eintreten der Mönche ankündigt. Der vielstimmige Gesang steigt aus ihren unbeweglichen Körpern zu den Gewölben auf. Die Harmonie erfüllt die Kirche, so tief, dass Martin die Tränen kommen.

Sein tränentrüber Blick nimmt die Mönche in ihrem Gestühl, den Altar, die Figuren mit den goldenen Schwingen nicht mehr wahr. Er sieht nur einen hellen Punkt, das rote Lämpchen des Ewigen Lichts. Ein Fixpunkt, und Martin verliert sich in seinen Träumen. Seine Lungen füllen sich unwillkürlich; er kann den tiefen Seufzer nicht zurückhalten, der ein Wort aushaucht:

«Hannah.»

Erstaunt wendet sie sich ihm zu.

«Ich dachte, Sie verabscheuten den Katholizismus», flüstert sie.

«Aber ... ja natürlich», antwortet Martin. «Was habe ich gesagt?»

«Sie haben ‹Amen› gesagt. Und dabei tief geseufzt.»

Gottlob. Die junge Frau hat sich verhört. Sie heißt nämlich nicht Hannah. Hannah ist nie nach Todtnauberg gekommen.

Sie heißt Elisabeth. Elisabeth Blochmann. Lisi für ihre Freunde. Sie hätte eine passable Ersatz-Hannah abgegeben, aber ... Nein.

«Wir sprechen später darüber», raunt er seiner Nachbarin zu.

Martin konzentriert sich auf das rote, flackernde Licht. Dann hält ihn nichts mehr zurück. Er ist nicht mehr in einer Kirche, er ist in einer Scheune, einem

Heuschober. Trunken vor Verlangen stürzt er sich auf das Mädchen und schläft mit ihr. Sie heißt Hannah, er will es so. Außerdem schließt er die Augen. Er bewegt sich im Takt des Mönchsgesangs, dringt tief ein, findet sie.

Aus den Gewölben ein Blitzen. Als Martin sich erhebt, liegt die Kirche in Trümmern. Der Krieg. Die rote Lampe ist auf den Fliesen zerschellt. Lisi ist verschwunden. Er ist allein, rings um ihn Asche und Rauch. Er erwacht.

Nicht möglich! Sex im Traum? Ein Wunder! Sich erfüllen, auftauchen, eindringen, herauskommen, sich ergießen. Lebend davonkommen, immer. Alt werden, eines Tages. Dann nichts mehr. Nein … Überleben. Von der Lampe träumen.

«Und?», fragte Hannah. «Wie geht es ihm?»

«Gut», sagte Elfride. «Er schläft so fest, dass er schnarcht.»

«Das kann man ihm kaum verdenken.»

«Manchmal träumt er auch. Dann spricht er im Schlaf.»

«Und was träumt er?», erkundigte sich Hannah interessiert.

«Sie glauben doch nicht, dass er mir das sagt!»

«Solange er keine schrecklichen Alpträume hat, die selbst einen Toten aus dem Schlaf reißen würden …»

«Martin hat nur einen Alptraum», erwiderte Elfride entschieden. «Er träumt, dass er eine Prüfung nicht besteht.»

«So was», meinte Hannah. «Dabei ist er doch nie durchgefallen, soweit ich weiß.»

«Natürlich ist er nie gescheitert», erklärte Elfride. «Martin scheitert nur im Traum. Eine Alterserscheinung.»

«Es stimmt, er ist gealtert», sagte Hannah nach einer Pause.

«Sie sehen es auch!», sagte Elfride. «Wenn er nur die Augen öffnen wollte! Das macht mir am meisten Angst. Er will nicht mehr sehen.»

«Ich glaube eher, er will nicht mehr sprechen. Er ist in dem Schweigen, das er liebt.»

«Und ich?»

Diese Klage!

«Aber er liebt auch Sie», gab Hannah zu.

«Dieses Schweigen!»

«Eigentlich ist es auch ein bisschen Ihre Schuld, Elfride, dass er sich so gut aufs Schweigen versteht. Sie wollten ihn vor dem Lärm der Welt schützen, nicht wahr?»

«Mit all meiner Kraft.»

«Daran hat es Ihnen nicht gefehlt.» Hannah klang ein wenig spitz. «Sie *sind* stark. Es ist Ihnen wirklich gelungen, rings um ihn für Stille zu sorgen.»

Elfride fühlte eine aufkommende Schwäche.

Elfride

Todtnauberg, 1925

Der Tag in der Hütte

In Todtnauberg stehen die Sommerwiesen noch in voller Blüte. Die beiden Jungen wälzen sich im Gras, balgen sich, kugeln den sanften Abhang hinunter. Und kreischen vor Lebensfreude. Ihre Mutter spitzt die Ohren: Martin arbeitet, es muss leise sein. Sie öffnet das Fenster und bedeutet ihnen, sie sollen still sein.

«Aber Mama, wir spielen …»

«Leise!» Sie hebt nicht die Stimme, sie artikuliert das Wort mit den Lippen.

«Was?», fragt der Ältere. «Wir verstehen dich nicht!»

«Ich habe ‹Leise› gesagt», schreit sie gereizt.

Die Jungen sind still. Elfride atmet auf. Doch nicht für lange.

Martins Schritte auf dem Dielenboden. Sie hält den Atem an … Zu spät. Martin hat sein Märtyrer-Gesicht aufgesetzt.

«Sie machen es doch nicht mit Absicht», begütigt sie.

Martin wehrt mit einer Geste ab. Er geht auf und ab wie ein Tier im Käfig, dann blickt er sie niedergeschlagen an.

«Es sind Kinder», bittet sie.

«Kannst du dir nicht ein Spiel für sie ausdenken, das sie ganz und gar beschäftigt?»

«Natürlich.» Sie stürzt auf die Wiese hinaus.

Durchs offene Fenster, von ferne, verfolgt der Vater die Verhandlungen.

Elfride macht Vorschläge. Die Blütenblätter der Margeriten bis hundert zählen. Nein, sagt der Kleinere, das kann ich nicht. Ein bisschen weiter weg Blumen pflücken? Das haben wir schon heute Morgen gemacht, sagt der Größere. Aus Zweigen eine Hütte bauen? Ja!

Die beiden Jungen stürmen begeistert los.

Ihr Vater verfolgt sie mit müdem Blick, bevor er wieder ins Arbeitszimmer hinaufgeht. Die Tür schließt sich hinter ihm.

Wie lange wird er noch durchhalten? Eine ständige Qual für Elfride. Gestern hatten die Kinder Verstecken gespielt. Der eine suchte den anderen, der sich in eine Kiefer gekauert hatte. Schweigend. Das Spiel wäre friedlich weitergegangen, wenn der kleine Racker nicht von seinem Ast hinuntergerutscht wäre.

«Da bist du», schrie der Kleine mit seiner hohen durchdringenden Stimme. «Ich hab dich!»

Sofort Martins Schritte auf den Holzdielen. Die Strafe folgte auf dem Fuß. Wenn die Kinder Lärm machen, beklagt sich der Vater, er könne nicht arbeiten. Schlimmeres kann man ihm nicht antun.

Heute müssen sie leise sein. Um jeden Preis.

Am anderen Ende der Wiese sammeln die Kinder Zweige, binden sie mit einer Kordel zusammen, polstern sie mit einer glänzenden Kiefernadelschicht. Den restlichen Nachmittag hört man nichts mehr von ihnen.

Elfride kann in aller Ruhe das Wasser fürs Abendessen heraufpumpen. Der Schwengel ist schwer, aber was bleibt ihr übrig. Martin will das einfache Leben hier auf der Höhe, Trog und Pumpe, nichts Modernes. Müde steckt sie die Haarsträhnen wieder in den Knoten und sieht auf ihre Armbanduhr: noch eine halbe Stunde bis Sonnenuntergang, bis zum Abendessen, Martins Pause. Die Petroleumlampe in seinem Arbeitszimmer brennt schon. Nach dem Abendessen, ab halb neun, herrscht «Hüttenfriede». Im Familienkreis.

Es gibt nur drei Räume, Martins Arbeitszimmer, das Ess- und das Schlafzimmer. Dort schlafen die Kinder. Und die Eltern. Der Friede ist der Friede der Nacht, des gemeinsamen Schlafs.

Als die Sonne hinter den Hügeln verschwindet, holt Elfride die Kleinen, ermahnt sie zur Ruhe, psst, Papa arbeitet, kein Wort. Auf Zehenspitzen kehren sie ins Haus zurück. Der Vater tritt aus dem Arbeitszimmer, tief in Gedanken versunken.

«Sie haben eine Hütte gebaut», erklärt Elfride voll Genugtuung.

«Das ist fein», sagt der Vater abwesend. «Eine Hütte. Das war eine gute Idee. Und was wollen sie damit anfangen?»

«Wir werden arbeiten, genau wie du», erwidert der Große. «Jetzt haben wir unsere eigene Hütte. Wir werden schreiben. Ganz abgeschirmt und ganz allein.»

Martins Blick belebt sich.

Am selben Abend trifft er seinen Entschluss. Er wird bei einem Bauern im Flachland ein Zimmer mieten und sich dort einschließen. Weit weg von seinen kleinen Söhnen, weit weg von seiner Frau. Weit weg von Todtnauberg. Am 1. August würde er zurückkommen.

Elfride vernimmt den Urteilsspruch, ohne mit der Wimper zu zucken. Martin sitzt an einem wichtigen Werk, in dem es, wie er ihr sagte, um die Vorstellung der Zeit geht. Das mindeste, was er verlangen kann, ist genug Zeit für seine Philosophie. Sie würde bei den Kindern bleiben. Sollten sie so viel schreien, wie sie wollten.

Als Martin ihr seinen Entschluss verkündet, hat Elfride das Gefühl, zugleich verloren und gewonnen zu haben. Verloren: den Kampf ums Schweigen. Gewonnen hat sie den Stolz, ihrem Mann bei der Errichtung seines Gedankengebäudes zu helfen. Froh über ihr Vertrauen, beglückt er sie mit einem Kuss und dem Titel des entstehenden Buches: *Sein und Zeit.*

Als sie die Betten für die letzte gemeinsame Nacht in der Hütte richtet, empfindet Elfride feige Erleichterung. Martin würde allein träumen können, aber sie wäre frei; das heißt, ein wenig. Auf der Höhe, die er nun verlässt.

Elfride

Fünfundzwanzig Jahre später hatte ihr Martin die vier Jahre ehebrecherischer Lüge gestanden, von 1924 bis 1928. Während seiner Arbeit an *Sein und Zeit.*

Sofort war Elfride Martins Rückzug ins Flachland eingefallen. Er war nicht nur vor dem Lärm der Kinder geflohen. Sie hatte plötzlich verstanden, dass die Einsamkeit ihres Mannes die der getrennten Liebenden war. Ein unerträgliches Leid.

Sie hatte sich ihre heimlichen Treffen ausgemalt. Die Briefe, die er ohne Furcht vor Entdeckung verschicken konnte. Die obszönen Träume, denen er sich nach Belieben hingeben konnte, allein in seinem Bett. Allein! Nein. Seit Martins Geständnis wusste Elfride, dass Martin nie mit sich allein gewesen war. Zwischen ihn und sie hatte sich Hannah geschoben, die unmögliche Liebe. Als Abwesende in Martins Bett hatte die Phantomfrau den offiziellen Titel der Passion seines Lebens erworben.

Nun gut! Heute gab es niemanden mehr in Martin, nur noch das Nichts. Auch Hannah würde kein Gegenüber mehr in ihm finden. Auch sie würde keinen Anspruch mehr auf seine Worte erheben können.

Hannah würde sich erschöpfen. Ohne ihn hätte die Philosophie keinen Widerpart, die Liebende keine Freude mehr. Elfride und Hannah kämpften auf gleicher Ebene, gleich ohnmächtig gegenüber diesem erschreckenden Schweigen.

Dieses völlig neue Schweigen hatte Elfride gerade erst erkannt. Es war ... verschlossen. Nicht feindselig, aber sinnentrückt. In Unzugänglichkeit verschanzt.

Bisher hatte Elfride jedes Schweigen Martins interpretieren können, seine Bedeutung, seine Tonart. Wie hätte eine Fremde die Unterschiede wahrnehmen sollen? Hannah hatte nicht ihr Leben mit Martin verbracht. Sie kannte die Spielarten seines Schweigens nicht: Das gedankenschwere – keine Gefahr. Das düster-traurige – Anlass zur Sorge. Das grell-angstvolle – nicht mehr kontrollierbar. Und das quälendste, um dessentwillen er die Hütte verlassen hatte. Das Schweigen mit der abwesenden Geliebten.

Was würde die Geliebte mit Martins jüngstgeborenem Schweigen anfangen, dem ältesten von allen, das dem Tod vorausgeht?

Die Geliebte war machtlos. Heute Abend würde Hannah abreisen. Instinktiv wusste Elfride, dass sie nicht wiederkommen würde. Für das letzte Treffen hatte sie ihr einen vermauerten Martin ausgeliefert.

Der Gedanke, dass Hannah unverrichteter Dinge wieder abreisen würde, erfüllte Elfride mit Genugtuung, aber auch mit Unwillen. Schön, Hannah würde abreisen, aber dann? Wenn Martin seine Sprache nicht wieder fände? Und wenn sie, Elfride, am Ende einer so langen Gemeinschaft als Lohn nur das langsame Abgleiten in den Tod erhielte? Nichts weiter? Keine Geste, kein Wort?

«**Welch** schöner Erfolg, den großen Philosophen abgeschirmt zu haben», seufzte Elfride. «Und nun schweigt er die ganze Zeit.»

«Vielleicht lebt er nicht mehr in derselben Zeit wie wir, Elfride. Vielleicht gibt es für ihn keine Stunden mehr, keine Minuten, Sekunden … Vielleicht ist er vor der Zeit sicher.»

«Hören Sie auf, mir Vorträge zu halten! Die Zeit habe ich mit ihm verbracht!»

«Aber Martin hat sie nicht nur durchlebt, er hat sie gedacht. Es ist sogar sein dauerhaftestes Werk geworden, dieses Buch mit dem wunderbaren Titel. *Sein und Zeit.*»

«Sprechen Sie nicht von diesem Buch», explodierte Elfride.

Hannah zündete sich eine Zigarette an und versuchte, ihrer Stimme Festigkeit zu geben:

«Elfride, ich schulde Ihnen ein Geständnis. Ohne mich hätte Martin *Sein und Zeit* nicht geschrieben. Sie brauchen mich gar nicht so anzusehen! Ich weiß, was Sie sagen wollen, ich hatte Martin schon verlassen, als er damit anfing. Aber wir schrieben uns …»

«Das kann ich mir denken», sagte Elfride. «Und?»

«Dank meiner Abwesenheit konnte Martin dieses

Buch schreiben», flüsterte Hannah. «Dank der Trennung. Martin hat die Erfahrung der Zeit am eigenen Leib gemacht. Durch mich. Ich habe ihn dazu inspiriert. Was sagen Sie dazu?»

«Nur eins», gab Elfride kühl zurück. «Als seine Mutter starb, legte ihr Martin das Buch in den Sarg, auf ihr Herz. *Sein und Zeit* ist mit ihr gegangen, in den Tod. Das Buch ist aus dem Sterben seiner Mutter entstanden.»

Stille. Ihr fällt nichts mehr ein, dachte Elfride.

«Das wusste ich nicht», sagte die alte Dame schließlich. «Und doch ...»

«Was denn noch?»

Hannah

Martins Worte in einem Brief von 1925, als hätte er sie ihr ins Ohr geflüstert.

Es war gegen Ende des Sommersemesters, nachdem Hannah Marburg vorsichtshalber verlassen hatte. Ihre Treffen, nun seltener, waren umso intensiver. Nie schrieb Martin mehr, nie besser.

Diesen Brief hatte er ihr damals geschrieben, als er bei einem Bauern ein Zimmer gemietet hatte, um in Ruhe, fernab der Familie zu arbeiten.

Ein Liebesgesang ohnegleichen. Eine Quelle der Inspiration für sein Buch war sie, die Abwesende. Bei jedem Schritt erblühend, bei jedem Wort sich verschleiernd, erscheint die Geliebte unablässig zwischen den Säulen des Tempels, um sogleich von dem über ihr liegenden Schatten verborgen zu werden. Die Abwesende, so flüchtig, dass sie schon nicht mehr da ist, ein dem Licht geöffneter Kelch. Am Horizont des Seins erscheint die Zeit mit ihren Schwingungen. Im Fliehen, also Gegenwärtigsein, erinnerte Hannah ihn an das wahre Griechenland.

So sehr hatte Hannah diese Worte in sich aufgenommen, dass sie zu ihr sprachen. Am Horizont des Seins hörte sie Martins Worte, Laut für Laut.

Wozu sollte man es erklären? Die Spur des Seins war in ihr versiegelt. Das Siegel aufbrechen? Zu spät. Es stand nicht mehr in ihrer Macht, es zu brechen. Auch nicht in Martins. Sein Buch war auf subtile Weise in sie eingedrungen. Daran konnte niemand etwas ändern, sie nicht, er nicht.

Ja, natürlich, Martin mochte das Buch seiner Mutter aufs Totenbett gelegt haben. Schön gebundenes bedrucktes Papier. Das war kein Widerspruch. Der Geliebten hatte er den Geist eingehaucht, der Mutter das ihr geschuldete materielle Ding gegeben.

Die Tote und die Abwesende - zwei Frauen, dazu bestimmt, sein Denken zu empfangen.

Elfride wusste nichts von diesem Brief. Ebenso wenig wie von Martins Duplizität: Der Heidegger des Lebens verbrachte seine Zeit mit der Familie; der Martin der Liebe verließ die Zeit, um zu denken. Abends um sieben wurde Martin wieder Heidegger.

Wie eine gute Schleusenwärterin hatte Hannah die Ventile geöffnet. Bei ihr sprudelte und strömte das Wasser. Sie allein hatte ihm ermöglicht, den menschlichen Machenschaften zu entfliehen.

Nicht, dass er sie um Erlaubnis gebeten hätte. Aber ob Martin gewollt hätte oder nicht, Hannah blieb diese geheime kleine Pforte, der Fluchtweg zu dem, was er das Dasein nannte.

Die andere Pforte war Elfride. Aber sie war nur die Pforte zur besorgten Welt, an der Hannah keinerlei Anteil hatte. Die andere, die bewachte Pforte, war zu Hause. Die Wasser des Denkens beruhigten sich, wurden flach. Dort war Martin in Gefahr. Was war ohne Hannah aus ihm geworden? Ein Nazi.

«**Sehen** Sie, Hannah, dazu fällt Ihnen nichts mehr ein», frohlockte Elfride. «Sie hatten überhaupt keinen Einfluss auf ihn. Gewöhnen Sie sich an den Gedanken.»

Hannah saß versunken da.

«Und außerdem», fuhr Elfride fort, «das ist mir gerade eingefallen ... Eines Tages hat mir Martin gesagt, dass er beim Skifahren auf die Beziehung zwischen Sein und Zeit gekommen ist. Da sehen Sie, wie sehr er an Sie dachte!»

«Im Schnee.» Hannah klang neutral. «Das ist eine Idee.»

Sie hatte Martin nie Ski fahren gesehen. Manchmal hatte sie ihn von ihrem Fenster in Marburg aus erspäht, wenn er aus den Bergen kam, die Skier auf der Schulter, mit gerötetem Gesicht. Das Gleiten über die weiße Fläche befreie ihn, behauptete er. In solchen Augenblicken verschmelze er mit der Luft, habe er kein Gewicht, keinen Körper mehr.

«Nicht wahr, das ist eine gute Idee?», fiel Elfride in ihre Gedanken ein. «Martin lief mit einem solchen Überschwang ...»

«... dass die Zeit dem Sein Platz machte», beendete Hannah den Satz. «Das Skilaufen, die Geschwindigkeit auf dem Schnee, der Bruch in unserer Leidenschaft – also ich finde, das gehört alles zusammen.»

«Sie können es sich einfach nicht aus dem Kopf schlagen! Ein wahrer Philosoph denkt in der Einsamkeit. Was Sie nicht getan haben, Hannah.»

«Ach, das höre ich zum ersten Mal.» Hannah war überrascht.

«Tatsache ist, dass Sie die Konfrontation mit Martin suchten. Einem Lehrer wie ihm entwächst man nicht so schnell. Martin ist neue Wege gegangen, Sie nicht.»

«Aber ich liebe die Welt, wie sie ist! Martin lehnt sie ab, und ich akzeptiere sie. Ich lebe!»

«Eine tolle Entdeckung», sagte Elfride.

Hannah schwieg resigniert.

«Und da ist noch etwas», sagte Elfride nachdenklich. «Martins Zeit ist die, die ich ihm gab.»

«Wie meinen Sie das?»

«Vor unserer Heirat hatte Martin keinen Zeitplan, er arbeitete chaotisch, irgendwie, irgendwann, sogar nachts.»

«Nachts», wiederholte Hannah. «So ...»

«Ja! Das war unvernünftig. Wie schwierig es war, ihn wieder zu einem Tagmenschen zu machen! Ihn zu einem bestimmten Zeitpunkt zu wecken, ihn an regelmäßige Mahlzeiten zu gewöhnen ... Ich habe seine tägliche Arbeitszeit geregelt. Ich habe dafür gesorgt, dass er die Kinder nicht weinen hörte, ihn von allem abgeschirmt. Er brauchte Stille, Ruhe.»

«Sie haben ihm seine Zeit nicht *gegeben*», sagte Hannah. «Die Zeit ist da. Kein Mensch kann sie zuteilen. Sie haben tatsächlich nie über das Werk Ihres Mannes nachgedacht! Die Zeit, von der Sie sprachen, heißt bei ihm ‹Seiendes›.»

Elfride zog ein mürrisches Gesicht.

«Das innerweltlich Seiende», fuhr Hannah mit Nachdruck fort. «In-der-Welt-sein als Mitsein mit Anderen. Das ist nicht die Zeit des Seins, sondern die Zeitlichkeit des Besorgens. Das ist die Sorge.»

Wie abwesend glättete Elfride eine Falte in der Tischdecke.

«Im alltäglichen Leben ist niemand er selbst. Es ist die Herrschaft des ‹Man›. Man lebt, man betreibt etwas, man ist. Man ist niemand. Das ist die Zeit, die man verliert.»

Geduldig und sorgsam fuhr Elfrides Hand über die Falte, hin und her.

«Das ist die alltägliche Zeitlichkeit in Martins Sinne», schloss Hannah.

«Was ich über die Heideggersche Philosophie weiß, ist nur das: Wenn ich ihm die ‹Sorge› nicht abgenommen hätte, hätte er nicht die Zeit gehabt, über sie nachzudenken. Ich will gerne anerkennen, dass seine Familie Martins ‹Man› war. Dass er als Einzelwesen mit uns gelebt hat. Da erzählen Sie mir nichts Neues.»

«Aber ich bin noch nicht fertig, Elfride. Bleibt noch die Offenheit, die Lichtung, das Haus des Seins …»

«Sie zitieren. Sie sagen Sätze auf. Das In-der-Welt-sein! Überlegen Sie doch, was wohl Martins Welt war. Sein wirkliches Haus.»

«Sie und Ihre Kinder», gab Hannah widerwillig zu.

«Und dann, was glauben Sie, warum er Sie verlassen hat? Aus Angst vor meiner Eifersucht? Sicher nicht. Ich habe nichts geahnt. Er hätte sich problemlos weiterhin mit Ihnen treffen, den Ehebruch fortsetzen können. Also hat er sich aus einem anderen Grund von Ihnen getrennt. Er hat Sie verlassen, um in einen geordneten Rhythmus zurückzufinden. Seine Sorge, wenn Sie so wollen. Aber diese Sorge bin ich.»

Elfride sprach wie aus neu gewonnener Einsicht, als enträtsele sie im Sprechen ihr Leben. Ohne jede Spur von Triumph oder Anklage.

Was sie sagte, war wahr. Schrecklich wahr.

«Aber wir waren Geliebte», wandte Hannah unsicher ein. «Wenn er die Ordnung so nötig hatte, wieso konnte ich überhaupt Eingang in sein Leben finden?»

«Eben!», rief Elfride mit glühenden Wangen. «Man muss einen Taumel vermuten … Sie waren elegant, Sie kamen aus der Großstadt, ich trug Schürzen und mein Haar in Zöpfen aufgesteckt. Sie trugen einen Hut wie aus einer Modezeitschrift, das weiß ich noch, und Ihre Haltung!»

«Das haben Sie mir nie gesagt …»

«Man nannte Sie ‹die Grüne›», murmelte Elfride. «Wegen eines smaragdgrünen Samtkleids.»

«Mein altes Kleid aus Berlin! Ja, stimmt, es stand mir wirklich gut.»

«Zu gut, Hannah. Deshalb habe ich Sie nämlich nicht mehr eingeladen.»

«Was ist los? Dieses so späte Geständnis …»

«Erklären Sie es mir. Sie beide. Was war es?»

Mit klarem Blick wartete Elfride auf Antwort. Hannah tauchte in diese hellen Augen ein und sah darin nur eine Sehnsucht nach Wahrheit. Einen gespannten, zarten Faden.

«Ich will es versuchen», seufzte sie. «Wenn Sie die Spenderin der Zeit waren, versuchen Sie sich vorzustellen, was ich für Martin war. Der Augenblick, der Bruch, der Fehler.»

«Der Fehler!», sagte Elfride bitter. «Also war ich zu perfekt.»

«Martin wünschte sich das Regelwidrige. Heimliche, hastige Treffen. Unmittelbarkeit ohne Dauer. Wahre Liebende haben keine Wahl.»

«Und der Gedanke, dass es Ehebruch war, hat Sie nie gestört?»

«Nein.»

«Das ist doch nicht möglich! Man liebt einen verheirateten Mann nicht, ohne an die zu denken, die ihn abends erwartet. Ich muss da gewesen sein, irgendwo zwischen ihnen …»

«Ich werde es Ihnen sagen», sagte Hannah sanft.

«Wenn wir zusammen waren, war die Außenwelt … Es ist schwierig. Wir lebten nicht mehr in der Zeit. Wir lebten überhaupt nicht mehr. Wir waren in den Augenblick entrückt.»

«Den gibt es auch im ehelichen Leben!», schrie Elfride.

«Aber wenn er aufwachte, waren Sie immer da … Für uns war die Seltenheit bestimmend. Immer das Gefühl von Mangel. Unsere Liebe war für ihn ein Riss in der Zeit. Für Sie ist Liebe von Dauer begleitet. Aber die Dringlichkeit, die Hingabe, die Überraschung. Die Lampe, die feuchten Flecken auf dem zerknitterten Betttuch …»

«Hören Sie auf!»

«Es ist grausam, aber Sie konnten nicht zwischen uns existieren. Es gab niemanden zwischen uns, nur einen Blitz des Seins. Mit der Liebe ist es wie mit einem grenzenlosen Himmel, den man vom Flugzeug aus sieht. Weder Horizont noch Erde. Wie soll ich es erklären? Wenn ich schwimme, habe ich zum Beispiel dasselbe Gefühl.»

«Wenn Sie schwimmen? Im Wasser?»

«Ja, worin sonst», gab Hannah belustigt zurück. «Meistens im Meer. Ich bereite mich darauf vor, spanne die Muskeln an, bevor ich eintauche … Dann zerteile ich auf einen Schlag das Wasser und die Zeit. Und dann lasse ich mich treiben. Ich trete in etwas ein. In was? Die Frage stellt sich nicht. Martin würde von Lichtung sprechen.»

«Aber Sie schwimmen allein! Ich verstehe Sie nicht.»

«Ich will damit sagen, dass Martin und ich gemeinsam dieses Wasser waren. Wir gehörten nicht mehr zur Erde. Wenn ich schwimme, spüre ich die Schwerkraft nicht mehr … Das war es – Martin und ich: Schwerelosigkeit.»

Die blauen Augen füllten sich mit Tränen.

«Und ich wartete auf ihn», rief sie.

«Ich versuche nur zu verstehen, wozu wir gut waren, Elfride. Werden Sie nicht wütend. Sie waren sein Heim, und ich seine Flucht. Schließlich muss ein Kind seine Mutter verlassen, um zurückkommen zu können. Sie der Fixpunkt. Ich die Eskapade. So einfach ist das …»

Ganz langsam wandte Elfride den Kopf nach rechts, nach links, nach rechts …

«Warum schütteln Sie den Kopf?», fragte Hannah.

«Ich schüttle nicht den Kopf», sagte Elfride unwirsch. «Meine Nackenwirbel tun mir weh.»

«Arme Elfride.»

«Arme, arme Elfride», äffte diese näselnd nach. «Der brave Haushund … Martin hat mich bestohlen! Sie beide haben mich bestohlen! Diese Zeit gehörte mir. Haben Sie wirklich gar nicht an mich gedacht?»

«Was mich angeht, nein», sagte Hannah vorsichtig. «Wir haben nie darüber gesprochen. Es ist ihm nie in den Sinn gekommen, Sie zu verlassen. Und ich wollte in manchen Augenblicken nur ihn.»

«Ohne Zukunft?»

«Ohne irgendetwas.»

«Er hat mir gesagt, er habe Sie wie in einem Traum erlebt. Als er mir alles beichtete, sagte er, dass alles längst vorbei sei, dass Sie nie wieder so zusammen sein würden. Dass er nie wieder mit Ihnen … nun … Dass er nur noch in Gedanken bei Ihnen war.»

«Er sagte die Wahrheit», log Hannah. «Beruhigen Sie sich.»

«Ja», sagte Elfride mit einem Seufzer. «Letzten Endes war ich Garantin seiner Philosophie, indem ich mich um ihn kümmerte.»

Die Gattin hatte ihr Eigentum wieder.

Die Wunde war also tief, schmerzhaft, dachte Hannah. Elfride will nur ihren Platz behaupten, den der Martha in der Bibel. Also muss ich den meinen einnehmen. Laut sagte sie:

«Mich wollte er als Abwesende, außerhalb der Zeit.»

«Das ist kein Leben.»

«Nein», sagte Hannah. «Das ‹Man› der Welt hat den Sieg davongetragen. Unsere Treffen hatten keine Zukunft. Und ich bin geflohen.»

Hannah
Heidelberg, 1928
Der Zug

Sie wartet auf ihrer Lieblingsbank. Um 16.30 Uhr wird Martin mit dem Zug aus Marburg kommen. Sie haben sich seit einer Woche nicht gesehen.

Einige Monate zuvor hat Martin sie gebeten, nie mehr nach Marburg zurückzukommen, nicht einmal für einen Tag, wegen seiner Frau. Sie würden sich an anderen Orten treffen, wann, würde er dann sagen. Hannah war darüber nicht überrascht. Das Wiedersehen würde dann jedes Mal umso beglückender sein.

Hannah hat sich fest vorgenommen, nicht auf die Uhr zu sehen.

Der Himmel ist grau für einen Apriltag. Am anderen Bahnsteigende bändigt eine Mutter ihre Kinderschar. Hannah hört das Geschrei der Kinder. Sie konzentriert sich auf ihre Hände. Es ist Viertel nach vier.

Woraus würde das Treffen bestehen? Hannah kennt Martins Zeitplan nicht. Eine Stunde, zehn Minuten? Zeit für einen Kuss oder fürs Bett? Vergeblich versucht sie sich von diesen Berechnungen abzulenken. Zwei Stunden oder nichts. Fröstelnd schlägt Hannah den Jackenkragen hoch. Ein junges Mädchen, das auf dem Bahnsteig verabredet ist. Mit wem? Mit ihrem Vater, ihrem Geliebten oder mit einer Freundin? Das fragen sich die Vorübergehenden flüchtig, dann denken sie nicht mehr daran. Vergessen macht sich auf dem Bahnsteig breit. Das Mädchen wartet.

Zwanzig nach vier. Die Aufregung des Wiedersehens steigt ihr sprunghaft zu Kopfe. ‹Willkommen, Begehren›, denkt sie. ‹Du bist ein bisschen zu früh zur Verabredung erschienen. Aber bald ist Martin da.› Wie er es gewünscht hat, ist Hannah voller Erwartung. Nichts sonst zählt.

Von ferne dringt der Lärm des in den Bahnhof einfahrenden Zugs an ihr Ohr. Hannah springt auf. Die Lokomotive hüllt die aussteigenden Reisenden in den Nebel ihrer Dampfwolken. Martin ist sicher am Ende des Zugs. Hannah starrt die Leute an, die achtlos an ihr vorbeigehen. Hüte, Schnurrbärte, Mäntel, gleichgültige Blicke, Schleier, Koffer – wo ist er?

Der Zug fährt weiter. Martin war nicht darin. Der nächste Zug aus Marburg kommt in einer Stunde an.

Sie setzt sich wieder hin. Sieht auf die Uhr. Zeit genug für einen Kaffee. Vielleicht ein belegtes Brot.

Am Tisch betrachtet sie ihre Hand, die er noch nicht gestreichelt hat. Sie holt ein Heft und einen

Stift aus der Tasche. Und schreibt: «Wenn ich meine Hand betrachte - Fremdes Ding mit mir verwandt - Stehe ich in keinem Land.»

Dieser Bahnsteig ist Heimatlosigkeit.

«Bin an kein Hier und Jetzt» - der Stift stockt. Wie langsam die Zeit vergeht. Todtraurig zieht Hannah die Schultern hoch.

Der kochend heiße Kaffee richtet sie wieder auf. Sie schreibt weiter: «Bin an kein Was gesetzt.»

Aus welcher Seinsregion sind diese Worte der Auflehnung aufgetaucht? Überraschend? Hannah liest es noch einmal. «Wenn ich meine Hand betrachte - Fremdes Ding mit mir verwandt - Stehe ich in keinem Land. Bin an kein Hier und Jetzt, Bin an kein Was gesetzt.»

An kein Was gesetzt? Ein Sakrileg! Ihre Hand ist nicht ermächtigt, gegen die Unterwerfung anzuschreiben! Auf Martins Geheiß, das weiß Hannah, muss sie, an das Was gesetzt, warten.

Sorgfältig streicht sie den letzten Satz durch.

Unerwartet wird sie von einer Woge des Zorns erfasst. Ihre Hand kratzt über das Papier: «Nun sollen keine Zeichen mehr geschehen.»

Martin wird nicht kommen.

Mit einem Ruck reißt sie ein Blatt aus dem Heft. Sie schreibt ihren Abschiedsbrief. Ihre Hand gehorcht ihr, ist wieder verwandt. Hannah findet ihre Freiheit wieder.

Die letzten Sätze sind die schwersten.

«Ich liebe dich wie am ersten Tag – das weißt du, und das habe ich immer gewusst.»

Das ist kein Schluss. Sie zögert und wird von ihrer Hand mitgerissen. «Und wenn Gott es gibt, werd ich dich besser lieben nach dem Tod.» Sie unterschreibt.

Verrückt. Aber es ist geschehen.

Sie trinkt ihren Kaffee aus, zahlt und geht. Nie wieder wird sie Martin auf einem Bahnsteig erwarten. Auch sonst nirgends.

Vor dem Bahnhof hatte Hannah eine von den blühenden Kastanien herabgefallene Kerze aufgehoben. Sie hatte die Blütenkelche auseinander gebogen, den Stempel gestreichelt und die Blütentraube schließlich in den Rinnstein geworfen. Dann war sie zu dem Geliebten gegangen, den sie sich auf Martins Wunsch hin gesucht hatte, um sich abzulenken.

«Ich bin geflohen», seufzte sie. «Ich wollte leben.»

«Damit hatten Sie Recht», gab Elfride zu.

«Aber ich bin nicht aus seinem Leben verschwunden», fügte Hannah hinzu.

«Mein Gott, als er mir sagte, dass er Sie wieder sehen wolle! Als er mir erklärte, seinen Fehltritt habe er nur eingestanden, um Sie leichter wieder sehen zu können ... Und dabei weinte! Nach so vielen Jahren, Sie und er! Hannah, es war schrecklich!»

«Sie haben nicht genug Leben gelebt. Er hat Sie betrogen, na gut. War das so schlimm?»

«Das hätte nichts zu bedeuten gehabt», erwiderte Elfride. «Aber Sie sind die Passion seines Lebens, das hat er gesagt! Mein Haus fiel in Trümmer ...»

«Aber nein», seufzte sie. «Ihr Haus hatte nur eine Geheimtür. Und er hat sie an jenem Tag geöffnet.»

«Und Sie standen hinter der Tür und erwarteten ihn!»

«Erwartete ich ihn?» Hannah war gedankenvoll. «Martin ist kein Mann, den man erwarten kann, ohne zu leiden. Nein, ich erwartete nichts.»

«Also bitte! Sie haben ihn schriftlich einbestellt, das weiß ich.»

«Ich habe ihm meine Ankunft mitgeteilt. Ich hätte es gern gesehen, wenn er mir diese unglückliche Lebensetappe erklärt hätte.»

«Das habe ich ja gesagt. Eine Einbestellung.»

«Versetzen Sie sich in meine Lage. Hatte ich wirklich einen Nazi geliebt? Das wollte ich wissen.»

«Das war es nicht, was geschehen ist», sagte Elfride. «Sie wollten etwas anderes, Hannah. Von Zeit zu Zeit mit ihm zusammen sein, allein.»

«Ich lebte in New York! Der ganze Atlantik lag zwischen uns. Sie liefen keinerlei Gefahr mehr.»

«O doch! Sie waren in sein Leben zurückgekehrt. Sie existierten. Er hoffte auf Ihre Besuche. Er brauchte Sie! Und ich in alldem?»

«Er braucht nicht mich, sondern uns beide zusammen», sagte Hannah. «Er hat uns sogar befohlen, uns auszusöhnen, und er als Sultan schön in der Mitte.»

Die beiden Frauen tauschten einen unsicheren Blick, bevor sie gleichzeitig in Lachen ausbrachen.

«Martin und seine beiden Frauen … Das werden wir nie vergessen!», rief Hannah. «Ach, als er unsere Hände in den seinen vereinte! Diese Komödie …»

Elfride

Freiburg im Breisgau, August 1950

Die bewegten Hände

Sie sind zu dritt in dem Haus in Freiburg. Elfride mit dem Rücken an der Tür. Hannah am Fenster, mit dem Rücken zu den anderen. Zwischen ihnen Martin, der mit verschränkten Händen auf und ab marschiert. Die beiden Frauen sind gerade aus dem Nebenzimmer gekommen, wo er sie allein gelassen hat, damit sie sich kennen lernen und den Kuss austauschen konnten, den er von ihnen verlangt hatte.

«Also, habt ihr euch geküsst, wie ich es wollte?», fragt er.

«Jawohl», sagt Hannah.

«Aber das ändert nichts», fügt Elfride eilig hinzu.

Martin seufzt sehr tief.

«Ist es so schwer, euch zu vereinen?»

Hannah dreht sich um. Elfride erdolcht sie mit Blicken. Keine von beiden will den Blick senken.

«Ich verlange doch nichts Unmögliches», sagt Martin. «In diesem Augenblick befinde ich mich in der Wahrheit. Warum der Klarheit widerstehen. Seid Freundinnen.»

«Gern, aber wie?», fragt Hannah ironisch. «Sie will ja nicht.»

«Elfride», seufzt Martin, «ich bitte dich. Tu es für mich.»

Schweigen.

«Ich habe dich zur Frau genommen. Vergiss das nicht.»

«Und sie?», schreit Elfride.

«Das hat nichts miteinander zu tun», sagt Martin. «Gar nichts. Und außerdem ist sie inzwischen verheiratet. Komm her, bitte.»

Elfride senkt den Kopf. Sie kennt die trügerische Milde von Martins Befehlen. Sie wird ihm gehorchen müssen. Sie geht zu ihrem Mann, in die Mitte des Zimmers.

«Kommen Sie, Hannah», sagt Martin. «Haben Sie keine Angst. Ich bin da.»

Brüsk verlässt Hannah das Fenster und kommt näher.

«Geben Sie mir Ihre Hand», sagt er. «Du auch, Elfride.»

Und Martin fängt die beiden Hände in seinen ein.

Elfride erbebt. Hannahs Hand, Martin am Rande der Tränen, sein freudiges Lächeln, seine Zärtlichkeit, die über den Frauen schwebt, schön gleichmäßig verteilt.

Martin steht zwischen Elfride und Hannah und strahlt vor geteilter Liebe.

Die Wärme seiner Hände teilt sich den verschlungenen Händen der Frauen mit. Von den plötzlichen Gefühlen überwältigt, spürt Elfride, wie sich die Umklammerung der Eifersucht löst. Hannahs Hand entspannt sich und streichelt zaghaft ein wenig ihn, ein wenig sie, alle drei. Gemeinsames Wohlgefühl, körperlose Umarmung.

Elfride hebt den Blick und kreuzt den Hannahs. Leuchtend, umflort, beinah sanft. Elfride lächelt ihr unter Tränen zu. Die Zeit steht still. Sie sind vereint.

Elfride empfand noch einmal dasselbe, unverändert. Hannah lächelte. Klaren Blicks, Ironie im Reinzustand.

«Und doch, Hannah, Sie waren bewegt», empörte sich Elfride.

«Glauben Sie?»

«Es gab diesen sehr kurzen Moment, der ihn so glücklich machte. Ich berührte Ihre Hände, sie waren eiskalt, meine auch. Und dann, das wissen Sie genau ... Es hat nicht lange gedauert, aber wir haben diese Harmonie erlebt. Streiten Sie es nicht ab!»

«Martin ist außerordentlich empfindsam, das wissen Sie», antwortete Hannah undurchdringlich. «Jede Kleinigkeit rührt ihn. Die Szene war bewegend, und Martin lebte in seinem Traum. Wir haben das Recht, ihn von Zeit zu Zeit träumen zu lassen.»

Stille, die immer tiefer wurde. Der Kessel war verstummt, der Regen hatte aufgehört, die Sonne brach wieder durch und warf rechteckige Lichtflecke an die Wand. Die Frauen sahen sich wortlos an. Martins Traum war da, in dieser sorgfältig aufgeräumten Küche, zwischen Ehefrau und Geliebter.

«Von Zeit zu Zeit hat man wohl das Recht zu teilen. Oder?», brach Hannah den Zauber.

«Das stimmt», sagte Elfride fast flüsternd. «Von Zeit zu Zeit.»

Dann schwieg sie gedankenvoll. Martin war nicht gut im Teilen. Allein auf seinen Spaziergängen, auf den Skiern, in der Philosophie und doppelt in der Liebe. Aber teilen! Das kam nicht in Frage! Mitsein mit Anderen war ihm lästig.

Martin
Meßkirch, 1901
Der Tunnel

Sonntag. Nachmittags spielt Martin auf der Wiese Fußball, ein neuer Sport, den es in Deutschland noch keine dreißig Jahre gibt.

Der Boden ist aufgeweicht; es hat geregnet. Erde klebt an den Schuhen. Martin findet es keineswegs unangenehm, in den Schlamm einzusinken und das Schmatzen des Wassers unter den Sohlen zu hören.

Er ist Linksaußen, wachsam und stets bereit, den Ball mit einem langen Querpass zurückzuschießen. Der Gedanke, den Ball mit dem Kopf zu spielen, ist ihm widerwärtig. Toreschießen findet er wunderbar, wenn er dazu Gelegenheit hat. Dieser Schwung zum Himmel hinauf, der ihn mitreißt.

Martin ist nicht groß, aber quecksilbrig, nicht stark, aber er kann das Spielfeld gut einschätzen. Und dann kennt er die Tricks, vor allem den Tunnel. Er schlängelt sich vor einen großen Tollpatsch, der gerade breitbeinig dasteht, und – hopp! – schießt er ihm den Ball zwischen den Beinen durch. Um diesen Trick zu parieren, muss man die Knie rechtzeitig zusammenpressen, und niemand ist schneller als er. Der Tunnel ist sein absoluter Lieblingstrick.

Gleich wird der Schiedsrichter das Spiel anpfeifen … Martin hüpft auf der Stelle und lässt den Ball zwischen den Beinen der anderen Spieler nicht aus den Augen. Der Ball hat ein Eigenleben, er entwischt, klebt an einem, springt, manchmal bis zu den Hüften. Wenn man ihn schießt, schnellt dieser ungreifbare Gegenstand davon, und sein Flug hinterlässt auf der Netzhaut nur eine helle Spur. Die Spur des Balles nimmt das ganze Blickfeld ein, trübt es. Er kommt!

Ich habe ihn. Vor dem Fuß. Das rempelt und stößt, Körper, Hüften, Ellbogen, aber ich halte stand. Geh voraus, Ball, ich folge. Ich gehe, weiche aus, dribbele, spiele ihn jemandem zu, stoppe, dann geht's los. Ich stürze mich hinein, ich folge dem Ball, umspiele und trete …

Ein makelloser, endloser Bogen. Der Ball trifft ins weiche Netz.

«Eins zu null für Meßkirch!», ruft der Schiedsrichter.

Die gegnerische Mannschaft schmollt. Die Sieger klopfen sich auf die Schulter, springen im Takt – ein Tor, ein Tor!

Das Spiel geht weiter. Der Ball fliegt, Martin hält

ihn fest im Blick. Und mit einem Mal pflanzt sich so ein Riese vor ihm auf, breitbeinig … Hans, der Banater, ein toller Hecht. Martin klebt am Ball und täuscht. Der Ball saust durch die Beine des Gegners.

Wütend tritt Hans Martin vor den Knöchel. Der Schiedsrichter pfeift.

«Hans, disqualifiziert!»

Martin hat sich in den Schlamm fallen lassen. Der Geruch der Erde steigt ihm in die Nase, und so bleibt er liegen, glücklich. Der feuchte Lehm riecht gut, nach tierischen Ausdünstungen, nach Frau. Schlamm ist schön.

«Steh auf! Martin, komm her!», schreit der Schiedsrichter von weitem.

Wie schade, sich von der Erde trennen zu müssen. Schwerfällig stemmt er sich hoch und reibt sich dann die Augen. Der Schlamm nimmt ihm die Sicht. Je mehr er reibt, desto dunkler wird die Welt.

Endlich sieht er durchs Braun. Der Schiedsrichter ist verschwunden. Die Mannschaft ist verschwunden. Niemand mehr auf dem Spielfeld, außer Hans, dem Banater. Martin ist noch nicht auf den Beinen, als diese Bestie seinen Kopf schon mit Fußtritten traktiert.

Vor Schreck öffnet Martin die Augen.

Nicht nachgeben. Täuschen … Sich zwischen den Beinen durchschlängeln. Schnell, den Tunnel. Den

Ball nicht hergeben. Lieber fallen. Auf der Erde liegen bleiben. Den Geruch zwischen den Beinen riechen. Disqualifiziert? Warum?

Elfride

Elfride fröstelt. Martin teilte nicht gern, und schon gar nicht seine Träume.

Martins Träume – ihre Sorge. Der Abgrund, in den er jeden Augenblick fallen konnte. Der gleiche Fieberwahn hatte Martin erst in Hannahs Arme getrieben und dann in die des betrügerischen Helden, des Ungeheuers. Ganz sicher führte ihn die unvernünftige Offenheit, die Martin von der Welt verlangte, in den Abgrund. In welchen? Das hatte Elfride nie gewusst.

Das erste Mal, als Martins Blick sich verlor, liebte sie ihn so, so weltverloren. Der Blick wandte sich ihr wieder zu, ein wenig fremd noch, und entspannte sich dann. Aber es kam vor, dass der Blick nicht so bald wieder zurückkam. Lange Stunden hindurch starrte Martin vor sich hin. Das war beunruhigend. Und doch, so hatte Elfride bemerkt, arbeitete er nach diesen verschwommenen Augenblicken besser. Oder jedenfalls länger. Als sie sein erstes Buch in Händen hielt, las sie es aufmerksam.

Die Sprache war neu und verwirrend. Sein Deutsch verstieß gegen die Grammatik. Es fiel Elfride sehr schwer, diesen Text zu verstehen. Das philosophische Vokabular war ihr nicht vertraut; die Bezugnahmen auf Parmenides, Platon, Hegel verwiesen sie auf praktisch nichts; Martins Denken war hochkompliziert. Sie hielt sich fest an das, was er ihr sagte.

Das «Sein zum Tode» – vielleicht war das ja der Augenblick, in dem er seinen Blick nach innen kehrte, den Kopf über die Angst gesenkt. Das «Dasein», dieses Meisterwort, das Martins Philosophenkollegen so entzückte – es war der Punkt im Leeren, den Martin anstarrte. Sie kannte die Gefahren der «Erschlossenheit des Daseins». Ein Vipernnest aus Angst, Tod und Flucht, in völliger Finsternis. Solange Martin dachte, tanzte er unverwundbar trunken über diesem Schlangennest. Aber im Leben konnte es geschehen, dass er sich an den Rand eines Abgrunds wagte und sich dort im Schlafwandeln von sich selbst trennte. In der Tiefe des Abgrunds wartete die Verzweiflung.

Zu Beginn ihrer Ehe hatte Elfride ihn zur Ordnung gerufen, wenn sich sein Blick verlor. «Wo bist du, Martin? Komm zu dir!»

Schlug die vertraute Stimme zu laut an sein Ohr, so schrak er zusammen. Elfride lernte sanft verhalten rufen, dann flüstern, dann schweigen.

«Es denkt in mir», pflegte er traurig zu sagen. «Ich kann mich nicht dagegen wehren.»

Man durfte Martin nicht in die Welt zurückrufen. Man weckt einen Schlafwandler nicht unvermittelt auf; er würde daran sterben oder sich nie wieder erholen. Ein Wesen, das flieht, muss man begleiten, man muss da sein, ihm die Hindernisse aus dem Weg räumen und schweigen. Elfride lernte, sich unsichtbar zu machen.

Martin kam immer zurück. Zur gewohnten Stunde, zum Abendessen. Oder später. Einmal verlor er sich ganz. Nach der Demütigung verschwand sein Blick wirklich. Niemand mehr da, nur noch Leere. Die Psychiater, die Martin behandelten, belegten seine Abwesenheit mit einem Namen: Depression. Sie unterzogen ihn einer Behandlung, die sie als Therapie bezeichneten: Gespräche, Medikamente – alles Unsinn. Man musste lediglich abwarten.

Denn das wusste Elfride besser als irgendjemand sonst: Diese Rückkehr zu den Wurzeln war für Martin unerlässlich. Oder er würde zu denken aufhören.

Darin war sie sich sicher. Um seine Genesis in seiner Sprache zu schreiben, musste er sich ins Innerste zurückziehen. Er war nicht deprimiert, er zog sich zurück. Eine notwendige Vorsichtsmaßnahme! Martin war anders als die anderen.

In ihm wirkte die seltsame Bedrohung durch das Göttliche; Elfride hatte es übrigens in seinen Büchern, die sie im Laufe der Zeit gelesen hatte, schwarz auf weiß gesehen: «Die Übermacht des Seyns», manchmal auch das «Gewitter Gottes». Elfride erriet in Martin das Streben, sich von den Menschen zu trennen, um der Bedrohung zu entkommen. Solange er sich zurückzog, war er nicht in Gefahr. So wie sich auch die antiken Priesterinnen vor der Verkündigung des Orakels in die Tiefen einer Grotte zurückzogen und die Blicke der Gemeinschaft flohen, um sich Gott zu öffnen. Denn wenn er in der Öffentlichkeit über sie kam, tötete er die inspirierten Sterblichen.

Eines Tages trat der Gott in Gestalt Hitlers auf. Martin kam aus seiner Grotte, die Realität traf auf den Traum. Und Martins Geist explodierte.

Er war nicht daran gestorben, aber beinahe. Die Psychiater hatten ihn recht bald entlassen. Schritt für Schritt, seine Ängste in sich aufnehmend, hatte Elfride ihn gerettet. Nicht ohne Mühe. Die Ruhe der Zeit wiederherstellen, den Gleichtakt der Stunden. Das Haus in Ordnung halten, damit er das andere wieder betreten konnte, das Haus des Seins, in dem es für Elfride keinen Platz gab.

Hannah hatte ihren Platz im Haus des Seins gefunden. Es war zu ungerecht! Ohne mühsame Vorkehrungen hatte sie Zutritt zum ungeteilten Ort erhalten. Warum sie? Durch welchen Zauber? Aufgrund welchen Vorrechts?

Hannah
Königsberg, 1922
Der Bettler

Wie jeden Abend hat sie vor dem Einschlafen gelesen. Seit ihrem Abitur kann Hannah gar nicht mehr anders. Sobald sie die Lampe löscht, beginnt sich das Gedankenkarussell in ihrem Kopf zu drehen. Schließlich ist sie eingeschlafen.

Hannah träumt, dass jemand an die Haustür klopft; ein dumpfes Klopfen.

Noch eins. Es hat geklopft, es war kein Traum. Im Elternschlafzimmer ist die Mutter aufgestanden. Erschrocken springt Hannah aus dem Bett und geht in den Flur hinaus.

«Hast du das gehört, Hannah?», fragt ihre Mutter. «Um ein Uhr morgens!»

«Vielleicht braucht jemand Hilfe», mischt sich Marthas Mann ein.

Hannah empfindet Respekt für den Mann, den ihre Mutter nach dem Tod ihres Vaters, Paul Arendt, geheiratet hat. Martin Beerwald ist tolerant, mutig und gütig. Es ist ihm gar nicht in den Sinn gekommen, dass sich ein Einbrecher hätte Zutritt verschaffen wollen.

Im Morgenmantel geht Martin Beerwald die Treppe hinunter.

Die beiden Frauen, im Nachthemd, beugen sich über das Geländer und spähen nach dem Fremden an der Tür.

Er ist nicht alt, etwa dreißig, schlecht rasiert und blass. Er trägt einen abgetragenen Anzug mit Weste.

«Ich möchte Sie nicht stören, mein Herr», sagt er demütig und nimmt den Hut ab. «Ich weiß, es ist sehr spät ... Verzeihen Sie.»

«Was wollen Sie», brummt Martin Beerwald.

«Es ist wegen der Inflation ... Ich habe kein Geld mehr. Ich bin am Ende. Ich ... Also, wenn Sie mir ein wenig Kaffee anböten, wäre ich Ihnen sehr ...»

«Kommen Sie herein», sagt Martin Beerwald und nimmt ihn bei der Schulter. «Martha! Zieh dir etwas an und mach Kaffee!»

Die beiden Frauen stürzen in ihre jeweiligen Zimmer. Als Hannah wieder herauskommt, stößt sie fast mit ihrer Mutter zusammen, die hastig ihren Gürtel verknotet.

«Noch so ein Armer, der zum Betteln verurteilt ist!», ruft Hannah. «Diese Ungerechtigkeit!»

«Schrei nicht so herum», mahnt ihre Mutter. «Sonst schämt er sich noch mehr. Armes Deutschland.»

Dann setzt sie den Wasserkessel auf, ohne noch etwas zu sagen. Der Mann sitzt mit schüchtern gesenktem Blick auf der Stuhlkante.

«Sie sind sehr gütig», sagt er schließlich.

«Aber nicht doch», antwortet sie. «Möchten Sie etwas essen zu Ihrem Kaffee? Wir haben Brot und kaltes Huhn.»

Der Mann zögert.

«Sie sehen hungrig aus», fährt sie fort. «Es ist keine Schande, sich mal richtig satt zu essen, wissen Sie.»

«Das würde ich gern», seufzt der Mann.

Er isst nicht, er schlingt, wobei er hie und da einen dankbaren Blick auf die drei um ihn versammelten Morgenmäntel wirft. Martha, die sich gesetzt hat. Beerwald, der ihn anblickt, Hannah in ihrer Ecke. Nach dem letzten Bissen sieht er Martha fragend an.

«Ich mache Ihnen ein schönes Omelett», sagt sie einfach.

«Danke», sagt der Mann und betrachtet seine Schuhspitzen. «Wenn Sie nicht gewesen wären, ich wüsste nicht, wer ...»

«Schon gut», unterbricht ihn Martin Beerwald schroff. «In diesen Zeiten muss man einander beistehen.»

«Vor allem, wenn man das Glück hat, keine Entbehrungen zu erleiden. Sie haben Hunger und wir haben das Nötige», fügt Martha hinzu.

«Ich habe heute nämlich noch nichts gegessen», sagt er mit einem Schaudern. «Wenn man sich vorstellt, dass ich um Barmherzigkeit bitten muss! Das hätte ich nie für möglich gehalten. Ich weiß nicht, wie ich Ihnen danken soll. Ich bin so wenig daran gewöhnt, zu …»

Ein Bettler, das ist er nun. Niemand stellt ihm Fragen. Man fragt ihn nicht einmal nach seinem Namen. Und da er nicht weiß, wie er danken soll, weint er.

«Von Zeit zu Zeit hat man das Recht zu teilen», sagt Martha.

Hannah rührte mechanisch in ihrer leeren Tasse. Elfride beschloss, sie zur Ordnung zu rufen.

«Hannah! Wo sind Sie? Kommen Sie zurück!»

«Wie … Was?», stöhnte Hannah erschrocken.

«Auch Sie haben geträumt …»

«Das stimmt», gab Hannah zu. «Ein Anfall von Müdigkeit. Plötzlich fühlte ich mich sehr matt. Ich habe heute nicht zu Mittag gegessen.»

«Was, Sie haben nichts gegessen? So etwas Verrücktes!»

Schon wühlte Elfride in ihren Vorräten. Schinken, Schwarzbrot, Butter. Schinken? Nein. Juden durften ja kein Schweinefleisch essen. Sie suchte nach etwas anderem, als Hannah sie unterbrach:

«Ich esse Schinken», lächelte sie. «Ich halte mich nicht an die Kaschrut.»

Elfride zog verständnislos die Brauen zusammen.

«Ich halte die Speisegebote des jüdischen Glaubens nicht ein», erklärte Hannah freundlich. «Die Gesamtheit dieser Regeln heißt ‹Kaschrut›. Legen Sie den Schinken nicht weg, ich mag ihn sehr.»

«Wenn Sie meinen …» Bei Hannah musste man vorsichtig bleiben.

Hannah strich Butter auf das Schwarzbrot, legte

den Schinken zwischen zwei Scheiben und betrachtete genießerisch die in der dicken, weichen Krume vergrabenen Körner, bevor sie sich darüber hermachte.

«Uff! Ich glaube, ich hatte Hunger», erklärte sie schließlich und wischte sich die Lippen ab. «Ich fühle mich besser. Ich würde gern noch ein wenig Kaffee trinken, wenn es nicht zu viel verlangt ist.»

Schweigend füllte Elfride den Wasserkessel, setzte ihn auf den Gasherd und entzündete die Flamme.

«Wenn Sie gestatten, lasse ich Sie kurz allein. Nur ein paar Minuten.»

Dann ging sie mit kleinen, graziösen Schritten zur Tür, die sie sorgfältig hinter sich schloss.

Neidvoll blickte Hannah ihr nach. So ging die tüchtige Elfride durchs Leben: ohne eine einzige überflüssige Bewegung.

Hannah

Wenn Hannah zum Kochlöffel griff, ging alles schief. Öl spritzte in alle Richtungen, der Backofen verweigerte den Dienst, das Wasser im Gemüsetopf schäumte über und löschte die Gasflamme ... Und sie klemmte sich oft den Finger, wenn sie eine Tür schloss. Elfride hingegen! Die perfekte Hausfrau. Die Gegenstände waren ihr im richtigen Augenblick zur Hand. Elfride beherrschte die Kunst des Alltagsrhythmus.

Martin nicht. Außer vielleicht beim Gehen.

Wenn Hannah und Martin durch die Felder wanderten, entwickelten Martins Füße ein Eigenleben. Die Schuhe bewegten sich im kräftigen Takt eines beschleunigten Herzschlags. Manchmal, fast wie vom Wind getrieben, ging er so schnell, dass sie kaum Schritt halten konnte. Einmal hatte sie in der Hoffnung, er würde sie mitziehen, nach seiner Hand gegriffen, mit der Geste einer Liebenden.

Aber er hatte ihre Hand mit einer Art Erstaunen angesehen. Was war dieser unerhörte Gegenstand? Martin hatte einige Zeit gebraucht, bis er Hannahs

Wunsch verstand. Als er endlich zu sich gekommen war, hatte er ihre Hand unbeholfen gestreichelt, sie jedoch nicht festgehalten. Dann war er weitermarschiert, noch schneller.

Hannah war ratlos zurückgeblieben und hatte ihre Hand betrachtet, dieses Ding, verwandt, doch fremd.

Martin war allein, wenn er mit Hannah spazieren ging. Und nichts konnte ihn aufhalten, allenfalls der Zeitpunkt, zu dem er heimkehren musste. Diese Spaziergänge hatte sie in atemloser Erinnerung behalten. Was bezwang er in diesem Gehen? Die Zeit? Den Weg? Die Erde? Seinen Körper oder Hannahs? Und weswegen folgte sie diesem Mann, der weiterlief und die ausgestreckte Hand zurückwies?

Wegen fast nichts. Um einiger weniger Gedichte willen. Um eines Blickes willen, der auf sie fiel und sie ganz einhüllte. Wegen der Verheißung des nächsten Stelldicheins, morgen, später, nicht jetzt, ganz nach seinem Belieben.

Denn der Pakt zwischen Hannah und Martin sah vor, dass der Geliebte allein über ihre Treffen entschied. Der Geliebte hatte eine rechtmäßige Ehefrau, Kinder, ein Heim – also bestimmte er, wann er frei war. Das bedurfte keiner Diskussion und wurde auch nicht diskutiert. Hannah empfing verschlüsselte Botschaften: eine um achtzehn Uhr eingeschaltete Lampe – ich komme. Ihre Studentenbude wartete auf Martin. Bot also wenig Raum für andere Geselligkeiten. Einsamkeit.

In ihrem eingeschlossenen Dasein hatte sie schließlich eine Gefährtin ausfindig gemacht, ein Wesen von liebevoller Aufmerksamkeit. Aus ihrem Versteck hinter dem Kleiderschrank kam jeden Tag zur Kaffee- und Brotkrümelzeit Hannahs Maus. Hannah kauerte sich hin und wartete ruhig. Mit vibrierenden Schnurrbarthaaren sah das zitternde Nagetierchen sie lange an, bevor es sich Stück für Stück unter den Frühstückstisch wagte. Hannah und ihre Maus hatten viel Zeit, einander zu zähmen.

Wenn Martin zufällig allein zu Hause war, musste sie auf das dreimalige Lampensignal bei den Heideggers warten. Hannah durfte also nie die Initiative ergreifen. Sie musste sich jederzeit bereithalten. Als freiwillige Einsiedlerin war sie selbst die erloschene Lampe, die erst aufleuchtet, wenn der Geliebte am Abend kommt. Zwölf allzu kurze Monate lang hatte das Warten auf Martin sie mit einer erregten, endlosen Freude erfüllt.

Am Ende des Jahres 1925 hatte sie Marburg verlassen.

Martin hielt es für besser. Fern von ihm werde die Wartezeit für Hannah weniger schmerzlich sein, sagte er. Sie könne sich sogar einen Liebhaber nehmen, wenn sie wolle; er würde nicht eifersüchtig sein, im Gegenteil. Als Hannah einen Ehemann hatte, störte sich Martin nicht im Geringsten daran. Ihre Passion war jenseits aller Banalität und Martin großzügig.

Sie verabredeten sich in einer Stadt auf der Bahnstrecke zwischen Marburg und Berlin. Die freudige Erwartung behielt den Reiz des Verbotenen. Sie trafen sich auf einem Bahnsteig, er führte sie in ein Hotelzimmer. Ihr Zusammensein war lebendig wie immer, aber da blieb noch die übrige Zeit, lang und leer. Martin zog sich wieder an und verließ sie. Wann sehen wir uns wieder? An einem der künftigen Tage. Was ist das Künftige? Das Gegenwärtige in seinem Entspringen. Aber wann, sag doch! Keine Antwort. Nicht jetzt, nicht gleich.

«Du weißt, dass ich nicht über meine Zeit verfüge», pflegte er zu sagen.

Martin stellte Hannah auf den Warteposten. Und sie ließ es geschehen. Das Warten reizte die Liebe bis zum Schmerz – wie ein Kind den Schorf auf einer Wunde immer wieder abkratzt, weil es sehen möchte, wie sie blutet.

Bis zu der nicht eingehaltenen Verabredung auf dem Bahnsteig in Heidelberg. Rasch fortschreitender Wundbrand, dann Amputation der Liebe. Die Wunde heilte unter einer dicken Kruste, die Hannah nicht mehr anrührte. Operation gelungen.

Hannah hielt die Wunde für verheilt. Eines Tages kam Martin nach Berlin, um ihren jungen Ehemann zu besuchen. Und die Wunde brach wieder auf.

Hannah
Berlin, Oktober 1929
Zwerg Nase

Endlich geht der Besuch zu Ende. Professor Heidegger bereitet sich auf die Rückfahrt nach Freiburg vor, in der Begleitung von Günther Stern, Hannahs Mann. Keinen Augenblick zu früh. Hannah kann nicht mehr.

Am Vormittag kam dem Professor der Gedanke, den jungen Eheleuten eine Freude zu machen. Er ist mit dem Zug gekommen, nur für einige Stunden, und fährt noch am selben Abend zurück, an dem auch Günther seiner Habilitation wegen nach Freiburg muss. Professor Heidegger hat dem jungen Mann vorgeschlagen, gemeinsam zu reisen, so könne man auch das Gespräch fortsetzen.

Martin ist väterlich, zeremoniös, nostalgisch. Und Günther, der Unschuldsvolle, weiß und sieht nichts. Benommen sieht Hannah zu, wie ihr Mann Martin den braunen Lodenmantel hält, ihm in die Ärmel hilft, mit allem dem Älteren geschuldeten Respekt.

«Wir gehen zu Fuß zum Bahnhof, mein junger Freund, nicht wahr», fragt Martin.

«Natürlich, Herr Professor», antwortet Günther beflissen. «Zu Fuß.»

Die beiden können gut zusammen gehen ... Aber sie ... Hoffnungslos.

«Oh, entschuldigen Sie!», sagt sie mit vorgetäuschter Fröhlichkeit. «Gerade fällt mir ein, dass ich noch eine dringende Besorgung machen muss. Ich verlasse Sie. Es macht Ihnen doch nichts aus!»

«Aber gar nicht», sagt Martin mit einer höflichen Verbeugung. «Auf ein Wiedersehen, liebe Frau Stern.»

Auf der Straße beginnt sie zu laufen. Bevor Martin und Günther am Bahnhof ankommen, ist sie schon auf dem Bahnsteig, versteckt sich in einer Türnische und wartet. Sie werden an ihr vorbeigehen, in den Wagen einsteigen, sie wird schnell vortreten, und dann werden sie sie entdecken. Eine gute Idee!

Martin und Günther gehen den Bahnsteig entlang, steigen ein, Hannah eilt hinterher. Der Zug setzt sich in Bewegung. Sie lächelt schon.

Hinter der Glasscheibe stehen Martin und Günther, in eifrigem Gespräch. Der Wagen rollt langsam an ihr vorbei, sie winkt, ruft ...

Martins Augen haften kurz auf ihr, ohne sie zu sehen, der Zug beschleunigt seine Fahrt. Hannahs Lächeln erlischt. Er hat sie nicht erkannt. Günther auch nicht.

«Das ist nicht möglich», denkt sie.

Als sie klein war, erschreckte ihre Mutter sie mit der Geschichte von dem Zwerg, dessen Nase so sehr wuchs, dass er nicht mehr zu sehen war. Martha neckte Hannah, tat so, als sehe sie sie nicht, und das verängstigte Kind schrie: «Ich bin doch die Hannah! Ich bin da!» Aber nein, Hannah war für ihre Mutter unsichtbar geworden.

Unwillkürlich fasst Hannah an ihre Nase, deren Größe sich nicht verändert hat. Der Zug ist nicht mehr zu sehen. Hannah bleibt allein auf dem Bahnsteig. Unsichtbar für ihre einzige Liebe, die sie an sich hat vorüberfahren sehen, als sei sie gar nicht da.

«Ich bin Hannah», murmelt sie. «Ich war doch da.»

Hannah

Hannah war lange auf dem Bahnsteig stehen geblieben, zum Sterben einsam. Eines Tages würde sie Martin vergessen. Aber nicht dort, in einem Bahnhof, auf dem Züge verkehren. Warten, noch ein wenig warten.

Aber sollte sie an einem Feldrand stehen bleiben, wenn er nicht einmal bei Spaziergängen in trauter Zweisamkeit die Zeit hatte, stehen zu bleiben?

Hannah zögerte, schwankte. Martin aus ihrem Leben vertreiben zu wollen, war ein heroischer Akt; dazu fehlte ihr die Kraft. Martin war ein abfahrbereiter Zug mit dem Ziel Nirgendwo, Hannah die Reisende. Sollte sie aus dem fahrenden Zug springen, einen gebrochenen Hals riskieren?

Letzten Endes ja. Denn Martin floh vor der Zukunft. Der Begriff der Zukunft war den menschlichen Machenschaften zugehörig, dem «Man» der Alltäglichkeit, der von Martin verabscheuten Öffentlichkeit. Die Zukunft? Unnötig. Die Zukunft bot nur eine enervierte Welt, das heißt eine Welt ohne Nerv und Geist.

Martin wies die Liebe der Welt zurück. Nichts erschreckte ihn mehr als die Durchschnittlichkeit der Gemeinschaft, das «Man sagt», das ihn in die Flucht schlug. Er würde nie sein eigener Zeitgenosse sein.

In seiner Philosophie hatte das «Ich» der ersten Person keinerlei Gehalt. Martin konnte nicht «Ich liebe dich» sagen. Wenn jemand «Ich» sagte, log er. Denn es war das «Man», und «man» denkt nicht. «Es denkt in mir», sagte Martin mit tiefer Freude, «ich kann mich nicht dagegen wehren.» Also hing das Denken nicht von ihm ab. Das «Ich» konnte nichts dafür, das «Ich» war passiv.

Niemand konnte sich anheischig machen, «mit» Martin zu leben, nicht einmal seine Frau. Er teilte seine Einsamkeit mit keiner Menschenseele. Wenn er auf sie verzichtete, dann nur für den Augenblick des Seins – Denken, Schnee, Sexualität. Die Tür öffnete sich nur für einen winzigen Augenblick.

«Jedes Jetzt ist auch schon ein Soeben bzw. ein Sofort», hatte Martin geschrieben. Das bedeutete, dass Gegenwart, Zukunft und Vergangenheit Fluchtlinien sind. Martin hatte keinen Sinn für die Zeit.

Überhaupt Sinn – was sollte das heißen! «Das Unsinnige ist die Herausforderung des Sinns», sagte er, und Martin forderte heraus. Er wollte die Sinnlosigkeit ohne Anhaltspunkte. Außerhalb der Ordnung, der Straßen und Häuser. Das Umherirren. Martins Denken verlangte das «Unzuhause». Also Ortlosigkeit.

Übrigens hatte er Hannah, als er sie nach so vielen Jahren der Trennung wieder sah, auch nicht in sein «Zuhause» mitgenommen, sondern in Elfrides Haus, in das Heim der Familie, das nicht sein «Zuhause» war. Diesem teuflischen Martin war es gelungen, aus seiner eigenen Bleibe ein Nirgendwo zu machen. Ein Irgendwo.

So viel Irgend- und Nirgendwo. So viele Widersprüche. Mit Martin war es unvermeidlich. Abwesenheit, Bruch, Schweigen, Nazismus, ansonsten bist du die Leidenschaft meines Lebens. Bleib, geh, komm zurück, ansonsten …

Und seine Briefe danach! Sechzehn im Jahr 1950. Und was schrieb er?

Dass der liebste Freund nichts verzögern darf, wenn die liebste Freundin so auf ihn warten muss. Dass durch die Entfernung das Eigenste doch näher rücke. Wie gern er mit den Fingern durch ihr Wuschelhaar führe.

Aus der Ferne. Im Traum. Sonst wo.

Auf seinen Wunsch hatte ihm Hannah eine neuere Fotografie geschickt, auf der sie nicht schlecht getroffen war. Ernst, mit geneigtem Kopf, Zigarette in der Hand. Und er meditierte über ihrem Porträt. Ihre Augen hätten nichts von ihrer Traurigkeit verloren, sagte er. Das Leben habe sie mit Reife gezeichnet, aber in der Frau lebe unwandelbar das junge Mädchen weiter. Im Grunde schrieb Martin, dass das Porträt Hannahs schöner sei als die Wirklichkeit.

Womit er vielleicht meinte, dass Hannah auf dem Bild vollkommen war, weil sie sich nicht bewegte. Und sie hatte sich gefragt, ob sie Martin nicht vielleicht tot noch besser gefallen hätte.

Martin
Marburg, 1924
Musik

Er hat sich für heute mit ihr verabredet. Er wird die Wohnzimmerlampe dreimal an- und ausschalten. Mit diesem Signal teilt er ihr mit, dass Elfride mit den Kindern das Haus verlassen hat, dass die Luft rein ist.

Das Sofa, weitläufig wie ein Meer. Hannah ist noch nicht da. Gleich.

Sie klingelt, kommt.

Sogleich. Und die Zeit verschwindet.

Nach der Liebe hört Martin gern Beethoven. Hannahs zarter Körper bewegt sich, sie ist lebendig. Sie sitzt zu seinen Füßen, Martin nimmt ihren Hals noch ein wenig fester in den Schraubstock seiner Schenkel. Sie ächzt. Am Ende würde sie so sehr stöhnen, dass das Schweigen bräche … Aber nein. Sie rührt sich nicht mehr, ist ganz dem Mitsein mit der Musik geöffnet. Martin bebt.

Gleich kommt die glückliche Lichtung. Ekstase.

Mit niemandem sonst als Hannah. In seinen Gedanken nennt Martin Hannah «Person mit mir».

Ende des letzten Satzes. Sogleich setzt die Zeit wieder ein. Die Musik ist vorbei. Schweigen. Martin beugt sich über Hannah, um sie auf den Mund zu küssen …

Ihre Lippen sind kalt, die Augen starr und weit geöffnet. Er berührt ihre Hände, kalt. Sie atmet nicht mehr. Hannah ist gestorben. Da, soeben.

Ohne sich zu erheben, stellt er fest, dass das Leben der in seine Arme geschmiegten Frau geendet hat, dass sie nur noch ein Körperding ist. Sie hat die Welt verlassen, hat aufgehört, mit ihm zu sein, und ihr Nicht-mehr-in-der-Welt-Sein begonnen. Er presst dieses Unlebendige an sich, das man Leiche nennt, zittert vor Entsetzen. Er hat sie nicht getötet!

Nicht er! Das sind nicht seine Beine um ihren Hals. Hannahs Seinsweise verändert sich sichtlich. Die Zunge, die er so gern küsste, hängt aus dem Mund, der schwarzhaarige Kopf löst sich vom Rumpf und rollt auf das Feld. Martins Fuß dribbelt.

Er stößt einen erstickten Schrei aus.

Flieht, stößt sich an der Tür und erwacht.

Der Kopf! Nicht tot. Nicht sie! Nicht jetzt. Gleich vielleicht. Eines Tages. Wer zuerst? Sie oder er?

Sie wieder sehen, ein Mal, ein einziges Mal. Aufstehen, gehen, wandern. Es versuchen, allein. Zu schwer …

Hannah

1950 sechzehn Briefe. 1951 nur noch sechs. Martin bat sie nicht um weitere Fotografien von ihr, sondern von Martha, ihrer Mutter, die er nicht kennen gelernt hatte. Er empfahl ihr, in ihren Briefen an ihn vorsichtig zu sein. Deutete an, sie würde vielleicht bei ihrem nächsten Besuch in Freiburg Dinge erleben, die …

Elfride hatte wieder die Oberhand.

Vor ihrer nächsten Deutschlandreise schwankte Hannah. In den Gesprächen mit ihrem Mann sprach sie nicht mehr von Martin, sondern von «Freiburg», in dieser Stadt stand das Haus von Martins Frau, in dem er gefangen war. Hannah sprach von Freiburg, wie man aus Rücksicht auf den Häftling einen Ortsnamen für ein Gefängnis benutzt.

Würde sie Freiburg besuchen? Nicht unbedingt. Was würde Freiburg sagen, wenn sie ankäme? Freiburg würde Szenen machen, und Freiburg würde leiden. Freiburg würde ihre Gegenwart nicht ertragen, und Freiburg würde sie mit den Augen eines geprügelten Hundes ansehen. Freiburg war ein Paar und sie, Hannah, der Eindringling.

1952 – alles in allem drei Briefe von Martin – überredete Blücher sie zur Reise. Elfride machte Szenen. Martin litt. Hannah zog sich zurück. Bruch. Wenn Hannah später in New York mit Blücher über Freiburg sprach, dann mit Wehmut.

1967 war Martins Vorname unter einem Brief wieder aufgetaucht. *Martin* stand da in blauer Tinte. Da wusste Hannah, dass sie nach Freiburg zurückkehren konnte, in die deutsche Stadt, in der er sie erwartete. Freiburg hatte sich beruhigt. Einige Jahre ohne Sturm. Und dann, im letzten Augenblick, bestand Freiburg nur noch aus Elfride, Martins einer Hälfte.

Eines Tages, dachte Hannah, würden Martin und Hannah beide verschwunden sein.

Die unendliche Erwartung des Lebens im Sinne Martin Heideggers würde ein Ende nehmen. Er würde die ganze Zeit, während jeder Etappe, von seiner Philosophie, vom Sein zum Tode beherrscht gewesen sein. Als guter Bauer hatte Martin die Klage des Ackermanns von Böhmen zitiert: «Sobald ein Mensch zum Leben kommt, sogleich ist er alt genug zu sterben.» Eines Tages würden Martin und Hannah das Ende erreicht haben, der eine wie die andere. Bei diesem Gedanken zuckte Hannah mit den Achseln. Es hatte keinen Sinn, sich eingehender damit zu befassen. Nach dem Tod war die Leere, das «Scheol» der Juden. Nicht mehr und nicht weniger.

Musste man sich vom Tod beherrschen lassen oder vom Leben? Hannah hatte gewählt und sich für das Leben entschieden. Am Tod konnte niemand etwas ändern. Am Leben konnte man festhalten. In tiefem Wasser war es ihr immer gelungen, sich vom Grund abzustoßen und wieder an die Oberfläche aufzusteigen. Standhalten! Widerstand leisten! Nicht nachgeben! Selbst im französischen Konzentrationslager hatten sie weder der Hunger noch der Schlamm besiegen können.

Risiken auf sich nehmen. Griechisch verschlüsselte Papiere schmuggeln, vor der Nase der deutschen Polizei, dem netten Polizeibeamten ein Märchen aufbinden, heimlich über die Grenze gehen. In Frankreich ein Paria sein, in Amerika ein Paria und überall fremd. Ohne es zu wissen, alles auf eine Karte setzen, den Fall Eichmann denken, die Banalität bloßlegen, den schrecklichen Gehorsam, und zu guter Letzt Paria unter den Juden sein, in Israel – dieser furchtbare Schmerz. All das hatte Hannah getan. Und hier, in diesem Haus in Freiburg, hatte sie ihre Aufgabe noch nicht erfüllt.

Auf die Gefahr der Vergebung hin Martin akzeptieren, wie er wirklich war, und auch Elfride, trotz allem. Widerstand leisten, wo er nötig war! Also standhalten, nicht nachgeben.

Während Martin sein ganzes Leben lang geflohen sein würde.

Er hatte sogar lange über die Fuge nachgedacht, in

der die eine Stimme die andere zu fliehen scheint, in der die Stimmen zusammentreffen und kontrapunktisch auseinander streben, bevor sie sich in den Schlusstakten vereinen.

Bis in sein Denken hinein floh Martin. Dieser Schwindler! Hannah war niemals geflohen.

Niemals?

Hannah
Königsberg, Sommer 1920
Die Flucht nach Stolp

«Hannah ist weg!»

Das wird ihre Mutter sagen. Oder: «Ich habe meine Tochter verloren!» Vielleicht wird sie auch gar nichts sagen. Nur weinen und stöhnen. Macht auch nichts!

Hannah beschließt, diese lästigen Vorstellungen abzuschütteln. Sie wird gehen. Dass alle schlafen, ist die Vorbedingung für ihre Expedition. Die Heimlichkeit der Nacht, der Schlaf der anderen.

Unendlich vorsichtig schiebt sie die Decke zur Seite – man könnte den Stoff rascheln hören. Ihr Kleid liegt über dem Stuhl. Sie streift es über ihr Nachthemd, dessen Madeirastickerei unten ein wenig hervorlugt – nicht schlimm. Im Dunkeln sucht sie nach den Knöpfen, knöpft schief, findet doch den richtigen. Ruhig, Hannah, ganz ruhig ... Bleibt noch das Wichtigste: der schwarze Schleier, den sie aus der

Kommode der Mutter stibitzt hat und nun über ihr krauses Haar legt.

Barfuß, die Sandalen in der Hand, schleicht sie sich die Treppe hinunter. Stufe für Stufe, nur nicht stolpern … Blind tastend streckt sie die Hände vor: links das Buffet, gegenüber der Tisch, die ordentlich aufgereihten Stühle; dann die Schrankecke und geradeaus die Tür. Vor dem Schlafengehen hat Hannah das Schloss geölt, wie ihre Mutter es ihr aufgetragen hatte.

Dabei ist ihr die Idee gekommen. Das geölte Schloss macht kein Geräusch. Es öffnet sich wie von selbst, eine Einladung fortzugehen. Ja, wegzugehen, wenn die anderen schlafen!

In einer Vollmondnacht das Haus zu verlassen, Richtung Stolp, wo Anne Mendelssohn wohnt, ein gleichaltriges Mädchen, das Hannah nicht kennt.

Sie ist draußen. Nicht nötig, die Tür zu schließen. So wird ihre Mutter gleich wissen, dass sie fort ist. Hannah schlüpft in ihre Sandalen und atmet die nächtlichen Gerüche Königsbergs ein. Der Mond ist allerdings nur eine sarkastische schmale Sichel, man muss sich den Hals verdrehen, um ihn über den Dächern zu erkennen. Aber die Sterne funkeln wohlwollend zahlreich. Es ist lau. Hannah weiß, wohin sie will. An der Türschwelle hebt sie einen kleinen Stein auf und steckt ihn in die Tasche.

Dann geht sie durch die Straßen.

Zu dieser Zeit ist niemand unterwegs. Hannah

fühlt sich befreit – vom Tag, vom Haus, von den Schulferien. Die Straßenbahn lässt auf sich warten. Das dauert! Endlich knirschen die Räder in den Schienen, läutet die Glocke, schütteln die Wagen heran. Die Straßenbahn hält. Leichtfüßig steigt Hannah ein. Der Fahrer mustert den schwarzen Schleier und die Madeirastickerei, die unter dem Rocksaum zu sehen ist.

«Einmal nach Stolp», sagt Hannah bestimmt.

«So allein, mitten in der Nacht?», wundert sich der misstrauische Schaffner.

«Meine Großmutter ist krank», sagt sie in bedeutungsschwerem Ton. «Ich muss zu ihr. Bitte.»

Wahrheit oder Lüge? Das Mädel wirkt ein wenig scheinheilig. Achselzuckend setzt der Schaffner die Bahn wieder in Bewegung.

Auf den Sitzen dösen Arbeiter. Sie fahren heim oder in die Fabrik. Hannah empfindet Mitleid mit ihnen. Das schlafende Königsberg ist ein ungewohnter Anblick für sie. Anfangs ist sie ganz wache Aufmerksamkeit. Dann wird sie schläfrig. Stolp ist nicht weit von Königsberg entfernt, aber sie sieht die Landschaft nicht, es ist zu dunkel.

Plötzlich ist etwas anders. Ein Grauschimmer zwischen den Gebäuden. Schon! O nein! Die Sonne darf noch nicht aufgehen, noch nicht! Sie lehnt ihre verschleierte Stirn an die Scheibe und konzentriert sich auf das heller werdende Grau. Die Straßenbahn fährt gemächlich weiter; Haltestellen, Fahrscheine, die Abstände werden immer kürzer. Das mit Tagesgetriebe geschwängerte Licht macht sich für seine Wiedergeburt bereit. Schnell, schneller!

Als sie aus der Bahn springt, ist der Himmel schon weiß. Die Mendelssohns wohnen auf der anderen Straßenseite, links hinter der Ecke. Bei Anne, der Tochter des Hauses, sind die Fensterläden geschlossen. Hannah weiß noch nicht einmal, ob sie blond oder dunkelhaarig ist.

Hannahs Mutter hat ihr den Umgang mit der Tochter der Mendelssohns verboten. Annes Vater ist im Gefängnis, er soll eine seiner Patientinnen verführt haben; und wirklich sieht Dr. Mendelssohn besonders gut aus. Es steht nicht fest, dass die Vorwürfe gegen ihn berechtigt sind, von Antisemitismus ist auch die Rede … Aber in Sachen Anstand lässt Martha nicht mit sich spaßen.

Hannah holt den Stein aus der Tasche und wirft. Ein Fensterladen wird geöffnet. Sie schlägt den Schleier zurück.

«Ich bin dich wecken gekommen!», ruft sie unbekümmert laut.

«Wer ist da?» Annes Stimme klingt verschlafen.

«Du kennst mich nicht!», schreit Hannah. «Ich bin eine Freundin deines Verehrers Ernst Grumach!»

«Wissen Sie, wie spät es ist? Sind Sie verrückt geworden?»

«Mach auf, sonst werf ich ein Fenster ein!»

Annes leise Schritte auf der Treppe, auf den Fliesen. Sie öffnet die Tür einen Spalt weit. Ihr Gesicht ist ganz zerknittert, sie wirkt verärgert.

Hannah umarmt sie stürmisch.

Hätte Ernst Grumach ihr nicht so viel von seiner Angebeteten erzählt, wäre Hannah nicht so begierig gewesen, sie kennen zu lernen. Und hätte ihre Mutter ihr nicht das Haus der Mendelssohns verboten, wäre Hannah nicht so entschlossen gewesen, sich durchzusetzen. Wegen eines jungen Mannes namens Ernst Grumach haben sich Anne und Hannah kennen gelernt. Sie werden unzertrennlich bleiben.

In Königsberg öffnet Martha die Tür zu Hannahs Zimmer und sieht das aufgeschlagene Bett. Und gerät in Wut. Wohin ist sie weggelaufen? Ganz allein auf die Straße, in den Wald, in die Felder? Martha ist erbost, aber Sorgen macht sie sich keine. Jedenfalls keine großen. Die Zeit vergeht. Martha wartet.

«Hannah Chuzpe», denkt sie ohne besondere Ungeduld. «Hannah, die Vorwitzige. Warte nur, mein Töchterchen!»

Hannah, die Flüchtige. Beim Aufräumen ihrer Schubladen entdeckt Martha, dass Hannah einen kleinen schwarzen Tüllschleier mitgenommen hat. Ihren liebsten.

Hannah

Bei ihrer Rückkehr hatte Hannah keine in Tränen aufgelöste, sondern eine zornige Martha vorgefunden. Geradezu stolz auf ihren Streich, hatte Hannah erklärt, was sie am Geheimnis und an den Junisternen so gereizt hatte. Martha hatte sie gründlich ausgeschimpft. Einmal mehr wusste Hannah, von wem sie es hatte.

Kurz zuvor hatte Martha von ihrer Tante erzählt, einer Art gespenstischer Familienheldin, weil sie mit den Anarchisten konspiriert und sich dabei hinter einem kleinen schwarzen Schleier verborgen hatte. Diese Tante hatte dieselbe Gestalt, dieselbe Größe, denselben ernsten Blick und denselben Hang zur Geheimniskrämerei gehabt wie Hannah. Schluss mit den Mysterien, hatte Martha gesagt. Es gibt keine Verschwörungen mehr.

Jedenfalls nicht jetzt.

Später, nachdem er aus dem Gefängnis entlassen worden war, hatte Dr. Mendelssohn wieder eine Praxis eröffnet. Martha hatte zugegeben, dass er Verleumdungen zum Opfer gefallen war, und die beiden

Familien waren miteinander bekannt geworden. Hannah und Anne waren zusammengeblieben. Annchen, ihre liebe Freundin …

Allerdings hatte Martha nach dieser Flucht so sehr gescholten, dass Hannah es nie wieder getan hatte, außer in ihren ersten Gedichten. Man schrieb sie allein, in der Einsamkeit. War überrascht über sich selbst. Man veröffentlichte sie nicht, man verbarg sie. Man verbarg sich in ihnen. Ja, Dichtung war eine angemessene Art zu fliehen, ein Schleier über dem Denken.

In ihrer Neigung zur Flucht also waren sich Martin und Hannah ähnlich. Wie alle Liebenden waren sie jeder für sich gemeinsam geflohen.

Zwei Flüchtige, die sich liebten, auf ewig. Welch schöne Liebesgeschichte! Fast hätten sich Martin und Hannah mit Tristan und Isolde vergleichen können, fern von ihren jeweiligen Ehegatten im Tode vereint. «Tragödie» hätte Martin es genannt. Stattdessen war das Ende ihres Lebens eine kleinbürgerliche Posse. Kann man sich einen gealterten und tauben Tristan vorstellen, eine auf schmerzenden Beinen humpelnde Isolde?

Ich habe es so gewollt, dachte Hannah. Was wollte ich eigentlich genau?

Den Bruch vermeiden. Den Faden des Lebens gespannt halten. Die Abwesenheit füllen, die nichts löschen konnte. Weder Beethoven noch ein zerwühltes Bett. Weder Ekstase noch Erwartung.

Auch nicht das Hakenkreuz an Martins Jackenaufschlag.

Dieses verfluchte Kreuz nebelte Hannah in der Tiefe mit schwarzer Tinte ein, wie ein angegriffener Krake.

Schluss mit den Grübeleien! Der Kessel pfiff, Elfride kam nicht zurück. Wo blieb sie denn? Bei Martin? In ihrem Schlafzimmer, um ein Medikament zu nehmen? Auf der Toilette? Der Kessel würde überkochen! Besorgt sagte sich Hannah, dass man das Gas abdrehen musste. Aber an welchem Schalter? An dem da oben rechts? Und in welche Richtung?

«**Nein!**», schrie Elfride von der Küchentür her. «Sie drehen das Gas ja auf statt zu ... Sie werden uns noch umbringen, Hannah!»

Erschrocken drehte Hannah am falschen Schalter.

«Lassen Sie mich das machen», sagte Elfride.

«Ich bin nicht gut in Haushaltssachen», murmelte Hannah.

«Das sehe ich.» Elfride füllte das schwarze Pulver in den Filter, schüttete das Wasser auf und wartete, während es durch die Löcher tröpfelte. Geschickt, ohne die kleinste überflüssige Bewegung.

Der richtige Zeitpunkt, den Fall Elfride zu beleuchten.

«Da haben Sie Ihr Gift.» Elfride goss den Kaffee ein.

Hannah stürzte ihn in einem Zug hinunter. Die undurchdringliche Hausfrau lächelte sanft.

«Ah! Danke», sagte Hannah und stellte die Tasse hart auf den Tisch zurück. «Weiter im Text, Elfride. Unser Gespräch.»

«Ich finde, wir haben genug geredet», murmelte Elfride. «Es ist alles gesagt.»

«Nicht ganz. Erklären Sie mir aufrichtig, warum Sie Martin in den Nationalsozialismus hineingezogen haben.»

Elfrides Gesicht versteinerte. Sie ließ sich auf ihren Stuhl fallen.

«Schon wieder», sagte sie leise. «Sie werden nie damit aufhören.»

«Bei Martin kann ich es mir denken. Aber nicht bei Ihnen.»

«Bei mir? Ist das wichtig?»

«Sie sind vor ihm der Partei beigetreten. Ich kann den Gedanken nicht loswerden, dass er Ihnen gefolgt ist. Ihr Einfluss, Elfride. Ihr Engagement.»

«Ich habe nicht viel getan», verteidigte sich diese. «Ich war …»

«Nazi», vollendete Hannah unbarmherzig. «Und die einzige Frau, die mir erklären kann, wie man sich so einer Sache anschließen kann.»

«Nicht für lange. Uns wurde bald klar, dass …»

«1933, gleich nachdem er an die Macht gekommen war, hat Ihr Führer die Judengesetze erlassen. Keine Juden mehr an der Universität und im öffentlichen Dienst. Und Sie hatten den Parteiausweis.»

«Nie hätten wir gedacht, dass es schließlich so weit kommen würde, dass …»

«Das kennen wir schon. Lauter Unschuldige.»

«Lassen Sie mich wenigstens ausreden!»

Elfride stand auf und ging erregt auf und ab.

«Bitte, Elfride. Setzen Sie sich doch wieder.»

Keine Antwort.

«Ich bin hier, um zu verstehen. Ihnen zuzuhören. Wir stehen nicht vor Gericht …»

«Doch!» Elfride drehte sich zu ihr um. «Sie werden nie aufhören! Ob ich Reue empfinde? Ob ich schuldig bin? Lassen Sie mich doch in Ruhe!»

«Wie Sie möchten», sagte Hannah und traf ihre Vorbereitungen. Nahm ihr Zigarettenpäckchen vom Tisch und steckte es in die Tasche, hängte sich die Tasche über die Schulter.

«Sie wollen doch nicht gehen!», empörte sich Elfride. «Und Martin?»

«Sie sind es, von der ich etwas hören möchte. Sie wollen nicht, also gehe ich.»

Elfride gab sich geschlagen.

«Wirklich, Sie wollen es verstehen?»

Die dunklen Augen waren unergründlich. Das Kinn in die Hand gestützt, schien Hannah ganz neutrale Aufmerksamkeit. Aufmunternd hob sie die Augenbrauen.

«Versuchen Sie es», sagte sie.

«Sie wissen, dass ich studiert habe, bevor ich Martin heiratete», begann Elfride. «Er wird Ihnen erzählt haben, dass ich mich zu jener Zeit sehr für den Schutz der Frauen engagierte. Erinnern Sie sich?»

«Sehr gut. Aber mit dem Feminismus habe ich mich nie anfreunden können. Den kleinen Unterschied zwischen Mann und Frau werden Sie nie …»

«Fangen Sie nicht wieder mit Ihren großen Theorien an! Oder ich sage nichts mehr.»

«Entschuldigen Sie bitte.» Hannah biss sich auf die Lippen.

«In meiner Familie hat man viel Verantwortungsbewusstsein. Ich bin im lutherischen Glauben erzogen worden und in der Überzeugung, dass man sich sozial engagieren müsse. Bei Martin war das anders. In Deutschland als Katholik zur Welt kommen verhilft einem nicht unbedingt zu einer akademischen Karriere. Es ist schwerer, Selbstbewusstsein zu entwickeln. Martin hatte überhaupt keine Vorstellung vom Leben in der Gemeinschaft. Er war so scheu, so unterdrückt ...»

«Kommen wir auf Sie zurück, bitte.»

«Also gut ...», zögerte Elfride. «Ich gehörte zur Jugendbewegung, der sich auch Martin angeschlossen hatte, genau wie Elisabeth Blochmann, eine Jüdin und unsere Freundin. Martin hat ihr während des Krieges sehr geholfen.»

«Ich weiß, er hat sie in England untergebracht. Und Sie?»

«Ich habe mich mit Unterricht und Erziehung befasst, dann mit den Arbeiterinnen, die durch den Niedergang Deutschlands vor dem Nichts standen.»

«Niedergang», bemerkte Hannah. «Sie sprechen von der Weimarer Republik.»

«Sie werden doch nicht behaupten wollen ... Gut. Sagen wir, dass die Inflation die Arbeiterinnen mit voller Wucht traf. Wo waren Sie 1929, Hannah? Auf dem Höhepunkt der Krise?»

«In Berlin. Ich hatte gerade Günther Stern geheiratet.»

«Und Sie setzten Ihre Studien fort.»

«Richtig», bestätigte Hannah. «Aber auch ich habe mich engagiert.»

«Sitzungen, Flugblätter, Demonstrationen, Palaver bis spät in die Nacht ... Was haben Sie für die Armen getan? Ich habe unterrichtet. Als die Nationalsozialistische Partei die deutschen Frauen zur Beteiligung an einem würdigen Kampf aufforderte, habe ich nicht gezögert. Ich bin beigetreten.»

«Ganz einfach», sagte Hannah. «Haben Sie das mit Martin besprochen?»

«Martin war sehr stolz auf meine Eigenständigkeit. Er, der nicht zu einem Engagement in der Lage war, engagierte sich per Vertretung.»

«Da haben wir's!», triumphierte Hannah. «Also ist er Ihretwegen in die Partei eingetreten!»

«Er hat seinen Entschluss allein gefasst!», protestierte Elfride. «Seine Überlegungen haben ihn schließlich dazu geführt ...»

Sie unterbrach sich. Wie konnte man Martins Entflammtheit erklären?

«... eine Erneuerung der Welt anzustreben», führte sie den Satz mühsam zu Ende. «Deutschland ... Erinnern Sie sich. Ein Weg öffnete sich. Eine Fackel in der Finsternis.»

«Immer noch dieses Vokabular», bemerkte Hannah ruhig. «Feuer in der Nacht, die ordentlich aufmarschierten Massen, der schwarze Orden der SS, der Blitz auf ihren Dolchen, all das ...»

«Wir haben daran geglaubt. Das Volk hat daran geglaubt. Die Partei eröffnete uns eine neue Welt. Martin hat sich hineingestürzt. Ich habe ihn um nichts gebeten!»

«Aber Sie haben sich darüber gefreut.»

«Ich war überrascht», antwortete Elfride. «Martin war wie ausgewechselt. Er lebte im Zustand der Begeisterung. Er redete unaufhörlich, sein Blick war feurig, er schlief nicht genug, er war wie verrückt ... Ich hatte die Pflicht, ihn zu unterstützen.»

Elfride machte eine Pause. Sie musste es hinter sich bringen.

«Ich habe bis zum Schluss durchgehalten, länger als er», sagte sie aufseufzend.

«Ach», sagte Hannah. «Was wollen Sie damit sagen?»

«Nachdem er 1934 sein Rektorat niedergelegt hatte, habe ich weitergemacht», sagte sie und hob den Kopf. «Ich habe im Krieg für die Rechte der Frauen gekämpft. Dann habe ich dafür gesorgt, dass sie Schützengräben aushoben. Meine Frauen gehorchten mir, sogar die Schwangeren und Kranken. Anscheinend war ich schrecklich.»

«Das kann ich mir vorstellen», bemerkte Hannah. «Was gibt es für eine Preußin Schöneres als Kommandieren!»

«Preußin bin ich von Geburt, Hannah. Ich schäme mich dessen nicht. Ich arbeitete für die deutsche Nation.»

Hannah schwieg. Elfrides Unschuld war nicht auszuhalten. In ihren Augen stand eine naive Herausforderung. Sie war im Recht, deutsch bis ins Mark. Unfähig zur Reue. Ein Eichmann in Röcken.

Man musste ganz von vorn anfangen.

«Überlegen Sie mal», fragte sie. «Anfangs, was dachten Sie da, als die Juden geschlagen und ausgeplündert wurden?»

«Dass es schlimm für sie war.»

«Das ist kein Gedanke. Haben Sie nicht gedacht, wie ungerecht es war, Elfride?»

«Doch. Aber die Ungerechtigkeit war unvermeidbar geworden. Manche Juden sagten es selbst! Auch sie meinten, dass die Juden in der Geschäftswelt und an den Universitäten zu viel Einfluss hatten!»

«Die Ansicht von einem Häuflein Verantwortungsloser!», rief Hannah.

«Mag sein, aber diese Juden akzeptierten die neuen Gesetze! Und wir, wir hätten verstehen sollen, was sich da ankündigte?»

«Halt», sagte Hannah. «1933 erscheint die erste Verordnung, die Nichtarier aus dem öffentlichen Dienst ausschließt. Das ist der Anfang. Und Sie rühren sich nicht, Elfride.»

«Die auch nicht!»

«Als die jüdischen Professoren entfernt werden, sagen Sie nichts!»

«Martin dachte, eine neue Welt könne nicht ganz ohne Schäden errichtet werden. Wir wollten sie so weit wie möglich wieder gutmachen. Die Leiden unserer jüdischen Freunde lindern. Wir waren nicht dafür, glauben Sie mir.»

«Ich glaube, dass Sie Antisemitin waren.» Hannah betonte jedes einzelne Wort.

«Und ich sage Ihnen, dass ich es nicht war!» Elfride war erbost. «Beweisen Sie es mir!»

«Warum haben Sie Günther Stern den Rücken zugekehrt?»

«Das stimmt nicht! Ich erinnere mich nicht an seinen …»

Und da traf sie die Erinnerung wie ein Peitschenhieb.

Elfride
Todtnauberg, Sommer 1924
Günther Stern

Aufmerksam sitzen die Studenten im Kreis um Martin. Die Abenddämmerung hat sich über Todtnauberg gesenkt. Die Tageszeit, zu der das Gebirge aus seinem Schweigen erwacht. Elfride hält sich bereit, die Reisigbündel in der Hand.

Wie ein Zauberer steht Martin vor seinen faszinierten Zuschauern. Er spricht langsam, erinnert an den griechischen Anfang, dieses Licht in der Dunkelheit des Seienden. Er zitiert Hölderlin, glühend vor Begeisterung.

Die Mädchen tragen Zöpfe, die Jungen Shorts. Elfride lässt ihren mütterlich gerührten Blick auf ihnen ruhen. Nach der Niederlage, der Schande haben sie Hoffnung geschöpft. Sie sind schön. Manchmal zart, zu zart. Man müsste sie ordentlich herausfüttern. Sie stählen. Das deutsche Schicksal hängt von dieser enthusiastischen Jugend ab.

Martin gibt ein Zeichen. Elfride legt die Reisigbündel kreuzförmig übereinander. Er zündet sie an, die Flammen schlagen in die Luft, zu kurz und zu rasch, um die Aufmerksamkeit fesseln zu können. Die Spannung lässt nach, Rücken werden gestreckt, man lacht. Einer steht auf und dehnt sich mit einer Natürlichkeit, die Elfride den Atem raubt. Die vollkommenen Muskeln seiner nackten Arme glänzen. Ein schöner Deutscher, dieser Unbekannte!

Elfride kann sich nicht satt sehen. Er kommt und geht, kraftvoll und anmutig. Die personifizierte Natur. Plötzlich fordert Martin ihn auf, einen Kopfstand zu machen. Der Junge setzt sich ins Gras und bringt sich mit einer einzigen schwungvollen Bewegung in die Senkrechte. Er steht auf dem Kopf, die letzten Flammen beleuchten seinen Rücken. Er hält lange durch, mühelos. Martin ist hingerissen, lobt ihn, und der Junge kommt geschmeidig auf den Boden zurück.

Schließlich hält Elfride es nicht länger aus. Sie kommt aus dem Schatten, nähert sich ihm. Mit den Händen in den Hosentaschen steht er vor ihr. Er hat vollkommene, sehr regelmäßige Gesichtszüge.

«Wie heißen Sie?», fragt sie.

«Günther.»

«Sie tragen den Vornamen eines Wagnerschen Helden», sagt sie. «So ein Zufall.»

«Wagner!» Der Junge runzelt die Stirn.

«Kommen Sie mit mir.» Sie nimmt seine Hand. «Wir müssen in die Wirklichkeit zurück und nach Hause.»

Die jungen Leute machen sich auf den Weg den Hügel hinunter. Elfride geht neben Günther, Hand in Hand. Die Nacht lädt zur Vertrautheit ein.

«Wenn ich Sie mir so ansehe ...», sagt sie. «Sie hätten nicht Lust, der nationalsozialistischen Partei beizutreten? Sie sind jung, stark, gesund, der Inbegriff der strahlenden Jugend, die wir brauchen ...»

«Ich bin Jude. Ich heiße Stern. Günther Stern. Wie der Stern.»

Elfrides Hand fährt erschrocken zum Mund. Der vollkommene Deutsche ist Jude! Er trägt den Namen des Sterns an den Fassaden der Synagogen!

Bevor er sich von ihr abwendet, wirft ihr der Junge noch ein abschätziges Lächeln zu.

Elfride erträgt es nicht, ihre Verachtung und ihren Abscheu in den Augen des jungen Juden zu lesen. Sie erträgt dieses Lächeln nicht. Sie zieht sich ins Dunkel zurück.

Nie wieder. Nie wieder wird Elfride sich etwas anmerken lassen.

Beim Schlafengehen spricht Martin von einem großen Feuer, das bis zum Himmel steigen würde, ein unvergessliches Feuer. Zur Erneuerung der Philosophie bedürfe es entschiedenen Handelns, der Bereitschaft, verdorrte Äste abzuhacken. «Auf einen groben Klotz gehört ein grober Keil», sagt er.

Von nun wird Elfride eine Festung aus Scheiterhaufen vorbereiten müssen. Keine kurzlebigen kleinen Reisigfeuer mehr.

Günthers Muskeln neben dem Feuer. Elfride erinnerte sich an diesen Rücken.

«Ich sehe, dass Ihre Erinnerung zurückkehrt», stellte Hannah fest.

«Ich versuche nur, ein Gesicht mit diesem Namen in Verbindung zu bringen», antwortete Elfride errötend.

«Eigenartig, nicht? Man vergisst so vieles!»

«Martin und ich haben unseren jüdischen Freunden nie Schaden zugefügt», wiederholte Elfride. «Es tat uns so Leid …»

«Aber als der alte Husserl starb, ist Martin nicht zu seiner Beerdigung gegangen. Sein Lehrer, sein Lehrmeister! Dessen Vertreibung von der Universität er tatenlos hingenommen hat! Ein großer Philosoph! Es wäre gefährlich gewesen, sich zu zeigen, vermute ich!»

«Martin lag krank im Bett! Er hatte Fieber, Schüttelfrost …»

«Aber Sie sind auch nicht hingegangen. Er hätte Sie bitten können, ihn zu vertreten! Sie haben es nicht getan. Sie haben seiner Frau nicht einmal einen Beileidsbrief geschrieben!»

«Martin hat es sehr Leid getan», antwortete Elfride. «Aber er schämte sich.»

«Ich spreche nicht von Martin!», empörte sich Hannah. «Wo waren Sie?»

«Bei Martin», flüsterte Elfride zitternd. «Das ist fürchterlich! Als Professor Husserl starb ...»

Elfrides Satz blieb unvollendet.

Elfride

Freiburg im Breisgau, 23. April 1933

Blumen für Malwine

Als Martin aus der Universität nach Hause kommt, verkündet er ihr traurig die Neuigkeit: Gemäß dem «Gesetz zur Wiederherstellung des Berufsbeamtentums» ist Professor Husserl seines Amtes enthoben worden. Der Erlass ist am 7. April ergangen.

«Natürlich», antwortet Elfride. «Sie sind ja Juden, er und seine Frau. Der arme Husserl!»

«Das ist das neue Gesetz des Reiches», sagt Martin. «Und Gesetze sind naturgemäß erbarmungslos.»

«Und ihr Sohn ist gerade von der Gestapo verhaftet worden», fügt sie hinzu. «Sollen wir sie besuchen? Das würde sie vielleicht ein wenig trösten ...»

«Ich weiß nicht», er zögert. «Bei unserer letzten Begegnung hat Malwine Husserl uns ihre Gefühle nicht verhehlt. Am Ende würde sie es noch als Provokation empfinden. Nein, keinen Besuch. Schick ihnen Blumen, die können für uns sprechen.»

Elfride beschließt, einen Brief mitzuschicken, den sie selbst schreiben wird.

Nichts könne die Dankbarkeit Heideggers seinem Lehrer Husserl gegenüber schmälern. Keine Entwicklung die Spuren dessen auslöschen, was er ihm schulde und was bei den derzeitigen Geschehnissen so schwer auszudrücken sei … Ganz sicher seien kleine Beamte in der allgemeinen Aufregung irrtümlich übers Ziel hinausgeschossen, wie in der Revolution von 1918, als die wütenden Roten wahllos Leute erschossen …

Niemand kann Dumme an ihren Fehlern hindern. Professor Husserl ist eine Zierde der Nation, und das Reich tut unrecht daran, auf ihn zu verzichten. Ein Fehler eben, den man korrigieren wird. Das Reich darf nicht jene Juden angreifen, die Deutschlands würdig sind. Dass die anderen vertrieben werden, na gut. Aber Malwine Husserl?

Malwine ist eine gute Jüdin. Nicht wie diese dreisten Studentinnen, die Martin in Marburg umschwärmten. Wie hieß noch dieses Mädchen aus Königsberg? Sarah oder so ähnlich. Sarah Arendt. Oder Hannah. Das war ein Früchtchen! Herausfordernder Blick, kurz geschnittenes Haar, enge Röcke und Stiefeletten! Nein, mit solchen Mädchen hatte Malwine nichts gemein. Und ihr Mann ist ein ehrenwerter Jude! Bei Professor Husserl hätte man eine Ausnahme machen müssen.

Im Blumengeschäft ist Elfride besonders sorgfältig

bei der Auswahl der Blumen: Iris, Pfingstrosen, nichts Gelbes. Ein Strauß ohne jede Anspielung. Sie wird die Blumen selbst bei den Husserls abgeben. Sie hat ihre Pflicht getan. Und sie mag Malwine wirklich sehr.

Elfride

Zwei Erinnerungen, die unvermittelt aufgetaucht sind, Schlag auf Schlag!

Martin war nie Antisemit gewesen. Er dachte sich nichts, er bemerkte nichts. Selbst die geläufigsten Anzeichen schien er zu übersehen, Nase, Name, dunkle Augen, Melancholie, die musikalische Begabung, die Arroganz und Grazie. In seinem Heimatort war Martin nie den Ostjuden begegnet mit ihren Gehröcken und Schläfenlocken. Und als ihm Hannah über den Weg lief, hatte er in ihr nicht die Jüdin erkannt, die Verführerin verheirateter Männer. Da war Elfride sicher. Sonst hätte Hannah ihn nicht bekommen.

Martin war also des Antisemitismus völlig unverdächtig. Bis auf die Erinnerungen, die auf ihren Wangen brannten, fühlte sich auch Elfride unschuldig.

Sie saß staunend da. Ja, diesem Jungen gegenüber war sie Antisemitin gewesen, zumindest dieses eine Mal, vielleicht sogar öfter. Daran gab es nichts zu deuteln. Durch ihre bloße Gegenwart hatte Hannah wieder erstehen lassen, was die Zeit unter sich begraben hatte.

Aber wie auch immer, Elfride hatte nur ein weit verbreitetes Gefühl geteilt, sonst hätte das deutsche Volk die ersten Judengesetze doch nicht akzeptiert! Das Übel saß nicht in ihr. Es war ein kollektives Übel. Die leidvolle Geschichte Deutschlands war daran schuld – war es ihr Fehler, dass die Europäer die Weimarer Republik nach dem Ersten Weltkrieg derart unterdrückt hatten? Sollte Elfride sich für die Wirtschaftskrise, die Arbeitslosigkeit und das Elend verantwortlich fühlen, die der übermäßigen Höhe der jüdischen Kapitalflüsse geschuldet waren?

Zudem waren die Blumen für die Husserls ein Beweis ihrer Wandlung. Ihr deutsches Frauenherz hatte sich den Leiden der anderen nicht verschlossen. Und Hannah machte es sich zu leicht, wenn sie den Dauerzank zwischen ihnen beiden zum Nachweis ihres Antisemitismus heranzog. Sicher, Frau Arendt war Jüdin. Aber vor allem war sie Martins Passion. Auch wenn sie Arierin und blond gewesen wäre, hätte Elfride genauso reagiert: Krieg bis zum Ende.

Für immer. Elfride war es gelungen, Martins Passion zu beeinträchtigen. Was die andere betraf, die hielt sie sich wie eine Schlange mit einem Stock vom Leibe.

Außer jetzt in der Küche. Die Schlange hatte sich um den Stock gewickelt und spie ihr Gift.

Frau Heidegger, eine Antisemitin? Das würde Elfride unter keinen Umständen zugeben. Sie würde heftig zuschlagen mit ihrem Stock.

«Also, als Husserl starb?», hakte Hannah ungeduldig nach. «Was wollten Sie sagen?»

«Nichts besonders Wichtiges», rang sich Elfride ab.

«Warum verziehen Sie so das Gesicht?» Hannah war besorgt. «Haben Sie Magenschmerzen?»

«Manchmal», sagte Elfride mürrisch. «Ich habe manchmal ein sehr unangenehmes Sodbrennen. Dann muss ich Tabletten nehmen. Das habe ich gerade getan.»

«Bei mir sind es die Lungen. Natürlich, wegen des Rauchens.»

«Zumindest bringt das Alter eine gewisse Besänftigung mit sich», murmelte Elfride. «Wie friedlich wir miteinander sprechen.»

Hannahs Misstrauen einschläfern. Ein wenig abwarten. Die alte Dame zündete sich noch eine Zigarette an.

Erster Angriff.

«Ist es nicht eigentlich so», bemerkte Elfride beiläufig, «dass man auch Ihnen Antisemitismus vorgeworfen hat?»

«Reden wir nicht darüber», gab Hannah kurz angebunden zurück. «Wir waren bei Ihrem Antisemitismus stehen geblieben, glaube ich.»

Hannah blieb wachsam. Partie unentschieden. Erst mal ausweichen.

«Ich werde Ihnen das Gegenteil beweisen», sagte Elfride entschieden. «Als Professor Husserl aus dem Amt entfernt wurde, habe ich seiner Frau Blumen gebracht, mit einem Brief.»

«Stimmt, das hat mir mein alter Freund Jaspers erzählt. Sie haben Blumen geschickt, aber nicht öffentlich protestiert.»

«Wir wären ins Gefängnis gekommen!»

«Na und? Wenn alle Deutschen zugleich protestiert hätten, hätte Hitler dann das gesamte deutsche Volk gefangen gesetzt?»

«Martin hat zahlreiche jüdische Akademiker unterstützt, Hannah.»

«Darum geht es nicht.»

«Was soll das heißen, es ging nicht darum, den Juden zu helfen!» Elfride war aufgebracht. «Was sollte man sonst tun?»

«Das werde ich Ihnen gleich sagen, Elfride. Lassen Sie mich Ihnen eine Geschichte erzählen, die ich erlebt habe.»

«Noch eine!»

«Eine Geschichte, die Sie nicht kennen!» Hannah klopfte mit der flachen Hand auf den Tisch. «Sie sollten lieber zuhören. Als ich in den Vereinigten Staaten ankam, verbrachte ich einige Zeit in Massachusetts, ich konnte noch kein Englisch und wollte es dort lernen. Ich wohnte bei einer Frau Giduz, einer nicht weiter interessanten Amerikanerin. Als die Vereinigten Staaten in den Krieg eintraten, hat diese ganz gewöhnliche Frau einen Brief an den Präsidenten Roosevelt geschrieben, um gegen die Internierung der in Amerika lebenden Japaner zu protestieren.»

«Martin hat auch an die Regierungsstellen geschrieben!», rief Elfride.

«Empfehlungsschreiben. Keine Protestbriefe! Wissen Sie, Frau Giduz berief sich einfach auf die Grundfreiheiten. Sie bat nicht, sie flehte nicht um die Milde ihrer Regierung, sie ersuchte nicht um eine Gunst. Sie empörte sich. Das ist der Unterschied zwischen einer guten amerikanischen Bürgerin und Ihnen, Elfride.»

«Ich bin nicht Amerikanerin, ich bin Deutsche.»

«Eben», sagte Hannah schneidend. «Was man hätte tun sollen, Elfride? Den Gehorsam verweigern! Aber das ist Ihnen überhaupt nicht in den Sinn gekommen. Warum nicht? Weil der Antisemitismus so tief in Ihnen verwurzelt ist, dass er Sie blind macht. Sie fanden es sehr traurig! Die Armen! Hat man je jemanden mit Bedauern retten können?»

Hannah war mit ihrer Tirade am Ende. Elfride brütete über einer Antwort.

«Gut, wenn ich antisemitisch bin», seufzte sie, «dann ist es Martin auch.»

«Ganz sicher nicht! Ich bin der lebende Beweis!»

«1933 sagte er, wir stünden am Beginn einer neuen Geschichte des Seins. Und nur der Führer selbst sei die künftige deutsche Wirklichkeit und ihr Gesetz.»

«Martin ist von einem bösen Fieberwahn befallen worden, einer romantischen Anwandlung.»

«So sehr, dass er die Person des Führers verherrlichte?», erkundigte sich Elfride boshaft. «Dass er seinem Freund Jaspers erklärte, Hitlers Bildung sei unwichtig, da er ja so wunderbare Hände habe?»

«Woher wollen Sie das wissen? Das ist ein bisschen stark!»

«Weil Jaspers es irgendwo geschrieben hat, Sie haben es Martin erzählt, der es mir gesagt hat», triumphierte Elfride. «Er hatte Angst, diese Unschicklichkeit könnte eines Tages ans Licht kommen, falls Ihr Briefwechsel mit Jaspers veröffentlicht würde.»

«Mein Briefwechsel! So viel Ehre bin ich nicht wert!»

«Nein. Aber das bedeutet, dass Martin immer noch Angst vor Ihnen hat. Sogar im Zusammenhang mit belanglosen Äußerungen. Es war ja nur ein Scherz.»

«Ich glaube nicht, dass Martin scherzte», sagte Hannah nachdenklich. «Das Dritte Reich, der Traum von Größe, mit einem obersten Führer als Helden ... Die Begeisterung erhitzt, verschönt. Adolf Hitler war extrem hässlich, und Sie alle haben ihn schön gefunden. Und die Hände ...»

«Es ist wahr, Martin hat in einem Tagtraum gelebt», gab Elfride zu. «Ich auch. Wir alle. Warum beschuldigen Sie nur mich, nur mich von uns beiden.»

«Weil er ein Träumer ist und Sie nicht. Sie sind die vernünftigste Person, die ich kenne.»

«Gestehen Sie uns zu, dass es ein kollektiver Traum war», seufzte Elfride. «Geben Sie das zu, und dann ist Frieden. Sie müssen mir glauben, dass ich nicht so vernünftig war, wie Sie denken. Niemand entgeht einem Traum, der eine Hoffnung bietet.»

«Zu Lasten der Juden? Über die Leichen der anderen? Da ist er, der Rassismus!»

Es war so weit. Jetzt musste sie angreifen. Elfride holte tief Luft und eröffnete das Feuer:

«Wenn es so ist, warum hat man dann Ihnen, einer Jüdin, Antisemitismus vorgeworfen?»

«Ach», sagte Hannah. «Sie kommen wieder darauf.» Die Zigarette zwischen ihren Fingern zitterte leicht.

«Es stimmt, dass ich Gegenstand einer Polemik in den Vereinigten Staaten war», sagte sie langsam. «Ich möchte das nicht mit Ihnen diskutieren, Elfride.»

«Mit welchem Recht weisen Sie mich ab.»

«Mit dem Recht an sich! Ihnen steht ein Urteil über mich nicht zu. Und außerdem reicht's jetzt! Wenn es so ist, gehe ich!»

Zornig sprang sie auf. Die Tür knallte. Elfride war allein. Hannah hatte ihre Handtasche vergessen.

Also würde sie zurückkommen. Eine Frage der Zeit. Ganz sicher würde Frau Arendt ihren Ausbruch nutzen, um sich zu Martin zu schleichen.

Nur Geduld.

Martin
Freiburg im Breisgau, Dezember 1944
Der Flügel

Ein Samstagabend. Die Bombardierung der Stadt hat begonnen. Die feindlichen Armeen überrollen Deutschland. Morgen wird er gehen. Er muss fort sein, wenn sie kommen.

Morgen wird er nach Meßkirch fahren, zu seinem Bruder Fritz, der ihm im Unglück Zuflucht bietet. Gemeinsam mit ihm wird er das Dringendste tun: seine philosophischen Schriften ordnen. Der Krieg geht zu Ende, das Reich ist verloren, Martin geht. Elfride wird das Haus in Freiburg hüten.

Aber die letzte Nacht will Martin noch bei seinen Freunden Georg und Edith Picht verbringen. Georg ist Philosoph wie er, Edith Pianistin. Martin hat plötzlich den brennenden Wunsch, sie zu sehen. Er ist zu ihnen gekommen, einfach so, ein wenig befangen. Er wirkt müde.

Zwei Monate zuvor ist er zwangsrekrutiert und

einem Sturmtrupp zugeteilt worden, der eine Rheinbrücke in Breisach halten sollte. Erlass des Führers vom 18. Oktober 1944: Masseneinziehung aller Männer zwischen sechzehn und sechzig. Martin ist letzte Woche zurückgekehrt. Noch bevor der Trupp ankam, war die Brücke zerstört. Zu spät. Das Ende ist da.

Martin weiß nicht, wie er es sagen soll. Vor der Flucht würde er gern ... Er möchte ...

Er bringt seine Sätze nicht zu Ende. Still stellt sich Edith hinter ihn und legt ihm die Hände auf die Schultern. Martin wirft einen Blick auf ihren Flügel. Der Deckel steht weit offen, unter seinem glänzenden Dach sieht man die filzbezogenen Hämmerchen und die gespannten Saiten. Ein hungrig aufgesperrtes Maul verlangt nach Musik.

«Spielen Sie etwas für mich, Edith», bittet er.

Edith setzt sich an den Flügel, legt nachdenklich die Hände auf die Tasten.

«Schubert», sagt sie.

Martin nickt.

Nach dem Sturm ist die Sonne durchgekommen. Im ersten Satz ergießt sich das Licht auf die befriedete Welt, liebkost die verstörten Kinder, streichelt die zerkratzten Wangen. Ein klarer Gesang, der so einfach endet, wie er begonnen hat.

Im zweiten Satz das Weinen des Regens. Die Töne dringen in den aufgeweichten Boden ein, säen die vom Wind herangetragenen Samenkörner, bereiten ihn für die künftige Pflanze. Jetzt ist da nichts. Soeben war etwas. Sogleich ist nur noch Besänftigung, Wassertropfen in der wieder scheinenden Sonne. Der dritte Satz nimmt die letzten Windstöße in sich auf und kehrt ins Leben zurück.

Lebhaft wie ein Eichelhäher jagt der letzte Satz über die wieder aufgebauten Ruinen. Hartnäckig kehrt die Oktave wieder, warnt – eine Totenglocke. Aufschwünge ... Ein sich auflösendes Widerlager, heraufziehende Gegenwart, der Sonntag der Sorge. Rückkehr des Friedens.

Nach dem letzten Akkord schließt Martin die Augen, lauscht dem Verklungenen nach. Tiefe Stille breitet sich aus.

Nach einer Weile sieht er Georg an und lächelt.

«Das können wir mit der Philosophie nicht.»

Ein von ferne durch die Nacht grollendes Donnern erschüttert die wachende Stadt.

«Es geht weiter», sagt Georg.

Die Musik. Die Bomben. Es zählt nicht, in den Begriffen der vergehenden Zeit.

«Ich muss zurück», sagt Martin mit einem kurzen Seufzer. «Ich breche morgen sehr früh auf.»

«Wann kommen Sie wieder?», fragt Edith.

Martin macht eine vage Geste. Danach.

«Schreiben Sie etwas in unser Gästebuch», sagt sie. «Bitte, Martin.»

Mit sicherer Hand schreibt er: «Anders denn ein Verenden ist das Untergehen.»

Er zögert ein wenig, die Hand um den Füllhalter gekrampft, dann schreibt er weiter: «Jeder Untergang bleibt geborgen in den Aufgang.»

Dann verabschiedet er sich und geht in die Dezemberkälte hinaus.

Kaum hat er die Schwelle überschritten, hört er das Unwetter brüllen, das den Flügel zerschlägt und an den vibrierenden Saiten zerrt. Der Todeskampf der Musik – Martin rennt durch den Schnee, er weiß nicht, wohin.

Er ist nicht mehr dort. Er ist gerettet. Er schläft.

Hannah ließ entschieden auf sich warten.

Elfride wurde unruhig. Sollte sie doch ohne ihre Handtasche weggegangen sein? Aber wie? Zu Fuß, bei dem Regen? Hannah war verrückt genug …

Die Tür ging auf.

«Ich habe meine Handtasche vergessen.»

«Laufen Sie nicht aus lauter Trotz weg!», rief Elfride. «Bleiben Sie …»

«Auf keinen Fall!»

«Sie haben Angst.»

«Nie im Leben! Ich wäre bereit, alles zu erklären, wenn Sie einen anderen Ton anschlagen wollten!»

Elfride schwieg.

«Seien Sie nicht so preußisch», sagte Hannah. «Sonst gehe ich wirklich.»

Elfride blieb stumm, sie legte die Hände um ihr Gesicht.

«Ist das zu viel verlangt?», fragte Hannah ungeduldig. «Werden Sie mir endlich antworten?»

«Ich weiß nicht mehr, wie ich mit Ihnen sprechen soll», flüsterte Elfride. «Deshalb schweige ich.»

Überrascht hielt Hannah inne. In den Augen der Feindin glänzten zurückgehaltene Tränen.

«In Ordnung, Elfride. Nennen Sie mir einen einzigen vernünftigen Grund, weshalb ich Ihnen die Angriffe auf mich erklären sollte.»

Dann setzte sich Hannah wieder. Elfride schob furchtsam ihren Stuhl zurück.

«Ich möchte es verstehen», sagte sie mit erstickter Stimme. «Mir scheint, das ist nur gerecht.»

«Gerecht?» Hannah runzelte die Stirn.

«Ich habe mich erklärt, nun ist es an Ihnen.»

Im Guten wie im Bösen, Krieg.

«Gut!», rief Hannah. «Ich werde mich nicht drücken.»

«Sie sind sehr freundlich, Hannah.»

«Ich bin überhaupt nicht freundlich. Ich versuche, gerecht zu sein.»

Elfride nickte überzeugt.

«Man hat mir also vorgeworfen, die Juden verleumdet zu haben», begann Hannah nervös. «Da sehen Sie schon, wie absurd das alles war ... Der Streit betraf mein Buch über Eichmann in Jerusalem.»

«Ich habe es überflogen», sagte Elfride sehr rasch.

«Das ist ein schmerzliches Thema, Elfride. Geben Sie mir noch ein wenig Kaffee, bitte.»

Elfride schenkte eilig nach.

Der Geschmack des lauwarmen Kaffees verstärkte die Bitterkeit noch. Hannah trank ihn in einem Zug.

«Als ich meinen Bericht schrieb», sagte sie mit äußerster Selbstbeherrschung, «hatte ich keine Ahnung, was für einen Skandal ich damit auslösen würde.»

«Ich hatte auch keine Ahnung.»

«Noch so eine Bemerkung, Elfride, und ich gehe!»

«Verzeihung», sagte Elfride, «es war keine Absicht.»

«Halten Sie lieber mit Absicht Ihren Mund!», grollte Hannah. «Dieser Skandal beruhte auf einem Missverständnis. Man warf mir vor, den jüdischen Zeugen die Frage gestellt zu haben: Warum habt ihr nicht Widerstand geleistet?»

«Eine echte Frage», stellte Elfride fest.

«Aber nicht ich habe sie gestellt! Ich zitierte lediglich den israelischen Staatsanwalt, und zwar mit ausdrücklicher Missbilligung! Allen überlebenden Zeugen stellte er diese furchtbare Frage, es war unglaublich! Und mir hat man vorgeworfen, die Juden zu verachten ... Mir!»

«Während Sie doch nur die Tatsachen wiedergegeben haben», sagte Elfride.

«Ich habe doch das Verhalten der Juden nicht in Frage gestellt, Elfride! Ich wollte nur verstehen, wie sich alles wirklich zugetragen hatte.»

«Was sich zugetragen hat, ist nicht zu verstehen», sagte Elfride.

«Und ob! Im April 1933 wird das erste Gesetz erlassen. Es kommt durch. 1935 ergeht das Gesetz zum Schutze des deutschen Blutes und der deutschen Ehre. Das Räderwerk ist in Gang gesetzt. Man entlässt, enteignet, durchforstet die Stammbäume, etikettiert die Juden generationsweise, man macht Halb- und Vierteljuden aus ihnen, und das geht durch.»

«Aber wen meinen Sie, Hannah, wenn Sie ‹man› sagen?»

«Sie alle!», explodierte Hannah. «Das ‹man›, das die Beschlüsse fasst, das ‹man›, das sie hinnimmt, ich meine Sie, Elfride! Verstehen Sie?»

«Ja», flüsterte diese.

«Also weiter. Man erlässt das Rassenschande-Gesetz und schickt die mit Arierinnen verheirateten Juden ins Gefängnis. Niemand protestiert. Man vertreibt die Juden in die Ostmarken. Und da sie irgendwo bleiben müssen, mauert man sie ein. Man schafft die Ghettos. Und an diesem Punkt kommt Eichmann ins Spiel. Können Sie mir folgen?»

Elfride nickte verkrampft.

«Ich sehe, dass Sie gefolgt sind», sagte Hannah sarkastisch. «Wie Eichmann auch. Die nationalsozialistische Organisation war auf eine perfekte Verwaltung angewiesen. Adolf Eichmann hat nichts anderes getan, als die Befehle auszuführen, und zwar perfekt.»

Hannah

Jerusalem, 1961

Der erste Prozesstag

Sie umklammert das Notizheft in ihrem Schoß. Im Saal herrscht äußerste Spannung. Der Panzerglaskasten wartet auf den Angeklagten. Aus Nervosität lässt Hannah ihren Stift fallen. Sie bückt sich, und als sie wieder auftaucht, sieht sie den Mann. Hinter der Scheibe sieht sie sein Profil.

Ein Mann mit knochigem Gesicht, einer dieser ausgezehrten Greise, wie man sie bei schönem Wetter in Deutschland auf lindenbeschatteten Bänken sitzen sieht. Er trägt eine Brille mit schwarzem Gestell, bestimmt ist er weitsichtig, oder kurzsichtig, jedenfalls gebrechlich. Seine Lider zucken unter den Blitzlichtern der Fotografen. Man möchte meinen, es stünden Tränen in seinen Augen. Dieser Mann bereut, sonst hätte er keine feuchten Augen. Hannah beugt sich vor, um ihn besser zu sehen … Der Angeklagte zieht ein Taschentuch hervor. Er weint.

Nein. Er führt das Taschentuch zur Nase und schnäuzt sich geräuschvoll. Irgendwo im Saal ersticktes nervöses Lachen, beantwortet von empörtem «Psst».

Der Mann im Glaskasten hat Schnupfen. Sorgsam faltet er sein Taschentuch zusammen, steckt es in die Tasche und setzt sich wieder zurecht, ohne den Kopf zu heben.

Das ist nicht das Ungeheuer, das sie erwartet hat. Das alle erwartet haben.

«Beth Hamispath» – «Das Gericht!», schreit der Gerichtsdiener.

Sie steht mit den anderen im Saal auf. Die Richter treten ein, drei schwarze Roben. Der Mann steht, ruhig.

Hannah bekommt Angst. Einer der wichtigsten Prozesse des Jahrhunderts beginnt mit einem Gespenst als Angeklagtem. Sie wollte mit eigenen Augen sehen, wie der größte nationalsozialistische Kriegsverbrecher vor israelischen Richtern steht – und nun das! Der Mann ist banal. Das Verfahren beginnt. Brav beantwortet er die Fragen, er spricht durch die Nase, wegen seines Schnupfens.

Sie zwingt sich zum Mitschreiben. Aber es geht nicht, sie kann nicht schreiben. Sie legt ihren Stift hin und betrachtet den Mann im Glaskasten, diese Bestie, die für den Tod von Millionen Juden verantwortlich ist.

Dieses eingesperrte blökende Schaf. Mit Schrecken

erkennt sie, dass ihre Angst aus ihr selbst kommt. Aus der Banalität eines Rechtsverfahrens, wo sie doch die Größe des antiken Dramas erwartet hatte, mit der feierlichen Bestrafung des Schuldigen. Sie hat Angst vor der Banalität des Menschen, vor der des Angeklagten, der des israelischen Oberstaatsanwalts, des Publikums und sogar der der bedauernswerten Zeugen.

Am meisten Angst hat sie, das Schlimmste entdecken zu müssen: die Banalität des Bösen selbst, denn offenbar hat das Böse durch diesen faden Menschen hindurch gewirkt. Sie zweifelt keinen Augenblick lang an der Schuld des Angeklagten. Aber sie glaubt auch keinen Augenblick lang, dass sie nun endlich dem wahren Schuldigen gegenübersteht.

Der wahre Schuldige steckt in allen. Ausnahmslos.

Der Angeklagte ist in Argentinien entführt worden, wo er friedlich vor sich hin lebte. Er hat sich widerstandslos festnehmen lassen. Es steht fest, dass er gehängt wird. Schon im Voraus hat er erklärt, er werde sich gern öffentlich in Jerusalem hinrichten lassen.

Plötzlich begreift Hannah, dass er diszipliniert ist. Sogar in Jerusalem, in dem Glaskasten, aus dem er so umstandslos und gefällig auf die Fragen antwortet.

Der Normalität schuldig.

Sie wird es sagen.

«**Ich** sehe ihn noch in seinem Glaskasten», sagte sie. «So brav und eifrig. Ja, der große Naziverbrecher war ein kleiner Beamter. Ordentlich und diszipliniert hatte Eichmann die Befehle des Führers befolgt.»

«Blind», warf Elfride ein, «wie wir alle.»

«Eichmann war nicht blind. Er war auch kein böser Mensch. Anfangs war er für die Konzentration der Juden im Osten zuständig. Er hat diese Aufgabe ausgeführt, ordentlich, wie er alles tat.»

«Ich kann mir nicht vorstellen, dass man ordentlich mordet!», sagte Elfride.

«Zu Beginn sollte Eichmann die Juden nicht töten, sondern vertreiben. Er träumte davon, ein Land für sie zu finden, Madagaskar beispielsweise, oder weiter östlich, anderswo jedenfalls. Er ging sogar recht gut mit seinen Juden um, er empfand Sympathie für seine ‹Klienten›, wie er sie nannte.»

«Wie wir», sagte Elfride sanft.

«Zum Donnerwetter! Ich habe nie behauptet, Sie seien eine Kriegsverbrecherin! Ich weise nur darauf hin, dass jeder, der kommentarlos einen rassistischen Akt zulässt, dafür verantwortlich ist!»

Hannahs Hand zitterte ein wenig, als sie sehr langsam eine Zigarette aus dem Päckchen nahm, sie anzündete, das Feuerzeug ablegte, den ersten Zug einsog und Elfride den Rauch ins Gesicht blies.

«Weiter», sagte sie. «Als er den Befehl erhielt, die Juden nach Auschwitz zu transportieren, fühlte er sich verraten. Man nahm ihm seine Juden weg! Er versuchte es mit Finten, mit Verhandlungen. Ihm wurde klar, was er würde tun müssen, mit Hilfe der Waggons, der Züge und Weichen. Letzten Endes hat er als guter Deutscher gehorcht.»

«Sie übertreiben!» Elfride war sehr blass.

«Aber nicht im Geringsten! Sie behaupten, Sie hätten mich gelesen? Na also! Eichmann hat um eine Minderung der Transportpreise gekämpft, damit die Operation möglichst kostengünstig verliefe. Er hat Begleitpapiere abgezeichnet, Dokumente abgestempelt. Er hat seine lieben Juden nach Auschwitz transportiert.»

«Aber er war nicht dort», sagte Elfride.

«Doch», antwortete Hannah. «Er hat Auschwitz mehrmals besichtigt. Er hat sogar selbst das Protokoll über die Wannsee-Konferenz verfasst, auf der 1942 die Endlösung beschlossen wurde; er wusste alles im Detail. In Auschwitz wusste er genau, was er nicht sehen wollte. Er mied die Gaskammern. Er inspizierte die Baracken, die Schuppen, die Kantinen und Büros … Eichmanns Auschwitz war ein einfaches Gefangenenlager!»

«Und doch hat er sich innerlich gequält», sagte Elfride.

«Ja», antwortete Hannah bitter. «Das macht es noch schlimmer! Er hat es geschehen lassen. Wie die Polizisten, die Schaffner, die Bahnhofsvorsteher, Sie alle. Das ist die deutsche Schuld.»

«Aber wir waren nicht informiert! Wenn wir gewusst hätten ...»

«Immer dieselbe Leier», erboste sich Hannah. «1934, na gut. Aber 1944, Elfride.»

«Niemand wusste, was in den Lagern geschah, Hannah.»

Ja, anfangs hatten auch Heinrich und Hannah in New York ungläubig auf die bösen Gerüchte reagiert. Was, die Nazis hätten beschlossen, alle europäischen Juden zu vernichten? Undenkbar! Es bestand überhaupt keine militärische Notwendigkeit. Eine Fehlinformation, Wahnphantasien ... Warum sollten sie das tun? Einfach so?

Aber warum hatten sie 1938 so viele deutsche Juden deportiert? Das war auch einfach so geschehen. Ende 1942 bekamen Hannah und Heinrich das Faksimile eines Telegramms aus dem Genfer Büro des Jüdischen Weltkongresses zu Gesicht. Es bestätigte die Ausrottung der Juden durch Gas. Von diesem Augenblick an musste man das Undenkbare als Realität zulassen.

«Wir haben es 1942 gewusst, Elfride», sagte Hannah fest. «Und zwar in New York.»

Elfride blickte skeptisch.

«Ich versichere Ihnen, wir wussten es! Wir haben in Amerika gekämpft. Wir haben Protestmärsche organisiert.»

«Aber das ist es nicht, was man Ihnen vorwirft», säuselte Elfride. «Oder täusche ich mich?»

«Aber wer wirft mir etwas vor? Nationalisten! Mehr noch, jüdische Nationalisten!»

«Das ist der Punkt», sagte Elfride gelassen. «Man wirft Ihnen vor, dass Sie auf die Verantwortung der Juden für ihre eigene Vernichtung hingewiesen haben. Ich habe Ihr Buch gelesen.»

«Warum verhören Sie mich dann, bitte sehr?»

«Weil ich es aus Ihrem Mund hören möchte ...»

«So ist das also!» Hannah schnappte nach Luft. «Nie im Leben!»

«Dann werde ich es für Sie sagen», fuhr Elfride leise fort. «Manche der Judenräte haben eingewilligt, Listen anzulegen, mit deren Hilfe die Juden den Nazis ausgeliefert wurden. Hätten sie das abgelehnt – das haben Sie selbst geschrieben –, wäre die Vernichtung weniger leicht gefallen. Nie hätten die Henker so viele Menschen umbringen können. Das sagen Sie. Dass Millionen von Menschenleben hätten verschont werden können. Dass die Juden die Schuld auf sich geladen hätten, sich widerstandslos töten zu lassen. Daran bin nicht ich schuld.»

Elfride nannte lediglich die Tatsachen, traurig, ohne Heftigkeit. Verstehen Sie doch, dass wir alle schuldig sind, schien ihr gerührter Blick sagen zu wollen. So ist der Mensch … Nicht wir waren es. Nicht ich. Nicht er. Die anderen, alle anderen, sogar die Opfer.

In Elfrides Stimme lag nicht die leiseste Anklage.

Hannah suchte nach einem Gegenstand, den sie wie der Richter während der Verhandlung als Hammer benutzen könnte. Die Zuckerdose. Dreimal schlug sie damit auf den Tisch.

Elfride schrak zusammen.

«Ich *darf* Sie das nicht sagen lassen», sagte Hannah. «Wer hat getötet? Die Juden oder die Deutschen? Ich weigere mich, als ‹schuldig› behandelt zu werden. Kategorisch. Auch wegen des kategorischen Imperativs und des Sittengesetzes, Elfride.»

«Das Sittengesetz», sagte Elfride. «Die Philosophie … Wem hätte das je genützt, um das Schreckliche abzuwenden?»

Hannah

Basel, 4. März 1969

Abschied vom Philosophen

Sehr aufrecht in ihrem schwarzen Kleid, hält Frau Arendt ihre Ansprache. Sie hat fünf Seiten mit Sätzen gefüllt, die sie lieber sagen als ablesen würde; aber sie ist viel zu bewegt, als dass sie improvisieren könnte.

Vor einer Woche ist Jaspers gestorben. In ihrer Handtasche steckt noch das Telegramm aus Basel: «Karl gestorben MEZ 13.43. Trude». Sie hat das nächste Flugzeug genommen und steht nun hier, um die Rede auf der Trauerfeier für Professor Jaspers zu halten.

Bis zu seinem Tod war er krank. Mit angegriffener Lunge und immer wieder ans Bett gefesselt, hatte der Philosoph die Bedrohung durch die Nazis überlebt. Weil Gertrud Jüdin ist, sind sie in die Schweiz ins Exil gegangen. Nach dem Krieg bot man Karl Jaspers die Schweizer Staatsbürgerschaft an, eine seltene

Ehre, und er nahm an. Er, der Deutsche par excellence, starb in der Fremde, in dem Land, für das er sich entschieden hatte.

Jaspers – Widerstand der Besitzlosen, Beharrlichkeit, Mut. Er wahrte die Ehre der deutschen Philosophie unter dem Nationalsozialismus. Liebender, Gatte, in jeder Hinsicht achtenswert und für Hannah immer ihr bester Freund.

Freund! Damit ist zu wenig gesagt.

Vor Freunden kann Hannah sich kaum retten. Abendessen, Anrufe, Briefe, Tratsch, Zank, Szenen, all das. Höhlengeschwätz, hätte Platon gesagt. Nach der Eichmann-Kontroverse hatte Hannah einige ihrer engsten Freunde verloren. Also war so etwas möglich, also waren sie keine Freunde gewesen. Bei Karl und Gertrud jedoch hatte es nie die geringste Trübung gegeben.

Nichts hat der Freundschaft etwas anhaben können. Nicht einmal die schreckliche Unterbrechung während des Krieges, dieses lange Schweigen zwischen Hannahs Flucht und dem Kriegsende, als sie nicht wusste, ob die beiden noch lebten, während die Jaspers keinerlei Nachricht von ihr hatten. Als wieder Frieden herrschte, hatte sich der Professor mit seiner ehemaligen Studentin angefreundet, Hannah hatte Gertrud kennen gelernt, und sie waren einander verbunden, mit aller Gewissheit.

Jaspers war nicht nur «ein Freund» Hannahs, er war die Freundschaft selbst, im Sinne der griechischen *philia*, dieser triumphierenden Liebe, frei von Niederlagen und Verrat, von Heuchelei und Vergessen. Ein Drahtseil über den Abgründen, eine Freundschaft, die definitionsgemäß standhält.

Mit ihm hat Hannah die Welt geteilt - anders lässt sich Freundschaft nicht definieren. Ohne Karl Jaspers fehlt der Welt ein Stück und sie muss nun ohne ihn geteilt werden, allein mit Trude.

Bleibt sein Arbeitszimmer, in dem sie als junges Mädchen an ihrer Dissertation arbeitete. Der Sessel, von dem aus er sie mit so viel Güte betrachtete, ein Auge fast geschlossen, das andere weit offen. Empörungen, Reflexionen, Kummer über Deutschland, unlösbare Fragen, verstecktes Lachen, Picknicks, Geburtstagsgeschenke, Körbe voll blauer Hyazinthen, das Leben eben. Und ihre endlosen Erörterungen des Falls Heidegger.

«Wir sind zusammengekommen, um gemeinsam und in der Öffentlichkeit, die er so geliebt ...»

Karl sei ein Kämpfer gewesen, ein Bürger innerhalb einer Gemeinschaft, ein freiwilliger Staatenloser. Für Jaspers erfordere die Philosophie entweder das Exil, eine gewisse Kränklichkeit oder «ein kleines unbedeutendes Land, wo man sich im Handeln nicht auszeichnen könne».

Jaspers hat sich für die dritte Vorbedingung entschieden; das sagt Hannah in Basel nicht. Sie sagt, Karl Jaspers habe Deutschland verlassen, um Philosoph bleiben zu können.

Wie sie. Das wissen alle.

Der Beifall tut ihr weh.

Einmal hatte Karl ihr geschrieben «Wir nehmen immer Abschied und nie Abschied.» Er hat Anweisungen für Gertruds Trauerkleidung gegeben: ein schwarzes Kleid der Tradition wegen, aber mit einem weißen Kragen, denn es war ein guter Tod. Ab morgen wird Hannah Weiß tragen, und Rot für seine Gedanken.

War Jaspers zu etwas nutze? Ja. Er verkörperte die Stärke der Schwachen.

Zwei Männer hatten Hannah während der Eichmann-Kontroverse beigestanden. Der Freund und der Ehemann, Karl Jaspers und Heinrich Blücher. Zwei, die sich um denselben Planeten sorgten, um Bürgersinn und Wahrheit bemüht. Karl war gestorben, dann Heinrich.

«Ob die Philosophie zu etwas nutze ist, Elfride? Eigenartig, dass Sie das fragen. Was würde Martin antworten?»

«Dass die Philosophie keinen politischen Gebrauchswert habe», antwortete Elfride, ohne zu zögern. «Sie diene keinem Zweck.»

«Wer würde dann Eichmann verstehen? Die Gerichte denken nicht, sie wenden Verfahren an. Schuldig oder nicht, das ist ihre einzige Frage. Aber der Philosoph gibt sich damit nicht zufrieden! Ich zum Beispiel, ich musste die Banalität des Bösen anerkennen. Und das hat man mir nicht verziehen …»

«Wirklich?», fragte Elfride. «Ich sehe nicht ein, warum.»

«Es ist so viel einfacher, an eine Verschwörung des Bösen zu glauben! Aber nein! Das Böse ist sehr bescheiden.»

«Und doch hätten die Leute des Führers ihre Ziele ohne die Judenräte nicht erreichen können.»

«Die Leute des Führers? Und er, ihn vergessen Sie? Sie haben *Mein Kampf* gelesen, bevor Sie in die Partei eintraten, Elfride!»

«Niemand nahm diese Sache mit der Judenvernichtung ernst», murmelte Elfride. «Im ersten Moment ist es mir überhaupt nicht aufgefallen.»

«Das verstand sich von selbst. So banal war es.»

«Ich habe außer der Wiedergeburt des deutschen Volkes nichts vom Inhalt behalten. Und außerdem ist nicht gesagt, dass der Führer wusste …»

«Ah, Sie werden immer dieselbe bleiben!», schrie Hannah. «Unheilbar deutsch!»

«Unheilbar!», rief Elfride. «Aber man leidet doch nicht an seinem Land wie an einer Krankheit!»

«Das kommt vor», antwortete Hannah ernst. «Und heißt Nationalismus. Wissen Sie, ich bin von meinem Volk geheilt. Ich spreche vom jüdischen Volk, Elfride. Nicht erst während des Eichmann-Prozesses wurde mir klar, dass der Staat, der mir vorschwebte, niemals existieren würde. Ein Staat ist naturgemäß ungerecht.»

«Genau das hat Martin 1933 gesagt», fiel Elfride lebhaft ein.

«Aber er hat gehorcht. Ich nicht. Ich habe lange an mir herumscheuern müssen, um mein Herz vom Staate Israel zu lösen. ‹Cura Posterior› habe ich diese Reinigungskur genannt, die nachträgliche Heilung.»

Die blauen Augen weiteten sich erstaunt:

«Heilung wovon?»

«Von der Nation», antwortete Hannah.

«Ich verstehe nicht recht. Lieben Sie Israel nicht mehr?»

«Noch einmal von vorn, Elfride», seufzte Hannah. «Ich wollte den Staat Israel, das stimmt. Ich war einmal glühende Zionistin, aber das ist sehr lange her. Die Idee zerbricht meistens an der Wirklichkeit.»

«Ein Staat ordnet an, befiehlt, verbietet, regiert», sagte Elfride. «Er träumt nicht, er ist an die Wirklichkeit gebunden. Was störte Sie?»

«Ich hatte für das Recht der Juden auf ein eigenes Land gekämpft, aber nicht für eine Wiedergeburt kriegerischer Werte. Damals habe ich dort junge Leute an einem Lagerfeuer singen sehen. Ein furchtbarer Moment.»

«Warum?», antwortete Elfride harmlos. «Martin und ich, wir hatten in Todtnauberg wunderbare Lagerfeuer ...»

Martin

Freiburg im Breisgau, 27. Mai 1933

Die Rede

Der große Tag. Martin hat die offizielle Rede sorgfältig ausgearbeitet, er will ihr einen Nachhall sichern. Der Text wird als Einzeldruck veröffentlicht und durch die Amtspresse verbreitet. Seine Kollegen und die Studenten erwarten ihn, die Prüfung naht. Ein Augenblick der Wahrheit für das künftige Deutschland. Die feierliche Amtseinführung des neuen Freiburger Rektors soll ein unvergessliches Ereignis sein.

Zu diesem Zweck hat Professor Heidegger seinen Kollegen in einem Verwaltungsrundschreiben mitgeteilt, die Zuhörer sollten sich nach der Rede erheben, das Horst-Wessel-Lied singen und «Sieg Heil» rufen.

Das war vor vier Tagen. Und wurde nicht wohlwollend aufgenommen. Der neue Rektor hat daher in einem weiteren Rundschreiben das Hochheben der Hand auf die vierte Strophe des Kampflieds beschränkt. Nun ist alles in Ordnung.

Im Dozentenzimmer ordnet Martin seine Unterlagen.

«Deine Hände zittern», sagt Elfride.

«Wie vor einer Prüfung», scherzt er.

«Hier, trink einen Schluck Wasser.»

«Nein danke», lehnt er ab und streicht sich das Haar glatt. «Jetzt muss ich ins Gefecht.»

Und er geht in den brechend vollen Hörsaal. Der Beifall berauscht ihn. Er legt seine Papiere aufs Pult, sammelt sich einen Augenblick, hebt den Kopf und beginnt.

Das Wesen der Universität bestünde nicht im Erwerb von Wissen! Jene, die sich um einen bloßen Fortschritt von Kenntnissen bemühten, trügen zur Degeneration der Universität bei. Das Wesen der Universität sei das Wissen, wie es die Griechen im Anfang unter dem Licht der im Zenit stehenden Sonne und zwischen den Tempelsäulen entdeckt hätten ... Ja, man müsse heroisch wie die Griechen sein, und das leiste die Universität nicht mehr.

Die Wahrheit sei eine Herausforderung, ein Kampf, den man im Sturm gewinnen könne, der reinigende Krieg! Ohne die herrliche nationalsozialistische Revolution werde Deutschland den Kampf um die Wahrheit verlieren, wie schon einmal ...

Martin spürt das Fiebern der Zuhörer, er wird immer leidenschaftlicher.

«Gott ist tot!», ruft er. Und mit ihm die Kultur ... Man müsse in den Krieg ziehen und sich ohne jeden persönlichen Schutz schlagen … Man müsse allein gehen können, ein Held sein!

Er spricht laut, reckt die Arme.

Das Sinnlose ist die Herausforderung des Sinns.

Die Studenten stehen geschlossen auf und intonieren das Horst-Wessel-Lied: «Die Fahne hoch, die Reihen dicht geschlossen, SA marschiert mit ruhig festem Schritt …»

Tränen in den Augen, besingt Martin mit ihnen den jungen Helden, der sich für seine Partei geopfert hat. «Es schaun aufs Hakenkreuz voll Hoffnung schon Millionen …»

Martin will als Erster die Hand in die Luft strecken, mit von Rührung gebrochener Stimme flüstert er «Sieg Heil». Er hat sein Naziexamen bestanden.

Dann entzünden sich in den vier Ecken des Hörsaals die aus den tiefen Wäldern gekommenen Feuer, die Flammen verschlingen die Bänke, die Pulte, die Täfelungen, alles Holz in der Universität, während die Zuhörer standhaft im Nazigruß verharren.

Bis in den Tod. Das Feuer hat die Studenten und Professoren in Asche verwandelt, nun nähert es sich der Empore. Martin sieht die Flammen an den Stufen züngeln, spürt, wie ihn ihre Hitze einhüllt, er muss allein gehen können, mit ausgestreckter Hand.

Zuerst brennt die Hand. Dann der Arm. Dann der Jackenaufschlag. Martin geht allein, mit ausgestreckter Hand.

Bevor sein Kopf in der Hitze zerspringt, erwacht er.

Wieder! Warum? Der Kopf … Alpträume. Die Frauen sind schuld. Im Stich gelassen!

Nazi? In der Wortbedeutung. Parteiausweis, Abzeichen, Gruß, ja. Fehler? Zugeben? Niemals. Versehen, ein Wort, ein einziges. Kein Thema. Schweigen. Wie bitte? Frage? Schweigen.

Nicht schlafen. Auf das Feuer aufpassen. Nicht nachgeben. Augen offen halten. Nein, nicht schließen! Ach, kraftlos … Besiegt …

Elfride

Die wunderbaren Feuer in Todtnauberg!

Wieder war Elfride fasziniert. Das kleine Feuer vor Sterns Beinen wollte nicht erlöschen. Die Flammen loderten zum Sternenhimmel, und Martin erging sich in einer lyrischen Ansprache an seine Studenten in Uniform.

Denn so hatte er es sich gedacht. Eine nächtliche Zusammenkunft der Besten der Universität, der künftigen Parteimitglieder, ernsthaften, viel versprechenden und ordentlichen Menschen, und vor ihren Augen die reine Flamme, die die alte Welt verzehren sollte.

Dieser Glanz in der Nacht! Nie würde sie diesen einem Germanengott gleichenden Martin vergessen, das hatte sich Elfride am Abend des ersten Feuers geschworen. Die Erweckung ihres Propheten: er kündete von deutscher Größe! Auf dem Boden kniend, hatte ihm Elfride ein heidnisches Gebet geweiht, eine Hymne auf den Helden, zu dem er in ihren Augen wurde. Mit dem brennenden Feuer sagte das Leitbild der Jugend die Erneuerung der Welt voraus.

Später hatte es dann die Fackeln im Nürnberger Stadion gegeben, eine der Antike würdige Weihefeier zu Ehren des Führers. Die dicht geschlossenen SA- und SS-Standarten und ihr Wald schwarzroter, mit dem neuen Kreuzsymbol geschmückter Fahnen. Durch Lautsprecher verstärkt und wie ein Schmiedehammer dröhnte die Donnerstimme gegen den Himmel, der Deutsche, in sich selbst zerfallen … Sehnsucht nach einem neuen Reich …

Er verkörpere Deutschland, sagte Martin damals über ihn. So feurig, so mitreißend! Die Flammen von Todtnauberg loderten bis zur höchsten Macht empor … Martin hatte Recht, und Hitler war groß.

Elfride konnte die wundervollen Feuer nicht vergessen.

Auch nicht die Funkengarben, die sie nie gesehen hatte, die aus den Schloten der Verbrennungsöfen geschlagen waren. Lieber Gott, bitte mach, dass Hannah nicht daran denkt, betete Elfride.

Aber nein. Hannah war in ihre Gedanken versunken, die Zigarette in der Hand.

«Die Feuer in Todtnauberg», sagte sie und verscheuchte den Rauch. «Stellen Sie sich vor, ich habe dieselben Feuer in einem Kibbuz gesehen, Elfride. Junge Leute, die sich um ein Lagerfeuer scharen und singen, so fängt es an. Das Böse ist die Übersteigerung der kollektiven Werte zu Lasten des Individuums. Das Sich-Einreihen.»

«Aber Sie selbst haben sich doch in die Reihen der Zionisten gestellt, oder?»

«Deshalb habe ich meine Kur gemacht. Wissen Sie, was dieses Wort auf Lateinisch bedeutet? *Cura* – die Sorge. Erinnert Sie das Wort nicht an etwas?»

«‹Das Sein des Daseins als Sorge›. Paragraph 41 von *Sein und Zeit*», zitierte Elfride.

«Sehr gut», lobte Hannah. «Aber für mich ist Sorge nicht dasselbe wie für Martin. Ich habe mich um meine in Reih und Glied gezwungene Jugend gesorgt. Mein Mann und ich haben uns an die Jugendorganisationen in der Weimarer Republik erinnert. Wir hatten Angst vor ihnen und wir hatten Recht damit. Auf Ihre Weise haben Sie unwissentlich dazu beigetragen.»

«Dann ist also die ganze Menschheit schuldig.»

Die Zuckerdose schlug dreimal auf den Tisch.

«Vor den Gaskammern waren die Juden unschuldig», sagte Hannah nachdrücklich. «Das steht außer Frage, Elfride.»

Elfride nahm das Verdikt hin, ohne sich zu rühren.

«Schuldig», antwortete Hannah. «Ich kann es nicht ändern. Haben Sie etwas zu Ihrer Verteidigung vorzubringen?»

«Nein», antwortete Elfride. «Das heißt, doch. Nicht Deutschland ist schuld, sondern die zerstörerische Negation. Martin kann nichts dafür.»

«Wer spricht von Martin? Es geht um Sie!»

«Ich werde Sie nie davon überzeugen können, dass ich nichts getan habe!», schrie Elfride.

«O doch, Elfride. Das ist es eben, ich weiß nur zu gut, dass Sie nichts getan haben.»

«Habe ich mich schlimmer verhalten als der Oberrabbiner Baeck in Theresienstadt?», erregte sich Elfride. «Er hat auch nichts getan und er wusste es!»

«Elfride!»

«Ja? Ich schockiere Sie vielleicht? Inwiefern ist eine unwissende Deutsche schuldiger als das – wissende – Oberhaupt einer jüdischen Gemeinde in einem Lager?»

«Vorsicht!» Hannah hob die Zuckerdose.

Instinktiv schützte Elfride ihren Kopf.

Es kostete Hannah Überwindung, die Zuckerdose wieder auf den Tisch zu stellen.

«Ich war im Unrecht», sagte Elfride und ließ den Arm sinken. «Ich hätte das nicht sagen sollen.»

«Sagen Sie mir, wie Sie auf diesen monströsen Gedanken gekommen sind!»

«Ich habe erfahren, dass Sie das Verhalten des Rabbiners Baeck kritisierten», sagte Elfride leise und mit gesenktem Kopf. «Sie selbst, Hannah.»

«Ich? Ja, das stimmt. Aber ich hatte das Recht dazu.»

Selbstgewiss und arrogant wie immer. Unzugänglich wie Martin. In Hannahs Augen würde Elfride immer im Unrecht sein.

«Übrigens bin ich mir in meinem Urteil nicht mehr so sicher», sagte Hannah nachdenklich.

Überrascht hob Elfride den Kopf.

«Oberrabbiner Baeck hatte erfahren, was seiner Gemeinde bevorstand», grübelte Hannah laut. «Er hat beschlossen, den Juden in Theresienstadt nichts zu sagen und sie auch vor ihrem Abtransport nach Auschwitz nicht zu informieren, weil er hoffte, dass ihre Gefügigkeit ihnen zu einem leichteren Tod verhelfen würde.»

«Ich glaube, er hatte Recht», seufzte Elfride.

«Gewiss nicht! Die sie töteten, waren doch auch unglückliche Juden! Sie mussten gehorchen, um zu überleben!»

«Beruhigen Sie sich. Ich weiß das alles. Die technische Organisation der Vernichtungslager ließ keinen Ausweg ...»

«Es gab einen Ausweg!», schrie Hannah. «Den

Augenblick des eigenen Todes frei wählen können! Aufrecht sterben! Nicht wie ein Tier im Schlachthof. Ich respektiere die Entscheidung des Oberrabbiners Baeck, aber …»

Hannah sprach nicht weiter. Jeder ihrer Sätze über den Oberrabbiner Baeck hatte sich in einen Pfeil gegen sie verwandelt.

«Ich war nicht dort», sagte sie schließlich erstickt. «Ich habe kein Recht zu urteilen. Niemand hat dieses Recht. Und Sie noch weniger.»

«Aber ich sage ja gar nichts», protestierte Elfride.

«Selbst das ist noch zu viel!», schrie Hannah. «Ich sollte mich überhaupt nicht vor Ihnen rechtfertigen. Es ist unwürdig!»

«Hören wir auf», sagte Elfride. «Sie sind wütend.»

«Die Juden hätten sich Waffen beschaffen müssen! Das habe ich schon vor dem Krieg gedacht. Nur wenige von uns setzten sich für die Schaffung einer jüdischen Armee ein. Wir hätten gegen die Nazis kämpfen können … Und was ist stattdessen geschehen?»

«Hannah …», bat Elfride.

«O nein», ereiferte sich Hannah. «Sie wollten doch verstehen! Ich werde es Ihnen sagen. Aufgrund meines Eichmann-Buches hat man den Begriff Holocaust auf die Judenvernichtung in Europa angewandt. Wissen Sie, was dieses Wort bedeutet? Ein Opfer! Verstehen Sie?»

«Ich glaube, ja.» Elfride zitterte. «Ein furchtbares Opfer.»

«Die Juden wären also in alle Ewigkeit Opfer? Aber wir kämpfen, wir kämpfen gegen den Feind! Zu viele Juden haben sich mit dem Gedanken des Holocaust angefreundet. Sogar der israelische Oberstaatsanwalt, für den Eichmann das absolute Böse verkörperte!»

«Ich verstehe nicht ganz», wandte Elfride zaghaft ein.

«Sie verstehen nicht, dass ein auf seinen Rang stolzer israelischer Oberstaatsanwalt einen belanglosen Beamten in einen Sadisten verwandeln möchte? Dass er auf Geheiß des israelischen Premierministers das Porträt des ewigen Antisemiten im Angesicht des auserwählten und verfolgten Volkes zeichnet?»

«Nein», sagte sie angstvoll.

«Es ist zu einfach! Man hängt Eichmann und hat damit das Böse, das seit je das auserwählte Volk bedrohte, ein für alle Mal getilgt!»

«Hätten Sie ihn begnadigen wollen?»

«Seien Sie nicht verrückt! Aber es gibt kein radikal Böses. Es gibt nur gewissenhafte Rädchen im Getriebe. Nur Gleichgültigkeit.»

«Sicher», beschwichtigte Elfride. «Aber beruhigen Sie sich …»

Hannahs Augen schleuderten Blitze. In ihrer geteerten Lunge setzte sich der Blasebalg einer Schmiede in Bewegung. Feu-er, Feu-er, Feu-er. Bis das Eisen glüht. Nicht aufhören, im Takt bleiben. Stärker werden. Noch stärker. Diese unstillbare Wut … Sie muss heraus!

Keuchend ballte Hannah die Fäuste. Gegen wen war sie gerichtet, die Wut ihres Lebens? Wen sollte sie schlagen?

«Sie schaden sich», warnte Elfride. «Denken Sie an Ihr Herz.»

«Lassen Sie mich in Frieden!»

Erschrocken stieß Elfride ihren Stuhl zurück und flüchtete sich ans andere Ende der Küche.

Hannah
Jerusalem, August 1961
Golda Meir

Die israelische Außenministerin trägt ihr Haar glatt gescheitelt. Silberfäden breiten sich strahlenförmig über Golda Meirs großes Haupt aus, einzelne haben sich gelöst und fallen ihr ins Gesicht. Ansonsten ein Mannweib mit scharfem Blick und mächtiger Stimme. Bewundernd betrachtet Hannah diese jüdische Heldin, die ihr so ähnlich ist, wenn man von der völlig fehlenden Weiblichkeit absieht.

«Also, wie war die Verhandlung heute?», erkundigt sich die Ministerin.

«Anstrengend. Der Ankläger hat sämtliche Akten aus Treblinka vorgelegt. Furchtbar.»

«Furchtbar, aber notwendig, Frau Arendt. Auch ich bin müde.»

Wirklich, sie wirkt erschöpft. Mit einer Handbewegung weist sie Hannah auf die Thermoskanne mit Milchkaffee und die Kekse hin.

«Wenn ich genug Zeit gehabt hätte, hätten wir bei mir zu Hause in der Küche zu Abend gegessen. Ich hätte Ihnen zur Erinnerung Apfelstrudel gebacken.»

«Ich stamme nicht aus Österreich, sondern aus Königsberg.»

«Ich bin auch zu dumm!», entschuldigt sich Golda Meir. «Sie haben einen deutschen Akzent, natürlich. Ist Ihnen aufgefallen, wie viele verschiedene Akzente im Gerichtssaal zu hören waren? Ein wahrer Turm zu Babel, wenn sie nicht Hebräisch sprechen ...»

«Ja, wirklich», stimmt Hannah zu. «Aber man hätte auf den deutschen Dolmetscher für den Angeklagten verzichten können. Alle Prozessteilnehmer verstehen Deutsch.»

«Darum geht es nicht», sagt die Ministerin stirnrunzelnd. «Die Amtssprache in Israel ist Hebräisch. Was meinen Sie, wie wir sonst unser Volk einen sollten?»

Hannah weiß keine Antwort auf diese Frage.

«Es ist ohnehin schon schwierig genug, einen Staat zu gründen», sagt Golda Meir.

«Als Erstes müsste man Staat und Religion trennen», sagt Hannah. «Sonst gibt es Probleme mit den Atheisten.»

«Das ist mir schnurz!», sagt Golda Meir. «Was zählt, ist Israel, ob man nun Atheist ist oder nicht.»

«Und wenn man nicht an Gott glaubt?», fragt Hannah. «Was bei mir der Fall ist.»

«Bei mir doch auch, natürlich», sagt die Ministerin erstaunt. «Sie werden ja verstehen, dass ich als Sozialist nicht an Gott glaube. Ich glaube an das jüdische Volk. Wie Sie, Frau Arendt.»

«Ich soll an das jüdische Volk glauben?»

Sie ist entrüstet, ohne recht zu wissen, weshalb.

«Ja, selbstverständlich. Natürlich glauben Sie an das jüdische Volk, Frau Arendt. Sie lieben es. Sonst würden Sie jetzt nicht dem Eichmann-Prozess beiwohnen.»

Nein!, denkt Hannah voll Empörung.

Hannah glaubt nicht. Sie liebt nicht. Sie ist Jüdin, das ist etwas anderes. Sie liebt die Juden nicht und glaubt nicht an sie, sie gehört ganz einfach zum jüdischen Volk. Hannah hasst Gläubigkeit. Und nun soll sie sich zu einem Glauben bekennen? Kommt überhaupt nicht in Frage. Zu einer Liebe, wie man sie einem Menschen entgegenbringt? Auch das unmöglich.

«Im Übrigen», sagt Golda Meir, «beweist die israelische Justiz der ganzen Welt die Existenz unseres Staates. Die Kraft des Glaubens an Israel. Der jüdische Staat ist stark, gerüstet, kann sich von nun an seiner selbst sicher sein. Denken Sie nur an …»

Die Ministerin spricht weiter, allein. Hannah kann kaum noch zuhören. Sie ist entsetzlich müde. Wo hat sie diese Worte nur schon einmal gehört? Wo zum Teufel? Ihr fallen die Augen zu.

Wir werden unsere Feinde vernichten … Unsere Macht ist unzerstörbar …

Wie bringt man die Außenministerin des Staates

Israel zum Schweigen? Wie gibt man ihr zu verstehen, dass es spät ist, so spät, dass man schlafen gehen und dieses Déjà-vu-Gefühl loswerden muss?

Nur Heinrich hatte Hannahs Entsetzen über Golda Meirs Worte verstehen können.

Die selbstgewisse Justiz Israels. Die vernichtende Stärke.

Hannah und Elfride.

Hannahs Zorn fiel mit einem Mal in sich zusammen. Sie rang noch nach Luft. Ihr Herz schlug immer noch wild, nahm ihr den Atem, Feu-er, Feu-er …

Sie spürte Scham in sich aufsteigen.

Elfride war immer noch in der schützenden Ecke.

«Sie behandeln mich wie eine Schwerkranke», sagte Hannah schließlich verlegen.

Zitternd kramte Elfride in einem Schrank. Hannah fühlte sich mit einem Mal wie geblendet. Auf dem Hintergrund ihrer Netzhaut tanzten Nachtfalter.

«Setzen Sie sich doch wieder», murmelte sie benommen.

Elfride drehte sich um, immer noch an den Schrank gepresst.

«Keine Angst, ich kriege keinen Herzanfall, Elfride. Ob Sie mir vielleicht noch einen Schluck Kaffee geben könnten?»

Elfride kam näher. Die Kaffeekanne stand direkt vor Hannahs Nase.

«Bedienen Sie sich», sagte Elfride vorsichtig.

«Danke», sagte Hannah und griff mit unsicherer Hand zur Tasse.

Sie trank den kalten Kaffee und verzog das Gesicht.

«Ich hätte mich nicht aufregen sollen», sagte sie.

Elfride setzte sich wieder, der Sturm war vorbei.

«Es ist da etwas», sagte Hannah zögernd. «Ich verstehe nicht, wieso ...»

Ein Pfeifen in ihrem rechten Ohr, das wieder nachließ. Nur Ohrgeräusche, weiter nichts.

«... wieso ich so in Wut geriet», sprach sie weiter. «Zu einer gewissen Zeit meinte ich, zur wahren Gelassenheit gefunden zu haben.»

«Sie, gelassen?»

«Und doch war es so», antwortete Hannah. «Dank einem Unfall.»

Hannah
New York, 19. März 1962
Die Entscheidung

«Sie kommt zu sich», sagt eine Stimme.

Hannah versucht, die Augen zu öffnen, vergeblich. Ihre geschwollenen Lider versperren den Blick. Ihr Kopf ist schwer, der Nacken schmerzt. Wieso liegt sie in einem Lieferwagen? Warum die Sirenen? Bombenalarm?

Ein Rettungswagen. Ein Rettungswagen mit einem Arzt, einem Pfleger in Weiß. Vorher der Aufprall, das Kreischen, der Geruch von heißem Metall, dann alles schwarz. Ein Unfall.

«Sie dürfen sich nicht bewegen», sagt die Stimme.

Also muss sie sich bewegen können. Um eine Winzigkeit beugt sie die Knie, die Ellbogen. Sie kann es. Keine Lähmung. Jetzt die Augen. Sie zwingt sich und sieht in das aufmerksame Gesicht des Arztes.

«Keine Angst», sagt er. «Eine Platzwunde am Kopf blutet immer besonders stark.»

Also gibt es Blut, eine Kopfverletzung. Sie muss sich testen. Zuerst ihre Gedichte. «Schwebende Füße in pathetischem Glanze / Ich selbst …»

Gut. Nun auf Griechisch. Auf Französisch. Auf Englisch. Kein Trauma. Ihre Telefonnummer, sicherheitshalber. Sehr gut. Der Kopf funktioniert.

Hannah entspannt sich, lässt sich treiben. Auch wenn der Körper einiges abbekommen haben sollte, das Wesentliche ist heil. Der Krankenwagen rast zur Klinik. Die Trage wird herausgezogen; Hannah leidet Schmerzen. Röntgenuntersuchungen.

«Nichts Dramatisches, aber erfreulich ist es auch nicht», sagt der Arzt gelassen. «Viel hat nicht gefehlt.»

«Wie … lange?», artikuliert ihr Mund.

«Nur keine Eile. Lange. Hämatome in beiden Augen, Gehirnerschütterung, ausgebrochene Zähne, von den Prellungen ganz zu schweigen, mehrere Rippenbrüche, und dann müssen wir noch das EKG abwarten. Sagen wir, zwei Monate.»

«Zwei Monate», flüstern die geschwollenen Lippen. «Sehr gut.»

Verbunden, verpflastert und mit Schmerzmitteln voll gestopft, wartet Hannah auf ihren Mann. Friedvoll. Sie fürchtet nichts mehr. Sie ist glücklich, lässt sich leben.

Sie hatte keine Angst in jenem Augenblick. In welchem Augenblick? Sie erinnert sich nicht mehr.

Nach und nach kommt die Erinnerung zurück an diesen schwebenden Augenblick, in dem sie sich von sich selbst trennte. Diese Ruhe, dieser Frieden ... Sie hatte die Wahl zwischen Leben und Sterben. Sie konnte den Weg der Schwerelosigkeit und des Lichts weitergehen oder das Gewicht ihres Körpers wieder finden. Hannah hat sich entschieden. Sie ist in ihren Körper zurückgekehrt, sie lebt.

Aber die Ruhe bleibt ihr für immer.

«Ein Unfall?», wunderte sich Elfride.

«Ich war in New York, mitten in der Arbeit über den Eichmann-Prozess, ich musste dringend zu einem Termin, und mein Taxi wurde beim Central Park von einem LKW gerammt.»

«Das wusste ich nicht. War es schlimm?»

«Ja, schon», antwortete Hannah. «Die Augen in Mitleidenschaft gezogen, Blutergüsse im Gesicht und, was am ärgerlichsten war, das Herz hat sehr gelitten. Das merkte ich, als ich meinen Infarkt bekam.»

«Und dieser Unfall hat Ihnen zu gelassenem Abstand verholfen?»

«Mir?», fragte Hannah überrascht. «Ach! Ja. Wissen Sie, in diesen extremen Augenblicken ist man nicht in der Verfassung zu urteilen. Ich habe meine Arbeit über Eichmann in einer völlig anderen Geistesverfassung wieder aufgenommen. Ich war zutiefst friedvoll. Und hellsichtig. Unter dem Schock habe ich die Banalität des Bösen verstanden.»

Fragend zog Elfride die Brauen hoch.

«Ja, es ist kompliziert. Wenn man mit einem Mal zwischen Leben und Sterben wählen kann, wird man man selbst. Es ist schwer zu erklären. Ich war zu etwas durchgedrungen ... Die Lust zu leben wahrscheinlich.»

Elfride riss die Augen auf.

«Trotz allem war das Leben schön», fuhr Hannah fort. «Das Böse war banal und ich hatte überlebt. Auch ich allein verkörperte meinen Teil Menschheit.»

«Selbstverständlich», murmelte die erstarrte Elfride.

Hannahs Gedanken wurden wieder klarer. Keine Schmetterlinge mehr vor den Augen.

Natürlich, für Elfride war das Leben selbstverständlich. Natürlich, daran hatte sie nie gezweifelt. Elfride zweifelte an nichts. Entschieden banal, aber im Grunde nicht böse.

«Lassen wir das», entschied sie. «Jedenfalls habe ich mich geändert. Ich will nicht mehr für einen Staat oder eine Nation kämpfen, noch nicht einmal für ein Volk. Ich habe keine Liebe zum Staat Israel, ich habe nie ein Kollektiv geliebt. Faktischerweise gehöre ich zu diesem Volk. Aber ich liebe nur meine Freunde.»

«Dann gibt es also kein Vaterland mehr», sagte Elfride ratlos. «Ich habe nicht mehr das Recht, Deutsche zu sein.»

«Was macht das schon? Sie sind eine Person! Als Blücher starb ...»

Was wollte sie da sagen?

«Ja?», fragte die andere.

«Nichts», wehrte Hannah unwillig ab. «Ich hätte gern Eiswürfel ins Wasser.»

Brav erhob sich Elfride und holte Eiswürfel aus dem Kühlschrank. Draußen ballten sich wieder drohende Wolken. Mit hochgezogenen Schultern wartete Hannah auf den Donner. Ein fahles Licht fiel auf Elfrides Gesicht, das so sanft war wie das Eichmanns. Verfluchter Gedanke!

«Das Gewitter ist noch lange nicht vorbei», sagte Elfride. «So bald werden Sie nicht aufbrechen können. Sehen Sie sich das an. Man möchte meinen, es wäre Nacht.»

«Man möchte es meinen», wiederholte Hannah abwesend.

Hannah
New York, 4. November 1970
Der Kaddisch

Der Davidstern wird nicht auf dem Sarg leuchten, genau unter dem Namen: HEINRICH BLÜCHER.

Hannah wollte es, aber es ist nicht möglich. Denn Heinrich ist kein Jude.

Viele Freunde sind gekommen. Hannah sieht sie nicht deutlich, aber sie spürt ihre Anwesenheit, wie eine zu einem Ritus versammelte Familie. Es ist nicht die jüdische Zeremonie, die sie sich für Heinrich gewünscht hätte. Sie wird nicht den Kaddisch für ihren Mann sagen dürfen.

«Jitgadal wejitkadasch schemej Raba, Be'alma di Wra Chir'ute …»

Von einer männlichen Stimme vorgetragen, würden sich die heiligen Worte auf Heinrichs Sarg angehäuft haben. Sie hätten sich eingegraben, ihm Tiefe gegeben. Weil kein Mann da ist, der es vorträgt, sagt Hannah leise selbst den Kaddisch für Heinrich.

«Sein großer Name werde erhoben und geheiligt in der Welt, die Er nach seinem Willen erschaffen hat. Sein Reich erstehe in eurem Leben und in euren Tagen ...»

Heinrich ist am Tag vorher gestorben, ganz plötzlich. Noch fühlt Hannah gar nichts. In ihr ist nichts, nicht einmal Tränen. Stein, vom Regen ausgewaschen. Sie weiß, dass der Schmerz kommt. Heute Abend, morgen, jetzt gleich oder später.

Ihr kommt keinerlei Erinnerung. Hannah ist der lang gestreckte Sarg, sein glänzendes Holz. Und die ehrenden Worte, die in einem Gemurmel enden. Hannah ist nicht mehr sie selbst, sondern ein Ding, wie Heinrich.

Hannah glaubt schon lange nicht mehr an Gott.

Und doch ist der Kaddisch kein Totengebet. Es ist ein Gesang auf die Herrlichkeit Gottes. Sich nicht beklagen, wenn einem etwas genommen wird, was einem nicht zustand. Was einem nicht gehörte. Heinrich gehörte Hannah nicht. Er hat sich zurückgenommen, das ist es. Die Worte des Kaddischs gelten für jeden Toten. Man hat ihn mir gegeben, man hat ihn mir genommen, er gehört mir nicht.

Aber Heinrich ist kein Jude. Hannahs Traum hat nicht stattgefunden.

Hannah schreit nicht. Sie würde es gern tun. Heinrich hätte ein Recht darauf, aber ihr fehlt die Kraft. Er geht, und sie bleibt. Sie wacht bei ihrem Mann, der kein Jude ist.

Der kein Jude *war.* Der sich *zurückgenommen hat.* Sie muss lernen, von Heinrich in der Vergangenheit zu sprechen.

Heute Abend wird sie die Kerze anzünden, die die Juden vor das Porträt des Verstorbenen stellen und die ein Jahr brennen muss. So verlangt es der Ritus.

Dann wird Hannah mit der Tradition brechen.

Sie wird den Kerzensegen aufsagen, wie ihre Großmutter in Königsberg. «Gelobt seist Du, Ewiger, unser Gott, König der Welt, der uns durch Seine Gebote geheiligt und uns befohlen hat, das Schabbat-Licht anzuzünden.»

Das tut man nicht. Es ist weder der richtige Tag noch die richtige Stunde. Was hilft's. Da ein Licht erloschen ist, muss sie ein anderes anzünden, um weiterzumachen.

Hannah

Als Kind war ihr nicht sonderlich klar, dass sie Jüdin war.

Die jüdischen Einwohner von Königsberg hatten von ihren Mitbürgern nichts zu befürchten. Sie waren Deutsche und Patrioten – weiter nichts. Sie hatten im Ersten Weltkrieg mitgekämpft, Orden erhalten, viele von ihnen waren für Deutschland, für ihr Land, gefallen. Ihre Religion hatte nichts mit ihrer Nationalität zu tun. So einfach war das.

Samstags ging Hannah mit ihrer Großmutter in die Synagoge. Die Kleine mochte die brennenden Kerzen, die Gesänge und die gestreiften Schals der Männer, die ausgefransten Thorarollen, aber sie mochte auch die Blumen auf den Altären der Kirchen, in die sie das Dienstmädchen der Arendts mitnahm. Rabbi Vogelstein kam regelmäßig und lehrte sie die Grundlagen des Judentums, und in der Schule stand der Katechismus auf dem Lehrplan. Jesus, Jahwe, das Kreuz, die Rollen, die Gesänge, der Stern, sie fand alles hinreißend.

Solche Dinge erfahren Kinder immer von anderen Kindern. Nach der Katechismusstunde sagte eines Tages ein kleines Mädchen zu ihr, Hannahs Großmutter habe Jesus Christus getötet. Hannah war tief getroffen und ging sofort nach Hause, um ihre Mutter zu fragen. Was hat Martha Arendt an jenem Tag geantwortet? Sicher nicht viel: «Hör nicht auf deine Spielkameraden» oder «Dummes Gerede» oder «So ein Blödsinn!».

Ach! Doch! Martha hatte gesagt: «Lass dir das nie wieder von jemandem sagen.» Das hatte Hannah sehr beeindruckt.

In der Volksschule also hatte sie erfahren, dass sie Jüdin war.

An die Worte ihrer Mutter vor Beginn der Gymnasialzeit indessen erinnerte sie sich noch so genau, als wäre es gestern gewesen. Sollte es einer ihrer Lehrer wagen, ein einziges Wort gegen die Juden zu sagen, müsse Hannah sofort aufstehen und nach Hause gehen, die betreffenden Äußerungen müsse sie sich dabei gut merken.

Diese Anweisung ihrer Mutter verschaffte ihr so manchen schönen Ferientag. Mehrfach erhielt Frau Arendt Briefe von der Schulleitung, in denen die Schülerin Arendt, Hannah, an die Schulordnung erinnert wurde. Auf Schwänzen standen schwere Strafen, und die Schülerin Arendt hatte den Klassenraum verlassen. Immer beantwortete Frau Arendt die Briefe des Direktors und gab eine Erklärung ab.

Für den Fall antisemitischer Äußerungen anderer Kinder waren die Anweisungen nicht minder eindeutig: sich nicht darum kümmern. Zwischen den Beleidigungen der Lehrer, die mit Weggehen zu ahnden waren, und dem dummen Geschwätz der Mitschüler, das gar nicht zu ahnden war, lernte Hannah, den Ton des antisemitischen Lieds zu erkennen. Schrill. Gewaltsam. Mörderisch. So wurde Hannah klar, dass Jüdin sein etwas Schwerwiegendes war.

Über den Zionismus wusste sie nichts. Paul und Martha waren Sozialisten und Deutsche; sie waren nicht im mindesten zionistisch. In einem einzigen Punkt war ihre Mutter unbeugsam: Man dürfe die armen Ostjuden nicht verachten, die aus Galizien, der Bukowina, aus Polen, aus den Randgebieten. Vor allem dürfe man sich nicht über den Schmutz lustig machen, die langen schwarzen Kaftane und die Schläfenlocken. Man musste die Juden aus den Ghettos respektieren, auch wenn man ihre Rückständigkeit nicht billigte.

Hannah hatte diesen Anweisungen nur mit Mühe folgen können. Als sie 1961, beim Prozess in Jerusalem, die Menge vor dem Gerichtshof sah, hatte alles in ihr diese orientalischen Gestalten abgelehnt, diese fremdländischen Juden, ihre Nonchalance, ihre Nachlässigkeit. Wenn man bedachte, dass Onkel Rafael im Ersten Weltkrieg posthum das Eiserne Kreuz verliehen bekommen hatte und dass sie von diesen Flegeln auf den Straßen Jerusalems angerempelt wurde! Sie, eine europäische Jüdin!

Plötzlich hatte sich Hannah der mütterlichen Anweisungen erinnert – und sich geschämt.

Immer noch und immer wieder dieser Reflex. Das würdige jüdische Deutschland ließ seine Beute nicht so leicht los.

Sie hatte viel Zeit gebraucht, um mit ihren Gedanken ins Reine zu kommen.

Es gab nur ein einziges jüdisches Volk, zu dem Hannah – unabhängig von Bildungsunterschieden – gehörte. Hannah war Israeli. Ganz einfach.

Obwohl … War wirklich Schluss mit dieser unendlichen Geschichte zwischen ihr und den Juden? Als junges Mädchen hatte sie zwei Dinge beschlossen. Erstens, sie war Atheistin. Wie ihre Eltern. Zweitens, sie würde Zionistin werden. Anders als ihre Eltern.

Was den Atheismus anging, da hatte Rabbi Vogelstein das Haupthindernis aus dem Weg geräumt. Wenn es stimmte, was ihre Mutter erzählte, wollte die kleine Hannah den Rabbi, der sie Hebräisch lehrte, später heiraten. In der Sicherheit dieser unschuldigen Liebe hatte ihm Hannah beherzt erklärt, sie könne nicht an Gott glauben. Völlig ungerührt hatte der Rabbi sie über seine Brille hinweg angesehen: «Und wer hat das von dir verlangt?»

Das Erlebnis wirkte bis heute bei Hannah nach. Sehr gut: Man konnte Jude sein, ohne an Gott zu glauben. Davon hatte sie sich um keinen Millimeter abbringen lassen.

Was den Zionismus anging, so hatte sie nicht gezögert. Zu ihrer Studienzeit gab es für die jüdische Jugend in Deutschland gar keine Diskussion. Ein Judenstaat in Palästina war unverzichtbar, und der Staat Israel sollte laizistisch und sozialistisch sein, Punktum.

Aber der Staat Israel wurde 1948 nicht als laizistischer Staat gegründet. Die Verfassung scheiterte daran, dass sich kein Einvernehmen über die Laizität des jüdischen Volkes herstellen ließ. Denn man war Jude von Geburt und die Geburt Israels stand schon in der Bibel. Daran ließ sich nicht rütteln. Der Grundsatz des Laizismus stand im Widerspruch zu einem israelitischen Staat. Die Gründerväter des Staates Israel übergingen die Frage also stillschweigend. Keine Verfassung.

«Und wer hat das von dir verlangt?» Niemand. Israel würde eine verfassungslose Demokratie sein.

Je mehr die Geschichte voranschritt, desto mehr fürchtete Hannah für Israels Zukunft. Die Rekrutierungen, die Kriege, die markigen Lieder, all das, diese üblen Nachklänge. Der Nationalismus und die Unfähigkeit, zwischen den Juden und den Arabern in Palästina ein Bündnis herbeizuführen. Der Sozialismus der ersten Siedler war geschmolzen wie mitteleuropäischer Schnee in der Sonne.

Der Eichmann-Prozess in Jerusalem hatte die letzten Bindungen zwischen Hannah und dem Judenstaat gekappt. Dieser hatte nur ein Ziel: das Ungeheuer in der Öffentlichkeit zu verurteilen, fern der faktischen

Realität. Wut. Hannah hatte sie ausgedrückt. Und war zum Paria erklärt worden. Der größte Schmerz ihres Lebens.

Es gab zwei Jerusalems in ihr.

Das erste hatte sie in ihrer zionistischen Phase kennen gelernt, als sie sich in Paris in der Jugend-Aliyah für die Einwanderung von Juden nach Palästina einsetzte. Sie hatte gehofft, eine Gruppe nach Jerusalem begleiten zu können. Endlich, 1935, war es so weit.

Das Schiff brachte sie von Marseille nach Haifa, dessen Hügel sie begeisterten. Jüdischer Boden! Und dann Jerusalem. Der Aufstieg zur arabischen Stadt, die weißen Steine in der Sonne, die tausendjährigen jüdischen Gräber in den Schluchten des Hebron, die Westmauer und die über das Exil klagenden Juden im Kaftan. Der Staat Israel bestand noch nicht. 1935 war Jerusalem eine antike, vom Geist durchwaltete Stadt.

Die Kibbuzim, in denen sie gleich das Entstehen einer neuen Aristokratie erkannte, gefielen ihr weniger. Die Pioniere waren die Herren. Damals ließ Hannah nichts von ihrem Unbehagen verlauten. Hatte sie es nur in jenem Augenblick gespürt? Schwer zu sagen. Die sozialistische Gleichheit in den Kibbuzim beeindruckte sie. Und trotz ihrer instinktiven Distanz behielt Hannah das Jerusalem Palästinas im Herzen.

Das zweite Jerusalem war das des Eichmann-Prozesses im Staate Israel. 1948, als die UNO die Resolution über die Errichtung dieser neuen Nation verabschiedete, hatte Hannah auf eine Einigung zwischen Juden und Arabern gehofft. Aber stattdessen gleich Krieg. Und wieder Krieg. Ihr Zionismus war passé.

Von 1935 bis zum Eichmann-Prozess war viel Blut geflossen. Hannah fuhr schweren Herzens nach Jerusalem. Und wurde überrascht.

Voller Liebe hatte sie sich ihrer ersten Reise erinnert. Sie hatte den Eindruck einstiger Größe wieder erlebt. Aber nicht in Jerusalem, wo nicht mehr der Geist waltete, sondern die Macht.

Nein. Es war in Petra, im damaligen Transjordanien. Dort stand noch ein römischer Tempel, eingehauen in den rötlichen Felsen, ewig und zerbrechlich. Die stummen Säulen hatten sie ebenso sehr bewegt wie die Ruinen des griechischen Tempels in Syrakus, den sie auf der Hinreise besichtigt hatte.

Ja, Hannah zog die tote Antike dem vor, was aus dem Staat Israel geworden war. Aber das fiel nicht schwer zwischen Tempelruinen, und angesichts einer entschwundenen Vergangenheit zu philosophieren war allzu bequem.

Manchmal empfand sie Reue, doch nie für lange. Sie war laizistische und sozialistische Jüdin, das bedurfte keiner weiteren Erörterung. Ihr Zionismus war eine andere und sehr widersprüchliche Geschichte.

So sehr, dass sich Hannah beinahe in der Lage der Diasporajuden befand, die während der langen Jahrhunderte des schlummernden Israel von einer Heimkehr nach Jerusalem träumten.

Sich dabei jedoch nicht den Ende des neunzehnten Jahrhunderts von einem mondänen Wiener Intellektuellen erträumten Judenstaat vorstellten. Für diesen nicht existierenden Staat hatte Theodor Herzl unter den unzähligen Bezeichnungen für die Stadt Jerusalem den Namen Zion ausgesucht. Wenn ihn die jüdischen Städter auch bespöttelten, so entflammte der Zionismus doch die Hoffnungen der anderen, der Armen.

Wie hatte sich ein solcher Dandy in einen Visionär verwandeln können? Wie war aus dem Großbürger und Journalisten der neue Messias der Ghettojuden geworden?

Ganz einfach. In Paris, wo er als Korrespondent die Dreyfus-Affäre verfolgte. Von Paris aus hatte der französische Antisemitismus das zionistische Ideal entstehen lassen. Nachdem Hannah wusste, dass sie Jüdin war, beschäftigte sie sich lange mit der Dreyfus-Affäre. Herzl hatte in zwei Punkten Recht: Die Juden brauchten einen Staat, und jeder Prozess gegen Juden musste sehr aufmerksam verfolgt werden.

Hannah wurde also glühende Zionistin, bis die Propaganda die Wirklichkeit einholte. Enttäuschte Hoffnungen. Eine Bewegung sei sich Stärke schuldig, je bedrohter sie sei, behaupteten die Helden Zions.

Hannah fand sich damit ab. Der Zionismus war ein Ideal, nur ein Ideal und nichts weiter. Und doch ertappte sie sich zu ihrer eigenen Verwunderung bei einer Art Nationalgefühl, als Israel zwei Jahre zuvor, im Jom-Kippur-Krieg, angegriffen wurde. Sie gab Geld, wurde Kriegspatin. Frau Arendt war zu den Fahnen geeilt.

Aber früher war es besser, in den goldenen Zeiten, als man, wilde Hoffnung im Herzen, «Nächstes Jahr in Jerusalem» sang, ohne gleich den Tag festzulegen, an dem man das Flugzeug nach Tel Aviv nehmen würde. Die mythische Rückkehr war nur noch eine Eintragung im Terminkalender.

Die Juden von einst bezogen sich auf das himmlische Jerusalem, das ihnen niemand wegnehmen konnte. Das einzige und wahre. Ein Luftschloss. Das himmlische Jerusalem lebte in der jiddischen Sprache, in der Liebe der Juden zur Musik, zu den Kindern, zu den Bäumen. Das Jerusalem des Exils war ein Strudel, ein halb trauriges, halb fröhliches Fest, durchklungen von Geigen und Melancholie.

Und der deutschen Sprache.

Als ihr Freund Blumenfeld ihr zum ersten Mal «Ich bin Zionist von Goethes Gnaden» gesagt hatte, hatte Hannah ihn nur sprachlos angestarrt. Ohne mit der Wimper zu zucken, hatte er hinzugefügt: «Aber ja doch. Der Zionismus ist ein Geschenk Deutschlands an die Juden.» Blitzartig hatte Hannah die Wahrheit erfasst.

Das wahre Deutschland, das war sie, Hannah. Eine Jüdin und Philosophin deutscher Sprache, die im Exil den deutschen Wald, die klaren Brühen, den Rauch, das Haus, ihr Schneckenhaus mit sich herumschleppte. Sie hatte die deutschen Dichter mitgenommen, Hölderlin, Schiller, Goethe, Lenz, Büchner. Wegen Adolf Hitler waren sie dort nicht mehr zu Hause.

Die deutschen Dichter waren Parias geworden wie sie.

Und daher fühlte sich Hannah völlig ungebunden und frei, die Juden zu kritisieren, wann immer sie versagten. Wie die anderen.

Nein. Strenger. Denn Hannah wusste, sie ging mit jüdischem Fehlverhalten härter ins Gericht als mit dem der Gojim, der Nichtjuden. Die Nichtjuden hatten eine Entschuldigung – sie waren keine Juden. Die Juden hingegen hatten Pflichten gegenüber der Menschheit. Sie hatten kein Recht auf Fehler.

Es war sehr seltsam. Die Gojim hatten Hannah immer bezaubert. So viel Unschuld und guter Wille! So viele unbewusste Vorurteile, die jeder Vernunft hohnsprachen! Sie waren von unerschütterlicher Naivität. Martin war so. Blücher auch. Hannah konnte es immer noch nicht fassen, dass die beiden Männer ihres Lebens keine Juden waren.

Nicht, dass sie sich nicht bemüht hätte … Aber ihr erster Mann, Stern, war Jude, und Hannah hatte ihn nicht geliebt. Sie hatte nur zwei Männer geliebt, jeden als Einzigen, Martin und Heinrich, Gojim. Man musste zugeben, dass Hannah sie brauchte. Aus Widerspruchsgeist? Vielleicht. So war sie eben.

Voller Nachsicht stellte sie sich als alten Weisen in

einem polnischen Ghetto vor, als einen verschmitzten, mystischen Chassid mit viel Verständnis für die menschlichen Schwächen.

Und selbst hier, gegenüber ihrer alten Feindin, hatte Hannah Anwandlungen von Verständnis, die ihr gar nicht gefielen. Und deshalb musste sie fest bleiben.

Sollte sie Elfride erklären, ihre jüdische Rivalin sei die wahre Deutsche? Ihr ins Gesicht sagen, dass das Deutschland des Geistes den Namen Hannah Arendt trug? Na! Ein bisschen Ernst bitte.

Aber es war stärker als sie. Beim bloßen Gedanken schon brach Hannah in Gelächter aus.

«Was belustigt Sie so?», fragte Elfride kühl. «Der Gedanke, wegen des Gewitters hier bleiben zu müssen?»

«Ein wenig schon», sagte Hannah. «Sie müssen zugeben, dass es lustig ist.»

«Sie können durchaus auch im Regen gehen, wissen Sie. Mir macht das nichts aus. Nur müssen Sie sich vorher von Martin verabschieden. Und dann: gute Reise!»

«Ich habe nur gescherzt. Wir zwei in der Küche, ohne Martin, das ist nicht frei von Komik!»

«Lassen Sie ihn aus dem Spiel, und wenn Sie Hunger haben, essen Sie», sagte Elfride verärgert.

«Wirklich, Sie sind von bewunderungswürdiger Rücksicht», stellte Hannah fest. «Wovon sprachen wir gerade?»

«Von Ihnen. Wenn ich recht verstanden habe, hatten Sie die Illusion, die Juden seien besser als alle anderen. Und Sie mussten entdecken, dass dem nicht so war.»

«Was den Staat Israel angeht, stimmt es. Ich will da nichts verhehlen. Aber Sie dürfen nicht vergessen, wie viele Juden im Widerstand unter dem Davidstern gekämpft haben.»

«Ich verstehe», sagte Elfride.

Ein Augenblick unerklärlichen Friedens senkte sich über sie.

«Und doch, Elfride, und doch ...», sagte Hannah nachdenklich. «Ich weiß, mit welchen Mechanismen man einen Menschen in ein Tier, einen Beamten in einen Mörder verwandeln kann. Aber warum? Das ist es, was sich nicht sühnen lässt. Auschwitz hätte nicht geschehen dürfen.»

«Sehen Sie!», rief Elfride triumphierend.

Diese Idiotin! Warum musste sie mit ihren selbstzufriedenen Ausrufen alles zerbrechen!

«Hören Sie mit Ihren ewigen Plädoyers auf. Es ist wirklich sehr lästig.»

«Aber nein», sagte Elfride verstört. «Sie irren sich! Ich wollte Ihnen damit nur verständlich machen, was ich 1945 fühlte. Als ich es erfuhr. Ein schrecklicher Schlag!»

«Und Martin, was hat er gesagt?», fragte Hannah.

Elfride

Freiburg im Breisgau, September 1945

Die Bilder

Die Niederlage kam, und mit ihr die Denunziation. In Freiburg ist der ehemalige Rektor vogelfrei. Martin hat keine Freunde mehr.

Aber der junge Soldat hat sie noch einmal besucht. Martin mag diesen französischen Intellektuellen, der sein Denken ein wenig kennt und ihn achtungsvoll behandelt in einer Zeit, in der ihm die Deutschen den Rücken kehren.

Aber heute zeigt der kleine Franzose nicht mehr sein respektvolles Lächeln. Er hat sich ein autoritäres Verhalten zugelegt. Ein wenig zu entschieden legt er eine Akte auf den Tisch. *Dachau* steht auf dem Deckel.

Als sich die Hand des jungen Mannes der noch geschlossenen Akte nähert, ahnt Elfride die kommende Prüfung. Der Franzose wirft ihr einen undurchdringlichen Blick zu. Er wird diese Akte öffnen. Er öffnet sie.

Es sind Fotografien.

Der Franzose will die Bilder zeigen, ihn auf die Probe stellen, und Martin soll sie ansehen, wenn er kann … Elfride rückt ihren Stuhl neben den ihres Mannes, so nah wie möglich. Nur Mut, Martin, denkt sie. Es ist so weit. Man muss hinsehen.

Die aufgestapelten ausgetrockneten Leichen, wie Holzstämme. Die Haut, die sich über die vorstehenden Knochen der Überlebenden spannt. Ihre riesigen, leblosen Augen.

Martin und Elfride sagen nichts. Kein Wort, kein Hauch kommt über ihre Lippen. Auch der junge Franzose sagt nichts, er wartet. Elfride senkt den Blick, reibt die Hände aneinander wie eine Fliege. Irgendwann muss Martin doch sprechen …

Sein Blick verliert sich im Vagen. Elfride nimmt alle Kräfte zusammen.

«Niemand hat uns über das unterrichtet, was in den Lagern vor sich ging», sagt sie und ihre Stimme hallt durch eine Wüste.

Der junge Franzose wirft ihr einen raschen Blick zu, dann schaut er wieder Martin an. Auf ihn wartet er. Nicht auf sie.

«Wir wussten nichts», fügt sie verzweifelt hinzu.

Vergeblich. Der junge Mann sieht nur Martin an.

«Dafür gibt es keine Worte», flüstert Martin schließlich, die Augen halb geschlossen.

Für einen kurzen Moment entspannen sich die Züge des Franzosen. Sprich, Martin, sprich weiter!

«Wir wurden von Verbrechern missbraucht», sagt er langsam. «Das ganze deutsche Volk.»

Das Gesicht des Franzosen verspannt sich ein wenig. Martin bemerkt es.

«Hier ist die Schwelle zur Unmenschlichkeit erreicht», fährt er fort. «Man hat den Menschen zum Objekt gemacht. Das sind keine Menschen mehr, sondern Sachen. Es gibt keinen Namen für … Das.»

Er atmet mühsam. Der junge Mann schweigt immer noch.

«Ein Programm.» Martin spricht rascher. «Es handelt sich um ein Produktionsprogramm für den Tod. Das ist das Ergebnis des Nihilismus, der Tod des Denkens. Eine Schwelle wurde überschritten.»

Der junge Mann nickt. Elfride entspannt sich unmerklich.

«Aber wenn die Schwelle zur Unmenschlichkeit einmal überschritten ist, bleibt die Zeit nicht stehen», fügt Martin hinzu. «Nichts garantiert, dass es vorbei ist.»

Der junge Mann sieht ihn fragend an.

«Dieses Programm kann noch einmal ablaufen», sagt Martin.

Elfride geht lautlos aus dem Zimmer, ihr Herz klopft.

Vielleicht hat der junge französische Intellektuelle Martins Denken verstanden. Mit glühendem Kopf wischt sich Elfride ihre feuchten Hände ab. Darin ist sie sich ganz sicher: Weder Martin noch sie haben etwas gewusst. Denn sonst …

«Denn sonst …», seufzt sie und lässt sich auf einen Stuhl fallen.

Elfride

Er würde nie eine Erklärung zu der Phase seiner nationalsozialistischen Verstrickung abgeben, hatte Martin beschlossen.

Der Welt, die danach entstanden war, nicht nachgeben. Nicht das Gesicht verlieren vor den Modernen. Nicht antworten, solange er lebte. Die Beleidigung war zu groß und Martin zu tief getroffen. Fragen sind mit Schweigen zu beantworten. Elfride hatte ihn in dieses Schweigen begleitet. Außer Hannah hatte ihn nie jemand beunruhigt. Sie war die einzige unüberwindliche Hürde. Der Rest war schon erledigt.

Denn das Schlimmste hatte Elfride ohne Martin durchgestanden.

Trotz seines Alters war er dem letzten Massenaufgebot des Dritten Reichs nicht entgangen, dem letzten Versuch. Wäre er nur fünf Jahre älter gewesen, hätte er die Altersgrenze von sechzig Jahren erreicht gehabt ... Alle Eingaben blieben vergeblich. Die feindlichen Armeen breiteten sich schon über das Elsass aus, weniger als fünfzig Kilometer von Freiburg entfernt. Martin wurde eingezogen, dann kam er im Schutz des allgemeinen Durcheinanders zurück.

Im November wurde Freiburg pausenlos von amerikanischen Kampfflugzeugen bombardiert. Im Dezember hagelte es immer noch Geschosse. Elfride blieb da und biss die Zähne zusammen. Er nicht.

Martin war geflohen. Er hatte seine Manuskripte in seinen Geburtsort mitgenommen, nach Meßkirch, zu seinem Bruder. Während der Feind Deutschland überrollte, waren Fritz und Martin den ganzen Winter mit der Ablage beschäftigt. In Freiburg begann die Besatzung.

Da ergriff auch die Universität die Flucht und folgte ihrem Meister in die schwäbischen Berge. Studentinnen und Professoren machten sich mit ihren kostbaren Büchern zu Fuß oder per Fahrrad auf den Weg nach Meßkirch. Elfride hütete in Freiburg das Haus.

Unter der Ägide des großen Philosophen richteten sich die Exilakademiker mehr schlecht als recht in der Burg Wildenstein und im benachbarten Dorf ein. Jeden Morgen ging Martin den Weg zur Burg hinauf, um in der dortigen Küche seine letzten Vorlesungen zu halten. Er hatte sich auf die gefahrlosen Höhen der Hölderlinschen Dichtung gerettet.

Oben auf der Burg wusste man durchaus, dass unten im Tal die Kämpfe tobten; dass ganz in der Nähe viele Verwundete in dem zum Notlazarett umgewandelten Kloster Beuron lagen. Dass Freiburg besetzt war. Mitten im Debakel tanzte Martin am Rande des Abgrunds, in den er fallen sollte.

Der Sturz ließ nicht auf sich warten.

Er kam mit der Ernte. Da sie auf dem Lande waren, halfen die Akademiker bei der Ernte. Und da das Reich zusammenfiel, kehrten sie in den Rhythmus der Jahreszeiten zurück. Auch in Schwaben wird die Ernte von Festen begleitet. Es gab also ein Fest auf der Burg, Theater, Tänze, Brot und Wein. Martin hielt nach einem Klavierkonzert einen letzten Vortrag und dann kam das Ende.

Während der ganzen Zeit musste Elfride in Freiburg allein kämpfen. Sie hatte unklare Erinnerungen daran behalten: Soldatenstiefel, die nicht mehr deutsch waren, Deutsche, die mit gesenktem Kopf durch die Straßen liefen, Trümmer, kurze Schreie, Siegeslieder, Niedergeschlagenheit, gefolgt von wilden Hoffnungen, Verzweiflung, das Ende der Welt.

Ihr Haus wurde wie die Häuser aller Parteimitglieder requiriert. Und was schlimmer war, auch die Bibliothek sollte beschlagnahmt werden. Gegen die Requirierung konnte Elfride nichts unternehmen, aber sie kämpfte verbissen um die Bibliothek. Mit den Büchern würde auch Martins Denken fortgenommen.

So machte Frau Heidegger Bekanntschaft mit den französischen Offizieren der Besatzungstruppen. Deren vordringlichste Sorge war nicht Martins Bibliothek. Sie war sich ganz sicher, im Recht zu sein: Martin war nicht schuldig. Und sie? Um sie kümmerte man sich kaum. Die Gattin Heideggers war nicht wichtig. Elfride versuchte einen Aufschub auszuhandeln, er wurde gewährt. Im Juli kam Martin zurück.

Die Franzosen waren ohnehin nicht seine ärgsten Feinde.

Sehr schnell fanden sich Deutsche, die den nationalsozialistischen Professor anklagten. Der Alptraum begann ganz sacht. Martin konnte leicht beweisen, dass er innerhalb der Partei keine verantwortliche Stellung eingenommen hatte – das stimmte. Aber nachdem die politische Säuberung einmal richtig eingesetzt hatte, war sie nicht mehr aufzuhalten. Martin wurde vor den Bereinigungsausschuss bestellt, im Juli 1945, einen Monat nach der Heuernte auf Burg Wildenstein.

Einen der drei Professoren in der Kommission hatte Martin in seiner Zeit als Rektor schlecht behandelt: Alfred Lampe. Ein normaler Streit unter Kollegen, aber gefährlich in unruhigen Zeiten. Der Kampf um Martins philosophisches Überleben schien von vornherein verloren, aber entgegen allen Erwartungen konnte Lampe Martins Absetzung nicht erreichen. Im August 1945 schloss der Bereinigungsausschuss Martin lediglich von der Mitarbeit in den Kollegialorganen aus.

Nein, nicht Lampe war der Verräter in der Tragödie. Es war sein ältester Freund, Karl Jaspers.

Dessen Frau Gertrud war Jüdin. Als sie Martin eines Tages gestand, sie müsse Hitlers wegen oft weinen, hatte Martin mit Wärme geantwortet: «Es tut gut, einmal zu weinen.» Das hatte Gertrud nicht gut aufgenommen. Daraufhin hatte sich Martin vorsichtshalber zurückgezogen.

Wegen Gertrud verlor Jaspers 1937 seinen Lehrstuhl. Anders als Malwine Husserl hatte Gertrud keine Blumen, keinen Brief erhalten. Und seither wartete Martins Freund Karl auf ein Wort der Reue.

Das nicht kam. Wozu bereuen, wenn man nicht schuldig ist? Als der Senat das Urteil des Bereinigungsausschusses ablehnte, zögerte Martin keinen Augenblick. Er war sich Karls Treue so sicher, dass er ihn um einen Bericht für den vom Senat eingesetzten Untersuchungsausschuss bat.

Karl konnte bezeugen, dass Martin schon 1934, nach der Gewaltaktion von Hitlers SS gegen die SA, mit den Naziorganen gebrochen hatte. Karl wusste, dass Martin diese Exzesse der Nacht der langen Messer in privatem Kreise missbilligt hatte; später hatte er sich distanziert und sein Amt aufgegeben.

Sehr früh.

Jaspers konnte bezeugen, dass Martin danach bespitzelt, bedroht und verdächtigt worden war. Das stimmte. Aber es stimmte auch, dass Martin und Elfride jedes Jahr ihre Parteimitgliedschaft verlängert hatten. Das war jedoch belanglos, das würde Jaspers verstehen.

Jaspers verlangte nichts von Martin. Keine Schuldgefühle, kein Leugnen. Nichts. In seinem Bericht erklärte er, Martins kurzzeitiges Engagement für den Nationalsozialismus sei nicht so wichtig, aber seine Denkungsart sei für die wehrlose deutsche Jugend gefährlich. Seine Philosophie sei diktatorisch und biete dem Freiheitsgedanken keinen Raum. Heideggers bevorzugter philosophischer Gegenstand, das «Sein des Da», verweise die Verantwortung in den Bereich der definitionsgemäß verachtenswerten menschlichen Machenschaften. Entgegen allen Erfordernissen der Gemeinschaft würde Heideggers Lehre dem moralischen Neuaufbau in Deutschland schaden. Gegen dieses Urteil des Philosophenfreundes gab es keine Berufung.

Jaspers legte sein Gutachten im Dezember 1945 vor. Im Januar 1946 wurde Martin auf Vorschlag des deutschen Senats von der französischen Militärregierung aus dem Amt entfernt, sein Gehalt wurde gekürzt, später auch seine Pension. Mittellosigkeit. Wegen seines Freundes Karl, der immer noch auf ein Wort der Reue wartete.

An diesem Tag begann Martins wütendes Schweigen. Nie etwas rechtfertigen, nie klagen. Jaspers würde weiterhin vergeblich warten.

Aber der Pfeil hatte getroffen. Am Ende dieses langen Verfahrens war Martin schließlich in den Abgrund gefallen, an dessen Rand er schon so lange getanzt hatte. Er klagte nicht, er rechtfertigte sich nicht. Im Papierkrieg führte Elfride das Diktat; manchmal schrieb sie sogar selbst. Elfride sorgte dafür, dass er rechtzeitig vor den Ausschüssen erschien. Er beklagte sich immer noch nicht, er ging verloren. Im Frühjahr 1946 kehrte Martins Blick nicht zurück.

Elfride bat den Dekan der Medizinischen Fakultät um Hilfe. Martin musste in einem Sanatorium behandelt werden. Wie sein Vorbild Hölderlin hatte sich Martin für den Wahnsinn entschieden. Vielleicht träumte er davon, seine Tage in einem alten Turm am Neckarufer zu beschließen. Aber er lebte nicht mehr in der Romantik, und wenn er auch von der Unruhe des neunzehnten Jahrhunderts besessen war, so war Martin keineswegs verrückt, leider.

Nach drei Wochen kehrte der Blick zurück, Martin auch. Geheilt. Mittellos.

Von alldem hatte Elfride nur die Abfolge der Ereignisse im Gedächtnis behalten. Es war einmal eine Niederlage, Bomben, Besatzung. Es geschah, was in Kriegen zu geschehen pflegt, Rache, Säuberung, Bestrafung der Besiegten. Elfride hatte sich das typische weibliche Verhalten im Krieg zu Eigen gemacht: auf bessere Zeiten warten, durchhalten, Nahrungsmittel und Brennstoff beschaffen. Die amerikanischen Pakete in Empfang nehmen, Corned Beef essen, ohne zu wissen, dass es sich um Rindfleisch handelte.

Elfride hatte die Besatzungszeit unter einem schmutzigen Gletscher begraben. Diese Momentaufnahmen des Gedächtnisses würden nicht wieder hervorkommen.

Nur die lebendige Erinnerung an den jungen französischen Intellektuellen schwamm an der Oberfläche, eine unvergessliche Lichtung in dunklen Zeiten. Nie würde Elfride seine von Fragen und Unterstellungen freie Offenheit vergessen. Martins Hoffnung galt nicht mehr Deutschland, sondern Frankreich. Dank dem Franzosen würde Martins Denken überleben. Denn, so sagte Martin, der Sturz kündigte das Ende der Nacht an.

Aber das war lange vor Karls Gutachten. Etwa zur gleichen Zeit hatte sich das schmerzliche Erlebnis zugetragen, von dem Elfride erst später erfuhr.

Als Martin Jaspers um ein Gutachten gebeten hatte, hatte er sich gleichzeitig an den geistlichen Würdenträger gewandt, der während seiner Seminarzeit sein Mentor gewesen war. Conrad Gröber war inzwischen Erzbischof von Freiburg; wie Martin hatte er an einen nationalen Aufbruch geglaubt, ihn jedoch sehr bald bekämpft. Er stand unter keinerlei Verdacht.

Anscheinend war Martin im Vorzimmer der Schwester des Erzbischofs begegnet, Marie. Diese hatte süffisant bemerkt, «man» habe ja Martin seit etwa zwölf Jahren nicht mehr gesehen. Und Martin soll geantwortet haben: «Marie, ich hab es schwer gebüßt. Mit mir ist es jetzt zu Ende.»

Elfride bezweifelte die Geschichte immer noch. Denn mit diesen zwei Sätzen hätte Martin die Schuld eingeräumt, die man ihm anlastete. Das entsprach nicht seinem übrigen Verhalten. Außerdem war er in jener Zeit bereits sprachlos, nackt wie Adam unter dem Schwert des Erzengels Gabriel. Das war die Zeit, in der Martin weinte.

«Ich erinnere mich», murmelte Elfride. «Wie wir das erste Mal die Fotografien sahen. Diese lebenden Leichname mit leeren Höhlen anstelle der Augen. Es war nichts Menschliches mehr da. Glauben Sie, die Sie ihn kennen, wirklich, dass Martin sich zum Komplizen eines solchen Wahnsinns gemacht hätte?»

«Nein, Elfride», sagte Hannah. «Ich glaube es nicht.»

«Martin ist töricht gewesen! Eine Torheit! Das ist das einzige Wort, das ich ihn in diesem Zusammenhang gebrauchen hörte.»

«Tatsächlich?», fragte Hannah. «Idealistisch, das mag angehen. Aber töricht! Martin!»

«Und er liebt das Risiko. Wussten Sie das nicht?»

«Ich kenne niemand Vorsichtigeren als ihn!», rief Hannah. «Das ist ein echter Fehler an ihm. Er ist ein Mann, der sich noch vor seinem Schatten fürchtet!»

«Und das Skilaufen?», fragte Elfride.

«Sport zählt nicht», meinte Hannah achselzuckend.

«Sie kennen Martin nicht», murmelte Elfride. «Er liebt die Gefahr. 1915 hat er etwas Schreckliches zu mir gesagt: ‹Der Kriegsgott lässt seinen unzerstörbaren Atem spüren.› Angesichts dieses Schlachtens, Hannah!»

«Sie werden ihn angestachelt haben», sagte Hannah

verdrossen. «Ich werde den Gedanken nicht los, dass er ohne Sie ...»

«Das ist falsch!»

«Er hat es mir oft gesagt», erinnerte sich Hannah gedankenvoll. «Dass er allein gehandelt habe. Dass Sie ihm treu zur Seite gestanden hätten. Ich glaubte, Sie seien stolz auf Martins Titel. Rektor der Universität!»

«Um welchen Preis!»

«Schon, aber an jenem Tag?»

«An jenem Tag ... habe ich seine Rede sehr schön gefunden.»

«Die Wiedergeburt Deutschlands?»

«Nein, Hannah. Er wollte nur den deutschen Geist erneuern.»

«Ich sage es noch einmal», Hannah wurde lauter, «der Geist hat kein Land.»

«Aber man kommt irgendwo zur Welt», protestierte Elfride. «Nie trennt man sich von der heimatlichen Erde. Man hat dort seine Kindheit, die Erinnerung an die Morgenluft, das Land, das Rauschen des Windes in den Bäumen ...»

«Oder den Schrei der Kosaken», vollendete Hannah gelassen.

Eine wütende Handbewegung Elfrides stieß die Zuckerdose um.

«Wir kommen nicht davon los, meine Liebe», stellte Hannah fest und sammelte die Zuckerstückchen wieder ein.

Elfride antwortete nicht.

«Wir stehen an entgegengesetzten Punkten», fing Hannah wieder an.

Schweigen. Der Kriegsgott ließ nicht locker.

«Deshalb hat Martin uns beide geliebt», sagte Hannah. «Ich habe Sie zu Unrecht verdächtigt, das gebe ich zu. Ja, vielleicht sind Sie letzten Endes nicht der Grund.»

«Sie machen sich zum Vollstrecker der Wahrheit.»

«Die Wahrheit», wiederholte Hannah fast unhörbar. «Die Wahrheit ist, dass er mir etwas unendlich Kostbares vermittelt hat. Einen Teil Deutschlands, der Ihnen entgangen ist.»

«Sie führen Selbstgespräche!»

«Lassen Sie mich nachsehen, ob es ihm gut geht, Elfride ...»

Die vergissmeinnichtblauen Augen verdunkelten sich.

«Elfride», bat Hannah demütig.

Die Augen weiteten sich. Die Überhebliche gab nach!

«Es ist wahrscheinlich das letzte Mal, Elfride ...»

«Gehen Sie», war die Antwort. «Aber kommen Sie bald wieder.»

Martin
Meßkirch, 1900
Das Schrecke-Läuten

Sonntag. Der Junge ist gewachsen; er macht sich bereit. Martins Mutter hat ihm die angezündete Kerze in die Hand gegeben.

«Hör zu, Martin», sagt sie. «Du bist nun groß genug, um zu erfahren, warum du die Kerze in die Kirche tragen darfst. Früher, und das ist noch gar nicht lange her, wurden die kleinen Katholiken von den anderen, von den Altkatholiken, geschlagen. Man tauchte ihre Köpfe mit Gewalt in die Brunnentröge, um sie wiederzutaufen. ‹Schwarze Siechen› nannten sie uns. Sie hatten uns sogar unsere Kirche weggenommen. Diese Zeit hast du nicht erlebt. Als du auf der Welt warst, mussten sie uns, den Römisch-Katholischen, die Kirche zurückgeben. Als der letzte Altkatholik ging, wusste er nicht, wem er die geweihte Kerze geben sollte. Du spieltest auf dem Vorplatz, und er gab sie dir. Vergiss das nicht.»

Sie hat es ihm erzählt, ohne auch nur einmal abzusetzen.

Martin merkt sich jedes Wort, wiederholt sich die Geschichte, als er mit der Kerze in der Hand durch den Korridor geht. Man tauchte seinen Kopf in einen Brunnentrog. Er wurde geschlagen. Er spielte auf dem Platz, man gab ihm die Kerze. Er ist schwarz und siech zur Welt gekommen. Jetzt versteht er, er ist der Zeuge des Lichts. Er wird es immer bewahren.

Die Tür geht auf den Marktplatz hinaus. Die Kirche von Meßkirch ist ein gewaltiges, massiges Bauwerk. Seitlich kann man den Weg zum Schloss ahnen. So verlockend, aber verboten, wenn er die Kerze trägt. Seine Aufgabe ist es, vom Haus zur Kirche zu gehen.

Aber das Kind hält sich nicht mehr daran. Es entwischt und macht sich auf den Weg zum Schloss. An den hundertjährigen Linden schwellen die ersten Blattknospen. Es ist kalt, aber unter den Büschen blühen leuchtend blaue wilde Hyazinthen. Verzückt wandert Martin durch das schon grüne Gras. Die Kerze brennt noch, ihm ist, als ginge er einen Weg ohne Ziel. Was übrigens stimmt. Die Waldarbeiter haben diese sackgassenartigen Wege für den Holzeinschlag angelegt. Martin geht diese Wege, weil sie im Nirgendwo enden.

Plötzlich hört er das Schrecke-Läuten. Vier Uhr nachmittags.

Die Schrecke-Glocke ist die vierte der sieben Kirchenglocken, sie schreckt die Menschen aus dem Mittagsschlaf. Martin hat für den Mittagsschlaf nichts übrig. Er wacht, wenn alle schlafen. Der Schreck ist nur für die anderen, die Schläfer.

Er hat keine Angst vor der vierten Glocke, genauso wenig wie vor den sechs anderen. Er verehrt sie alle, sie, die die Zeit geben. Die in der Frühe läutet, die Mittagsglocke, die Abendglocke, die Totenglocke und die mitreißende Festglocke. Das Schrecke-Läuten ruft ihn nicht zurück. Er wird nicht nach Hause, den Weg nicht noch einmal gehen.

Er wird weitergehen, die Kerze in der Hand, den Blick im Blau des Himmels.

Warum hat er schwarze Augen? Er, der Blau so sehr liebt! Im Spiegel sieht Martin immer einen Wicht, der keine blauen Augen hat.

Er wird bis zum Ende gehen, ohne zu wissen, wohin.

Plötzlich versperrt ihm eine Gestalt den Weg. Woher kommt diese schwarzäugige Alte? Warum ist ihr Blick so durchdringend? Was hat er getan? Muss er schon zurück? Sie nimmt ihn bei der Hand … Er wehrt sich, tritt um sich. Sie zieht an ihm, sie ist stärker, sie reißt ihn mit sich, und mit einem Mal hat sie blaue Augen …

Riesige leuchtende Augen. «Nein!», stöhnt er. Die Frau ist weg. Es ist vorbei.

Welche der beiden ist da? Wer will seine Hand? Die beiden, immer noch Je-meine. Sie wollen. Haben, besitzen …

Die Zeit ist noch nicht gekommen. Nein, bleiben. Reglos. Die Flamme unter der Hand sein. Die Kerze halten. Das Wachs nach oben streichen.

Blendendes Blau, zu blau, ein flammender See! So tief, der schwarze Blick. Sehr sanft. Darin ertrinken … Vor allem die Augen schließen. Wieder einschlafen.

Hannah warf einen letzten Blick auf den schlummernden Martin und schloss die Tür. Dann ging sie leise in die Küche zurück.

«Und?», fragte Elfride besorgt.

«Er schläft noch. Er ist nicht einmal aufgewacht, als ich seine Hand berührt habe.»

«Manchmal spricht er im Schlaf. Hat er etwas gesagt?»

«Sehen Sie nur, es regnet nicht mehr», stellte Hannah fest.

«Tatsächlich», antwortete Elfride. «Aber der Donner kommt näher. Das Gewitter muss etwa zwei Kilometer entfernt sein. Es ist nicht gesagt, dass wir es nicht noch abbekommen ...»

«Verflixt», sagte Hannah. «Dann sitze ich fest.»

«Diesmal scheinen sie sich darüber zu freuen ...»

«Dieses Gespräch hätten wir früher führen sollen, Elfride. Statt uns nur zu streiten, hätten wir wie heute miteinander sprechen müssen, offen.»

«Es ist ein bisschen meine Schuld», sagte Elfride. «Ich war so eifersüchtig!»

«Und ich erst!», rief Hannah fröhlich. «Ich suchte alle Schuld bei Ihnen.»

«Frieden also?»

«Frieden», sagte Hannah.

Sie lächelten sich an.

«Martin wäre glücklich, wenn er uns so sähe», brach Elfride schließlich das Schweigen. «Sie haben mir übrigens nicht geantwortet. Hat er im Schlaf gesprochen?»

«Ich glaube. Als ich seine Hand nahm, hat er, so schien mir, ‹Ja› geflüstert.»

«Weil Sie seine Hand genommen haben», bemerkte Elfride. «Sie sagten doch, Sie hätten sie nur berührt.»

«Berührt, gehalten, wollen Sie sich über diesen kleinen Unterschied aufregen?»

«Nein, aber er hat ‹Ja› gesagt», sagte Elfride bekümmert. «Sie bringen ihn immer noch in Unruhe, Hannah …»

Hannah ließ ihr Feuerzeug aufschnappen und konzentrierte sich auf die Flamme.

Hannah

Hannah, die Schwindlerin.

Als sie die Hand des Schlafenden gedrückt hatte, hatte Hannah ihn ganz deutlich «Nein» murmeln hören. Er hatte das «Ja», das Elfride so betrübte, nicht gesagt.

Wenn sie als Kind nicht zu ihren Großeltern in die Ferien fahren mochte, wurde Hannah einfach krank. Angina, Bronchitis ... Ein Naturtalent.

Sie galt als glänzende Schülerin und Studentin, aber nur, weil sie in den Fächern, die ihr nicht lagen, alles auswendig lernte und so Verständnis vortäuschte. Schwindeln war für sie überlebenswichtig.

Angefangen hatte es mit dem Sterben ihres Vaters. Er litt so sehr, dass sich Martha ans Klavier setzte, um ihn abzulenken. Paul verzog das von der Krankheit entstellte Gesicht zu einer Grimasse ... Die Musik war ein Schwindel. Ihr Vater würde unter Schmerzen sterben. Man durfte es nicht wissen. Als es so weit war, täuschte Hannah Fühllosigkeit vor, sie schwindelte.

Zum ersten Jahrestag von Paul Arendts Tod hatte Martha einen heroischen Einfall: Mutter und Tochter würden im Lieblingsrestaurant des Verstorbenen zu seinem Gedenken festlich zu Abend essen. Ein falschfröhliches Festessen. Hannah hatte ihre Tränen heruntergeschluckt.

Und in der Liebe! Der erste Junge ihres Lebens hieß Ernst. Seinetwegen war sie nach Stolp geflohen, um seine Angebetete kennen zu lernen. Dann hatte Hannah, weiß der Himmel, warum, Ernst ihrer Freundin Annchen ausgespannt. Ohne es ihr zu sagen.

Schlimmer noch. Um sich mit ihm treffen zu können, hatte sie im Gymnasium Kopfschmerzen vorgetäuscht. In jenem Jahr hatte Hannah häufig Migräneanfälle. Sie hatte ihr Abitur noch nicht, das sie aber trotz der heimlichen Treffen bestand. Weder ihre Mutter noch ihre Freundin wussten, dass sie mit Ernst schlief.

Wann war sie aufrichtig? Nicht einmal in ihren Gedanken. War das nicht ein Gedanke gewesen, der Wunsch, mit Annchens Verehrer zu schlafen? Oder der rasende Wunsch, die Arroganz des Staates Israel zu brechen? War die Cura, die große Sorge, eigentlich echt gewesen? Eigentlich, eins von Martins Lieblingswörtern … Ursprünglich, mit dem Sein zusammenfallend. Aber wann?

Wenn sie genau nachdachte, hatte sie es drei- oder viermal erlebt. Der Unfall am Central Park. Und ihre Gedichte. Ihre ersten, die sie kurz vor der Begegnung mit Martin schrieb. Sehn wir uns wieder / Blüht weißer Flieder.

Die Gedichte aus der Zeit von Martins Liebe. Ach ihr kanntet das Lächeln, mit dem ich mich schenkte.

Dann die nach Martin. Warum gibst du mir die Hand / Scheu und wie geheim? / Kommst du aus so fernem Land, / Kennst nicht unseren Wein?

Und überhaupt, Martin …

War sie ihm gegenüber eigentlich aufrichtig gewesen? Im Bett ja, aber ansonsten … Wenn sie zu seinen Füßen kauerte und ihn hingebungsvoll ansah, wartete Hannah auf das Wort, das sie für immer vereinen würde. Nicht das «Komm» der Liebe. Etwas anderes.

Und als sie nach Deutschland zurückgekehrt war … Warum dieser Anfall von Begehren, warum dieser Brief an Martin? Sie wusste genau, dass er Nazi war. Warum dieses verlogene Vergessen? Über Martins Nazismus hatte Hannah geschwindelt. «Eskapade», dieser Begriff war aus der verliebten Verzeihung entstanden.

Zur Rechtfertigung hatte sie ausführliche Argumentationen zurechtgezimmert, aus denen schließlich hervorging, dass Elfride Martin in den Abgrund gezogen hatte. Dabei wusste Hannah, dass es nicht stimmte. Die Rektoratsrede hatte nicht Elfride geschrieben.

Und Karl Jaspers war auch schuld! Warum hatte er diesen verfluchten Satz gesagt?

Niemand war Martin gegenüber strenger als jener, der ihn mit einem belastenden Gutachten hatte aus dem Amt entfernen lassen. Und doch, welch ein Schwindler …

Was war Karl Jaspers' einziger Kommentar gewesen, als sie ihm Jahre später ihre einstige Liaison gestand? «Ach, aber das ist ja sehr aufregend!»

Und Hannah war wieder von der Aufregung der Vergangenheit erfasst worden. Sie hatte Karl über ihr Wiedersehen ins Bild gesetzt, und der gute Karl war gerührt. So alte Turteltauben! Beide waren sie im Wirrwarr der Gefühle untergegangen, Karl und Hannah, die Moralisten.

Sofort hatte Jaspers späte Entschuldigungen für Martin gefunden. Letzten Endes sei Martin einem üblen Fieberwahn zum Opfer gefallen. Vielleicht habe Jaspers zu hart geurteilt. 1945, als alles zusammengebrochen war, habe er schwerlich anders handeln können. Und in jedem Fall sei Martin ungeachtet seiner vorübergehenden Verirrung ein gewaltiger Philosoph. Und so weiter … Martin sei der letzte Romantiker, befand Karl.

Ein Romantiker, Martin! Sicher. Er liebte Donner und Blitz. Das Rauschen aufgewühlter Gewässer, lodernde Flammen. Das Unvorhergesehene, die Überraschung, das Stürmen. Er liebte die Ruhe nach dem Unwetter, die Ermattung nach der Liebe. Martin brauchte den Wechsel von Dunkel und Licht, von Sein und Nichts. Und wenn das normale Leben wieder begann, wusste er nicht recht etwas damit anzufangen und verfiel in Gefühlsduseleien …

Gefühle, Wallungen. Bei ihm, der immer gegen die Gefühle anphilosophiert hatte! Von der Jemeinigkeit der Gefühle schrieb. Die dem wahren Sein im Wege stünden.

Und doch war er so sentimental. Es gab immer nur dich, die Passion meines Lebens, sagte er. Trotz allen Leugnens konnte er sich nicht von Gefühlen freimachen. So wenig, dass er die Hände seiner beiden Frauen in den seinen halten musste!

Kühl rief sich Hannah alles ins Gedächtnis. Ihre Verwundungen. Den verletzten Stolz der Ehefrau. Martins Listen, seine vorgetäuschte Blauäugigkeit. Die Inszenierung der Ehe zu dritt, bei der er sich in die Romantik flüchtete.

Hannah hatte den Geschmack der Romantik auf der Zunge gespürt. Die Ekstase der in den Mund geflüsterten Worte und deren Weg durch den ganzen Körper. Und die Enttäuschung, wenn das Leben wieder anfing. Den Schwindel der toten Zeit.

Heinrich schwindelte nicht. Nie.

Aber Hannahs zweiter Mann war kein Philosoph. Niemand konnte im Leben besser schwindeln als die Philosophen. Heinrich war anders. Arbeiter, revolutionärer Anarchist, schroff, ruppig, solide, wahrhaftig. Ohne Falsch. Wenn es andere Frauen in Blüchers Leben gab, dann klar und offen. Ihre Beziehung kannte keine Lüge.

Wieso schwindelte sie jetzt immer noch, hier in der Küche? Martin würde sterben, und sie … Wegen eines von Martin im Schlaf gesprochenen Wortes, wegen eines Ja oder Nein, log sie! Warum?

Um Martins Tod zu verhindern. Um ihn zu behalten. Weil er ihr gehörte. Und das, genau das war eben auch nicht wahr.

Bei dem Unfall am Central Park hatte die Schwindelei endgültig aufgehört. Und jetzt, gegenüber Elfride, ging alles wieder los … Schluss damit!

«Martin hat tatsächlich etwas im Schlaf gemurmelt», begann sie widerstrebend. «Aber ich weiß nicht mehr, ob es ‹Ja› oder ‹Nein› war.»

«Sie sagen immer die Wahrheit, Hannah. Sie wissen ganz genau, dass er ‹Ja› gesagt hat. Sie lügen, um mir einen Gefallen zu tun.»

«Die Wahrheit! Sie wissen doch, was Martin darüber dachte … die Wahrheit kommt aus dem Vergessen. Mit einem Ja oder Nein hat sie nichts zu tun. Vergessen Sie das.»

Ein dumpfes Grollen kündete vom heranziehenden Gewitter.

«Was habe ich gesagt», stellte Elfride fest.

«Ihre Blumen werden es nicht überstehen», meinte Hannah.

«Das ist nicht schlimm. Man schneidet sie ab, und sie treiben neu durch. Martin interessiert sich sehr für den Garten. Er genießt die Wiederkehr der Jahreszeiten. Aber ob er den nächsten Frühling …»

«Nicht daran denken. Erzählen Sie mir lieber, was er machte, als es ihm besser ging.»

«Er schrieb. Er bekommt viel Besuch. Fremde Leute, die hierher pilgern wie zu einem Denkmal! Er wird zu Veranstaltungen eingeladen … All das eben.»

«Sie wollten doch, dass er berühmt würde.»

«Was ihn begeistert, sind die Fernsehübertragungen von Fußballspielen. Martin war in seiner Jugend nicht schlecht im Fußball.»

«Sieh an», sagte Hannah. «Ski, Fußball ... Ein hübsches Thema für eine Doktorarbeit. ‹Die Rolle des Sports im Denken Heideggers›.»

«Es ist ganz einfach», sagte Elfride. «Mit Hilfe des Sports hat sich Martin trainiert. Sein Denken war entsprechend, ebenso durchtrainiert wie er.»

«Durchtrainiert!», platzte Hannah heraus. «Sie gebrauchen vielleicht Ausdrücke! Martins Denken ist ein Umherirren ...»

«Und die Heimatverbundenheit? Die Liebe zum Land und die Ablehnung des Stadtlebens? Denn wissen Sie, alles hängt mit Martins Unsicherheit in der Stadt zusammen! Als er in Konstanz Seminarist war, verabscheute er die Tändeleien mit den Mädchen, die Feste, auf denen Wein getrunken wurde ...»

«Aber die Seminaristen wurden unter Verschluss gehalten», gab Hannah lächelnd zurück. «Ich vermute, er war frustriert.»

«Martin ist Bauer», sagte Elfride. «Deshalb habe ich ihn dazu gebracht, die Hütte in den Bergen bauen zu lassen. Weil er in der Stadt erstickte. Zu viel Modernität, zu viel Tempo! Die Zeit geht in der Technik verloren.»

«Ach ja, die Technik, stimmt. Ich hatte seine Marotte vergessen. Martin ist gegen den Fortschritt.»

«Wohin führt der Fortschritt?», rief Elfride. «Und wohin hat er geführt? Die Gaskammern, diese Todesfabriken sind in Martins Augen Folgen der technischen Industrialisierung! Schließlich wäre man ohne Eisenbahnen nicht ausgekommen!»

«Das ist Quatsch», sagte Hannah. «Züge fahren nicht von allein. Sie haben Lokomotivführer, die Anweisungen erhalten. Es gab SS-Leute, die das Gas in die Lüftungsrohre der Gaskammern füllten.»

«Sie werden sehen, dass er Recht behält», seufzte Elfride kopfschüttelnd. «Man wird noch daran denken, dass Heidegger in der Technik die schlimmste Feindin des Menschen sah. Sie ist Nihilismus! Das Programm, wie er es nannte.»

«Sie machen einen Reaktionär aus ihm! Martins Werk hat keinen Bezug zur realen Welt.»

«Weil sich die Welt in der Technik verliert», beharrte Elfride. «Martin wurzelt in der Erde, in die ich meine Blumen pflanze. Sie sind in Ihrem Leben zu viel herumgeirrt, Hannah. Es ist nicht Ihre Schuld, dass Sie keine Wurzeln mehr haben. Sie können das nicht verstehen.»

«Doch, natürlich», seufzte Hannah. «Ich bin hier in Deutschland zur Welt gekommen. Ich habe hiesige Erinnerungen. Gerüche, klare Rindfleischsuppe mit Klößchen. Kompott. Der Rauch der Dampflokomotiven … Und meine Muttersprache.»

«Besuchen Sie Martin deshalb so oft?», fragte Elfride sanft. «Wegen Deutschland?»

«Keineswegs!»

Hannah hatte das Wort herausgeschleudert. Erstaunt wich Elfride zurück.

«Nein», sagte Hannah ruhiger. «Mein Mann war meine portable Heimat …»

«Schade», sagte Elfride. «Dann hätte ich es wenigstens verstanden.»

Ein trockener Donnerschlag über dem Dach. Unwillkürlich hob Hannah den Kopf.

«Es ist da», stellte Elfride fest. «Das Gewitter. Wenn es uns nur Martin nicht aufweckt.»

Martin
Breisach, Oktober 1944
Der Maikäfer

Er marschiert rhythmisch, Stiefel an den Füßen, einen Helm auf dem Kopf, den Rucksack auf dem Buckel. In Reih und Glied. Das hätte er nie für möglich gehalten.

Er ist in Uniform. Professor Heidegger wurde zwangsrekrutiert. Er ist Soldat, in seinem Alter! Und das Gewehr vor allem, das Gewehr ... Wozu? Martin hat nie schießen gelernt.

Technik des Todes.

Der Sturmtrupp soll sich an der Brücke, die er halten soll, in Stellung bringen. Es gibt drei Geschütze. Am anderen Ufer sieht man das mal französische, mal deutsche Elsass, das wieder einmal die Nationalität wechseln wird.

Der Fluss hat einen Namen, es ist der deutsche Rhein. Das Wasser fließt vorüber, ohne sich darum zu kümmern. Befehlsgemäß hat der Trupp Recht auf eine Pause, bevor er weitermarschiert. Die Sonne sticht, die Soldaten schwitzen, man wartet.

Ein Soldat neben Martin reißt eine Löwenzahnblüte ab und singt, während er die einzelnen Blütenblätter auszupft: «Maikäfer, flieg, dein Vater ist im Krieg, deine Mutter ist in Pommerland, Pommerland ist abgebrannt, Maikäfer, flieg ...»

Er ist noch bartlos und blond.

«Wie alt sind Sie?», fragt Martin.

«Ich? Sechzehn», sagt der Junge. «Und du?»

«Fünfundfünfzig.»

«Uuh!», ruft der Junge. «Armes Alterchen!»

«Nicht wahr», seufzt Martin.

Der Junge vertieft sich wieder in seine Beschäftigung. «Flieg, Maikäfer ...»

«Im Sommer gibt es keine Maikäfer», sagt Martin.

«Aber ich komme aus Pommern», sagt der Junge. «Und wenn ihre Zeit ist, im Mai, fange ich mir einen und lasse ihn an einem Faden fliegen.»

«Du kommst von weit her», sagt Martin.

Der Junge wechselt achselzuckend die Melodie. «Backe, backe Kuchen, der Bäcker ...»

Er stockt.

«Das wäre fein, ein Maikäfer, der Kuchen backt.»

«Möchtest du einen Keks?», bietet Martin an. «Ich habe welche in meinem Rucksack.»

«Ja!» Die Augen des Jungen glänzen.

«Aber du singst mir noch ein Lied vor», sagt Martin und hält den Keks in die Luft. «Sonst ...»

Der Junge stürzt sich lachend auf ihn und schnappt ihm den Keks weg.

«Na, bin ich nicht ein guter Maikäfer?», fragt Martin verschmitzt.

«Kann angehen», antwortet der Junge mit vollem Mund.

Das Leben kann so schön sein. Martin betrachtet das ruhige Wasser, den blauen Himmel. Er legt sein Gewehr ab. Der Junge lächelt ihn an.

Plötzlich explodiert die Brücke unter einer Granate, das Wasser des Rheins bäumt sich zu roten Fontänen. Der Junge liegt zu Martins Füßen. Ein Splitter, sein Kopf ist weg, nur noch Brei. Den Keks hält er noch in der Hand.

Die Augen öffnen. Krieg, Schluss damit! Verzweiflung, wieder! So fern … Warum? Nicht mehr träumen. Denken … Versuch's!

Alles falsch. Keine Brücke, kein Rhein. Nicht die Zeit. Keine Explosion. Schrecklicher Traum, nicht real. Ir … real. Nicht sein. Rückzug. Heimkehren. Lebend. Meßkirch. Freiburg …

Schreien. Zu Hilfe!

Martin stößt einen Schrei aus.

Elfride horchte.

«Mir schien, als hätte jemand geschrien.»

«Ich habe nichts gehört», sagte Hannah. «Bei dem Donner ...»

«Psst», mahnte Elfride.

Zwischen zwei Donnerschlägen klatschte der Regen an die Scheiben.

«Ich habe mich wohl getäuscht», seufzte Elfride. «Ich dachte, er sei es.»

«Ein ganzes Leben Wachsamkeit», stellte Hannah fest.

Elfrides Schultern entspannten sich. Die Donnerschläge wurden nach und nach leiser. Der Wolkenbruch verdoppelte seine Wut, rauschte in den Bäumen. Dann war der Regen vorbei. Von den Blättern lösten sich noch einzelne Tropfen.

Elfride öffnete das Fenster.

«Der Geruch der Erde nach einem Sommerregen», murmelte sie.

«Ah! Zugegeben, das ist schöner als auf der Fifth Avenue in New York.»

«Wir brauchen Luft, Sie haben uns völlig eingeräuchert.»

«Ich weiß.» Hannahs Miene verfinsterte sich. «Ich

kann es einfach nicht lassen. Ich rauche sogar im Krankenhausbett. Es ist wirklich übel.»

«Ich will doch hoffen, dass Sie während Ihrer Herzgeschichte nicht geraucht haben!»

«Sobald die Schläuche entfernt waren, habe ich geraucht», gestand Hannah. «Die Ärzte sind sich nicht einig. Gar nicht rauchen, mäßig rauchen ... Ich habe beschlossen, nach meiner Fasson zu leben.»

«Sie sind verrückt», sagte Elfride.

Die Arme zwischen den offenen Fensterflügeln ausgebreitet, füllte Elfride ihre Lungen mit frischer Luft. Nachdenklich nahm Hannah einen letzten Zug, bevor sie ihre Zigarette im Aschenbecher ausdrückte.

«Erzählen Sie mir von Günther», bat Elfride plötzlich, immer noch mit dem Rücken zur Küche. «Von dem jungen Mann, den ich beleidigt haben soll.»

«Was wollen Sie genau wissen?»

«Was ich nicht weiß», sagte Elfride. «Warum haben Sie ihn geheiratet?»

«Also», begann Hannah. «Ich hatte ihn in Marburg in Martins Vorlesung kennen gelernt und traf ihn auf einem Ball in Berlin wieder. Im Völkerkundemuseum, der Abend wurde zugunsten einer marxistischen Zeitschrift veranstaltet.»

«Marxisten, die für die Revolution tanzen! So ist es recht!»

«Und noch dazu ein Maskenball. Ich ging als Haremsfavoritin.»

«Wann war dieser Ball?»

«Wir haben 1929 geheiratet», sagte Hannah.

«1929», wiederholte Elfride. «Ein Jahr nach der Trennung von Martin. Sie haben ihn aus Trotz geheiratet, Hannah.»

«Glauben Sie? Ich habe in der Nacht nach dem Ball mit ihm geschlafen, meine Liebe. 1927.»

«1927! Aber dann haben Sie Martin ja betrogen!», rief Elfride.

«Aber ja», lächelte Hannah. «Übrigens wusste Martin davon. Er hat mich sogar ...»

Sie schwieg. Das Weitere würde Elfride nicht ertragen.

«Jetzt sollten Sie mir auch alles sagen», forderte Elfride.

«Na gut. Martin riet mir dazu», fuhr Hannah fort. «Zu meinem Besten.»

Die Worte waren heraus. Hannah wartete auf die Reaktion.

«Der hat Nerven», sagte Elfride.

«Ist das alles?»

«Meinen Sie, ich wüsste nichts von seinen Torheiten», sagte Elfride. «So ist er immer gewesen. Nicht deshalb war ich eifersüchtig auf Sie.»

Die beiden Frauen wechselten einen unsicheren Blick.

«Das alles ist vorbei», sagte Elfride. «Zurück zu Günther. Sie haben einen Geliebten, gut. Martin verlässt Sie, Sie heiraten den Geliebten. Wenn das kein Trotz ist!»

«Das war eine jüdische Heirat, meine Liebe! Wir wurden beide von unseren Eltern gedrängt. Und dann fand sie statt, in kleinem Kreise.»

«Hochzeit in aller Stille», sagte Elfride. «Kein Fest. Und kein weißes Kleid, nehme ich an.»

«Daran lag uns überhaupt nichts. Für uns war die standesamtliche Trauung ein Rechtsakt ohne weitere Bedeutung. Vor allem unsere Eltern waren glücklich darüber.»

«Sie hätten ein Kind haben können», bemerkte Elfride beiläufig.

«Das, nein», antwortete Hannah unbesonnen. «Ich liebte Günther nicht.»

«Sehen Sie!», rief Elfride. «Eine Heirat aus Trotz, ich sage es ja.»

Hannah
Berlin, Januar 1927
Die Zitronen

Sie hat Fieber und Halsweh, rollt sich unter der Bettdecke zusammen, damit die Füße nicht kalt werden – eine Angina, mal wieder.

Am Vorabend, als sie vom Ball weggingen, hatte Günther sie in seinen Umhang gehüllt, aber ihr Hals und ihre Schultern waren frei geblieben. Sehr passend. Als Haremsdame ... Als ob Martin sie von seinem Freiburger Fuchsbau aus sehen könnte!

Heideggers Haremsfavoritin, diesem Einfall hatte Hannah nicht widerstehen können. Morgens in der Frühe hat sie mit Stern geschlafen; einer mehr, einer weniger. Und heute Abend brennt ihr die Kehle.

Es klopft dreimal leicht an die Tür.

«Herein!», krächzt sie.

An der Tür erscheint Günthers Kopf. Nur sein Kopf und eine Hand mit einem Korb, aus dem eine Papierspitze hervorguckt.

«Ich wusste es doch!», rief er. «Du zittertest zu sehr in meinen Armen. Darf ich hereinkommen, meine kleine jüdische Prinzessin?»

Strahlend kommt er auf Zehenspitzen heran und stellt den Korb aufs Bett.

«Geleefrüchte?», knurrt Hannah schmerzvoll.

«Nicht gegen eine Angina, o nein. Du hast offenbar überhaupt keine Ahnung von Medizin.»

Er greift in den Korb und holt eine makellose Zitrone hervor.

«Vitamine. Und außerdem ist sie schön. Sieh nur die schöne Haut, wie sie glänzt! Als wäre sie künstlich, nicht wahr? Ich habe deine Zitronen einzeln poliert.»

Hannah bricht in Lachen aus, hört aber sofort auf.

«Au ...», stöhnt er und verzieht das Gesicht. «Lach nicht, meine Prinzessin, du schälst dir sonst die Kehle. Heute werde ich nicht dich schälen, sondern die Zitronen. Wo gibt es Messer?»

Hannah verweist ihn mit einer verzagten Geste auf das Geschirr, das sich wild in der Spüle stapelt. Vorsichtig schiebt Günther die Teller beiseite, hebt behutsam eine Gabel hoch und legt ein schmutziges Messer frei; er spült es und kommt zu ihr zurück, um die Zitrone zu schälen. Die Schale rollt sich zu einer vollkommenen Spirale ohne jeden Riss.

«Das nenne ich gute Arbeit», triumphiert er. «Saug diese Frucht der Liebe aus, Prinzessin. Na los!»

Während sie den sauren Saft einsaugt, betrachtet

Hannah Günther. Leicht wie die Luft eines schönen Wintertags wacht er über sie.

«Ich könnte mich mein ganzes Leben um dich kümmern», sagt er völlig ernsthaft.

Das war der Augenblick, in dem Hannah beschlossen hatte, Günther Stern zu heiraten, um mit dem Verlust Martins fertig zu werden. Günther würde die Schale des Schmerzes abschälen, hatte sie gedacht, vorsichtig, ohne Riss, «Ja», hatte sie sich gesagt. Eine wundervolle Erinnerung, nichts hatte ihr etwas anhaben können. Mit welchem Recht urteilte sie? Günther war in Wahrheit ihr erster Mann gewesen.

«In Wahrheit war Günther ein wunderbarer Mensch», sagte sie wehmütig.

«Dann haben sie als verliebtes Paar in Frankfurt gelebt …»

«Nein, Sterns Bewerbung wurde nicht angenommen. Zu meinem großen Missfallen verlegte er sich aufs Romaneschreiben.»

«Der Verräter», lächelte Elfride.

«Nun ja. Aber nicht unter seinem Namen. Er schrieb bereits für seine Zeitung unter Pseudonym und nennt sich heute noch Anders.»

«Anders», murmelte Elfride, sehr bleich. «Er wollte ein anderer sein, nicht wahr? Er gab den Stern also auf?»

«Er wollte sich anders nennen, das stimmt. Er lebt in Wien. Er war ein lieber Junge.»

«Ein lieber Junge», wiederholte Elfride. «Schade, dass Sie kein Kind von ihm hatten. Es hätte sein schönes regelmäßiges Gesicht gehabt und vielleicht seinen Haarschopf. Und seinen muskulösen Rücken.»

Hannah lächelte. Die berühmte Episode mit Stern an den Lagerfeuern von Todtnauberg. Natürlich hatte Elfride Günther nicht vergessen. Eine Schwindlerin wie alle anderen auch.

Die Wahrheit lag in der Mitte, weder ausgesprochen noch verschwiegen. Die Wahrheit lag auf halbem Wege zwischen Regen und Sonne, wie Elfrides kleine Seufzer. Oder ihre in Martins Händen vereinten Hände.

«Und dann?», fragte Elfride.

«Nichts Besonderes», sagte Hannah. «Wir hatten kein Geld, schlugen uns mehr schlecht als recht durch. Günther veröffentlichte einen Artikel über Brecht, der ihn an seinem Theater aufnahm. Er wurde Journalist. Unsere Leben liefen auseinander, ohne dass wir es beabsichtigt hätten. Ich arbeitete an meiner Dissertation ...»

«Sie arbeiten ständig», unterbrach Elfride.

«Intellektuell verstanden wir uns gut, aber ...»

«Nicht im Bett.» Elfride lachte unterdrückt.

«Elfride!»

«In unserem Alter kann man die Dinge beim Namen nennen», stellte Elfride mit Genugtuung fest.

«Man möchte meinen, Sie rächen sich.» Hannah war verblüfft.

«Das ist der Waffenstillstand», sagte Elfride mit funkelnden Augen. «Der Regen ist vorbei, wir plaudern miteinander, Martin schläft ... Ich genieße es einfach.»

Elfride streckte sich, Hannah beobachtete sie fasziniert.

«Ich sehe, Sie interessieren sich nicht mehr für Stern», sagte sie streng.

«Doch, natürlich ...», sagte Elfride und unterdrückte ein Gähnen. «Aber den Rest kenne ich. Sie haben sich am Ende scheiden lassen.»

«Und vorher», sagte Hannah scharf, «ist mein junger Ehemann 1933 geflohen, weil ihm die Gestapo wegen Brechts Adressbuch auf den Fersen war. Stern, den Sie doch angeblich vergessen haben.»

«Ende des Waffenstillstands», sagte Elfride betrübt.

Elfride
Freiburg im Breisgau, 1950
Der Zorn

Ihre zweite Begegnung. Beim ersten Mal war es nicht gegangen. Heute, so verlangt es Martin, müssen sie sich küssen. Sie haben sich ins Wohnzimmer zurückgezogen. Martin wartet draußen.

Hannah und Elfride stehen mit dem Rücken zueinander. Anhaltendes Schweigen. Die eine hustet, die andere seufzt. Die Zeit dehnt sich ins Unendliche.

«Also?», fragt Hannah.

Elfride schreit. Sie kann nicht anders.

«Wenn ich Martin nicht geheiratet hätte, wäre er in einem Rattenloch verkommen!»

Die andere ballt die Fäuste, schweigt. Dieses Luder.

«Ich war aus guter Familie, und er: ein Nichts! Der Sohn eines Küfers. Das sollten Sie wohl verstehen!»

«Absolut», erwidert Hannah. «Das Bündnis zwischen Mob und Elite. Ich war immer aufseiten des Mobs, wissen Sie.»

In der Falle. Elfride hat Angst vor dem, was sie sagt.

«Deshalb hat er mich nicht geheiratet! Ich war nicht reich! Bilden Sie sich nichts ein!»

«Aber ich bilde mir nichts ein», sagt Hannah.

Immer schlagfertig! Mit äußerster Anstrengung gelingt es Elfride, die Faust zu lockern.

«Stellen Sie sich vor, er hätte mich Ihretwegen verlassen», sagt sie ruhiger. «Dann wäre ihm dasselbe passiert wie dem alten Husserl. Mit einer Jüdin! Martin hätte seine Stelle verloren und ...»

Elfride bricht ab.

«Es wäre nur einige Jahre früher geschehen», schloss Hannah. «Und er wäre nicht entnazifiziert worden. Zorn verführt zur Dummheit.»

Frau Arendt hat immer Recht.

Sie töten. Diesen ehemals grazilen Hals umklammern. Den Martin gestreichelt hat. Die Augen, tief und dunkel wie die Martins, aus den Höhlen vortreten lassen. Diese ein wenig raue Samtstimme erwürgen. Hannah Arendts Worte ersticken, bevor sie ausschlüpfen können. Den weißen Schleim aus dem Ei herauslaufen lassen, bis zum Dotter. Diese Parasitin.

Sich hinsetzen. Weinen.

«Gut», sagt Hannah. «Jetzt sind wir schon eine Viertelstunde hier. Das ist lang. Machen wir ein Ende.»

Nicht antworten.

«Überwinden Sie sich», sagt Hannah. «Martin will, dass wir Freundinnen sind. Ich habe auch wenig Lust. Versuchen wir es.»

«Ich kann nicht», schluchzt Elfride. «Es ist zu viel auf einmal. Vorgestern erfahre ich von Ihrer Existenz, gestern sehe ich Sie, heute sind Sie immer noch da …»

«Das ist nicht meine Schuld», sagt Hannah.

«Es ist nie Ihre Schuld», kreischt Elfride. «Es ist immer die Schuld der anderen, Frau Arendt!»

«Na, na», seufzt Hannah. «Fassen Sie sich!»

«Was soll ich fassen, ich habe nie etwas gehabt!»

Verzweiflung. Hannahs Hand auf ihrer Schulter.

«Ich will Ihr Mitleid nicht», sagt Elfride und schiebt sie weg. «Es geht schon.»

Sie steht auf, beißt die Zähne zusammen, nähert sich Hannah Arendt und küsst sie, auf jede Wange einmal und ohne sie zu berühren. Geschafft.

«Glückwunsch», sagt Hannah. «Und jetzt ich.»

Zwei volle Lippen auf ihrer Haut. Sehr weich.

Krieg, für immer.

«Und nun dasselbe noch mal vor Martin», sagt Hannah. «Er will es ja so. Gehen wir, Frau Heidegger.»

Hannah streichelte Elfrides zur Faust verkrampfte Hand.

«Ich bitte um Verzeihung», sagte sie. «Ich habe eine spitze Zunge, und wenn die einmal losgelassen wird! Es ist stärker als ich.»

«Gegen Sie komme ich nicht an», sagte Elfride leise.

«Geben Sie mir Ihre Hand ... Reden wir nicht mehr von Stern. Offenbar haben sie den Vorfall wirklich vergessen, und dann *darf* ich Ihnen nicht böse sein. Ihre Hand, Elfride ...»

Elfride öffnete die Faust. Hielt ihr aber nicht die Hand hin.

Hannah verschränkte die Arme und wartete. Schweigend konzentrierte sich Elfride auf die Zuckerdose.

«Wie viele Männer haben Sie gekannt?», fragte sie plötzlich, ohne den Blick zu heben. «Ich nur einen einzigen.»

Gesichter stürmten auf Hannah ein. Wie viele? Ernst, Martin, Benno, wie viele? Vier, fünf oder mehr? Abgesehen von dem, dessen Name ihr nicht mehr einfiel, wie hieß er noch ...

«Sagen wir, mehrere», sagte Hannah schließlich. «Ist das wichtig?»

«Ich glaube schon», sagte Elfride erstickt. «Ja, ich glaube, ich beneide Sie. Ein Wechsel muss wohl … Wie soll ich sagen? Ein wenig gefährlich sein. Und auch wieder nicht.»

«Aufregend», sagte Hannah.

«Nein, mehr. Wie nennen Sie dieses Gefühl, das von den Beinen ausging und sie weich werden ließ?»

«Begehren», sagte Hannah.

«Ja. Ein Wechsel muss begehrenswert sein.»

«Wir führen recht eigenartige Gespräche, meine Liebe. Wenn Martin uns hören könnte!»

Elfride erstickte ihr Lachen hinter der Hand:

«Dann würden wir nicht darüber sprechen.»

«Das weiß ich wohl, aber mir ist nicht klar, warum eigentlich nicht. Viele Philosophen haben sich mit dem Begehren beschäftigt. Zum Beispiel Spinoza. Martin hingegen kaum.»

Ekstase, Drang, Licht, Blitz, Erscheinen, Enthüllen, Verbergen – Martins Wörter kreisten um das Begehren, ohne es zu nennen.

«Martin und über das Begehren philosophieren!», rief Elfride. «Undenkbar!»

«Ich liebe das Undenkbare. Nichts im Dunkel lassen, das ist meine Devise.»

«Begehren kann man nicht denken», beschied ihr Elfride. «So etwas tut man einfach nicht.»

«Aber man tut es vor Ihrer Nase! In Deutschland, Frankreich, in ganz Europa! Die Jugend beschäftigt sich mit nichts anderem!»

«Nicht sehr klug», meinte Elfride. «Wenn man zu viel darüber redet, zerstört man das Geheimnis.»

«Sie sind neugierig, nicht wahr? Als hätten Sie nicht gelebt ...»

«Nicht wie Sie», fiel Elfride ein. «Nicht in Berlin oder Amerika.»

«Was soll ich schon in Amerika erlebt haben?», fragte Hannah überrascht.

«Die Freiheit, nehme ich an.»

Hannah drückte ihre Zigarette aus.

«So frei lebt man in Amerika gar nicht. Ich bin dort ziemlich kleinkarierten Menschen begegnet und überall spürte ich Beschränkungen ...»

«Aber Sie hatten dort Liebhaber», beharrte Elfride.

«Ich? Ich habe Blücher nie betrogen.»

«Ach», sagte Elfride. «Umso besser. Übrigens, warum nennen Sie Ihren Mann eigentlich Blücher?»

«Blücher ist ein großartiger Name. Und sehr deutsch.»

«Erzählen Sie mir von ihm.»

«Sie verlangen Unmögliches von mir.» Hannah atmete tief ein.

«Sagen Sie mir wenigstens, wie Sie sich kennen gelernt haben!»

«Bitte! Drängen Sie mich nicht!»

«Wovor haben Sie Angst, Hannah – jetzt? Dass ich es Martin weitererzähle ...»

«Er lebt schließlich noch!», rief Hannah heftig.

Hannah
Gurs, 1940
Der Schlamm im Lager

Das Erwachen ist der einzige normale Augenblick des anbrechenden Tages. Wenn man aus dem Schlaf kommt, ist man noch im Zustand des Vergessens, die Welt hat sich noch nicht wieder zusammensetzen können. Man streckt sich, reibt sich die Augen, öffnet sie, und die Welt erscheint, wie sie ist. Ein Konzentrationslager, 1940 in Frankreich.

Eine der Schläferinnen erhebt sich, schiebt das Tuch weg, das als Vorhang dient. In der Nacht hat es geregnet. Der Schlamm wird noch nicht getrocknet sein. Stöhnen in der Baracke. Aus dem Dunkel treten jetzt einige der sechstausenddreihundertsechsundfünfzig im Lager von Gurs internierten Frauen ins Licht; zweitausend von ihnen kommen aus Paris, wie Hannah, die gerade aufwacht.

Bevor sie im Vél d'Hiv, der ehemaligen Radsporthalle in Paris, interniert wurden, konnte Hannah Blücher noch besuchen. Aber in Gurs hat sie nichts mehr von ihm gehört.

Gleich nach der Kriegserklärung kam Heinrich für zwei Monate ins Lager Villemalard, wo er dem Regen ausgesetzt war, auf Strohbündeln schlief. Er hielt durch, indem er Kant las oder mit seinen Freunden Peter und Erich diskutierte. Erich hat einen Sohn, der ihm fehlt und um den er sich sorgt. Der kinderlose Heinrich spricht ihm Mut zu. Er hat in Berlin schon anderes erlebt, als er noch ein Gewehr in der Hand hatte ... Schließlich ist er dank Hannahs Bemühungen aus Villemalard herausgekommen. Vorgetäuschte Nierenkoliken, Eingreifen einer Majorswitwe, noch einmal davongekommen. Heinrich ist nach Paris zurückgekehrt.

Heinrich und Hannah haben die Gelegenheit genutzt und geheiratet. Denn für unverheiratete Paare gibt es keine Notvisa, und die Jungvermählten möchten nach Amerika auswandern.

Noch war es die *drôle de guerre*, der komische Krieg. Die Deutschen hatten Frankreich noch nicht überrollt. Im Mai wurden auf Anordnung der französischen Regierung alle feindlichen Ausländer inhaftiert. Hannah ist Deutsche, also Feindin. Frankreich hat sie verraten.

Die verheirateten Frauen wurden von ihren Männern getrennt. Hannahs Zug ging nach Gurs, wo ihre Gefährtinnen nun bei Tagesanbruch weinen. Und Heinrich Blücher ist verschwunden.

Die Spanierin, schon eine Alteingesessene im Lager, hält sich gut. Sie wird die Erste am Wassereimer sein, das ist gewiss. Sie war bei den Internationalen Brigaden, eine Anarchistin. Eigensinnig und prachtvoll. Sie ist übrigens schon draußen. Hannahs Nachbarin kauert schluchzend auf dem Boden.

«Nicht doch, Käthe», sagt Hannah. «Aufstehen!»

«Wozu? Nur um heute Abend unsere Scheiße wegzuräumen? Lass mich in Ruhe!»

«Der Stockfisch muss gewässert werden», schimpft Hannah. «Und die Strohsäcke müssen wir auch aufschütteln. Geh dich waschen!»

Käthe hält sich die Ohren zu, streckt sich auf dem Boden aus. Die anderen sehen sie an, Tränen in den Augen. Hannah kniet sich neben die Verzweifelte.

«Man muss sich mit Wasser und Seife waschen», sagt sie. «Tu es für dich. Lass nicht zu, dass sie dich zerstören, das wollen sie doch nur. Steh auf!»

Nichts hilft. Käthes Schluchzen geht in einen Schluckauf über. Die Verzweiflung greift auf die anderen über. Hannah verliert die Beherrschung.

«Man muss sich waschen!», schreit sie.

«Wir sind sowieso nur zum Krepieren hier», faucht Käthe.

Nun ist es ausgesprochen. Lastende Stille. Der Gedanke kreist in den Köpfen. Ja, vielleicht sollte man von eigener Hand sterben, denkt Hannah. Es beschließen, jetzt gleich.

Der Gedanke wird schon seit einigen Tagen im Lager diskutiert. Ein kollektiver Selbstmord, als Signal. Tausend im Schlamm von Gurs freiwillig aus dem Leben geschiedene Frauen. Alle denken sie daran, als sie Käthe schniefen hören.

Plötzlich rebellieren sie.

«Also wenn es so ist, ich lass das nicht mit mir machen!», schreit Camilla. «Ich geh mich waschen. Kommst du, Lotte?»

Und schon sind Lotte und Camilla aufgestanden.

«Sie haben Recht», sagt Rachel. «Wieso sollten wir ihnen den Gefallen tun?»

Gemurmel. Sie stehen auf. Inzwischen sind sie alle draußen. Bis auf Käthe und Hannah.

«Also, willst du leben oder sterben?», fährt Hannah sie an. «Entscheide dich!»

Keine Antwort.

«Feigling», sagt Hannah. «Dann bleib doch in deiner Hölle. Ich geh jetzt.»

Sie geht zur Tür, die in den Schlamm führt. Draußen seifen die anderen sich ein. Man musste den Tod nur erwähnen, um neuen Lebensmut zu fassen.

In den Schuh schlüpfen, ohne den sauberen Fuß aufzusetzen, wie ein Stelzvogel auf einem Bein balancieren ... Die Gefangenen bespritzen sich gegenseitig. Lotte hat schwärzliche Flecke auf dem Bauch, Camilla säubert ihr den Nabel. Sie lachen.

Hannah ist an der Reihe. Kaltes Wasser auf der schlafenden Haut, morgendliches Frösteln. Ihr Rücken richtet sich auf. Sie wäscht sich die Augen, blickt in die Wolken. Die Wolken segeln vor dem Wind; mit ein wenig Glück wird die Sonne wieder durchkommen.

Sie muss die Zeit ohne Blücher durchstehen; vielleicht ist er tot. Auf dem Rückweg in die Baracke kommt ihr Käthe entgegen, die Füße im Schlamm, draußen.

Käthe, Camilla, Rachel und die Spanierin … Hannah hat sie nicht wieder gesehen. Erich hatte einen zweiten Sohn bekommen, einen niedlichen Rotschopf, und war in die Vereinigten Staaten emigriert. Die Familie der Freunde hatte sich wieder zusammengefunden. Erichs rothaariger Sohn hatte 1968 in Paris rebelliert, zur großen Freude Hannahs, die ihm finanzielle Unterstützung anbot. Dann war er ausgewiesen worden, weil er Deutscher war. Die Geschichte wiederholte sich.

Das Leben war weitergegangen, mit Heinrich. Und dann ohne ihn.

«Verzeihung», sagte Elfride betreten. «Ich vergaß, dass Ihr Mann nicht mehr lebt.»

«Es ist so schwer, Sie werden es sehen», murmelte Hannah. «Und doch habe ich schon vorher manchmal gedacht, ich hätte ihn verloren. Als er seine Aneurysmaruptur hatte, aber er ist schnell wieder zu sich gekommen. Und in Gurs, als ich nichts von ihm hörte.»

«Wann haben Sie ihn wieder gesehen?», fragte Elfride.

«Sie werden es nicht glauben. Wir haben uns zufällig auf der Straße getroffen. Wie alle anderen war er zu Fuß nach Montauban in Südwestfrankreich geflohen. Ich auch.»

«Wie das, Sie auch?», wunderte sich Elfride. «Nach der Entlassung aus Gurs?»

«Sagen Sie lieber Ausbruch, Elfride. Nach der Niederlage löste sich Frankreich auf. Im allgemeinen Durcheinander konnten wir Papiere auftreiben und haben uns auf die Landstraßen geflüchtet, ein Taschentuch auf dem Kopf und die Zahnbürste in der Tasche. Und wir haben äußerst gut daran getan, denn wenige Tage später kehrte wieder Ordnung ein. Die in Gurs geblieben waren, sind den Deutschen in die Hände gefallen.»

«Der Gestapo, meinen Sie», sagte Elfride.

«Ja. Ohne das Durcheinander wäre ich vergast worden. Und dem Chaos verdanke ich auch, dass ich Blücher in Montauban wieder fand.»

«Was für eine außerordentliche Geschichte!» Elfride war gerührt.

Hannah
Montauban, Juli 1940
Das Licht

Lange bleiben sie so, aneinander geklammert, die Augen geschlossen, keines Wortes mächtig. Ihre Hände berühren sich kaum, so überwältigend ist das Ende der Angst. Sie wissen kaum, was sie sind, ein Mann, eine Frau, ein Paar, Lachen, Weinen. Die Umarmung mitten auf der Straße währt ewig. Einmal muss sie enden, muss das Leben wieder anfangen.

Wer von beiden drückt einen Kuss auf die Haut des anderen? Wer atmet den Duft an der Halsgrube des anderen ein? Wer streckt die Hand aus, um die Muskeln zu fühlen, das raue Kinn zu betasten, den Po, die Brust zu umschließen? Heinrich kann nicht aufhören, Hannahs Körper zu erkunden. Sie, die sonst so Zurückhaltende, gibt einen leisen animalischen Laut von sich. Endlich hebt er ihr Gesicht zu sich empor, um einen ersten Blick darauf zu werfen, bevor er sie weiter streichelt. Sie brauchen keine Worte.

Was holt sie in die Wirklichkeit zurück? Der über das Pflaster schleifende Kochtopf, der plärrende Säugling, das Geschrei der Männer, die Handkarren hinter sich herziehen, die Fahrradklingel, das wiehernde und sich bäumende Pferd? Über Hannahs Schulter hinweg sieht Heinrich ein daumenlutschendes Kind auf einer Matratze sitzen. Die Menschenmenge wogt in alle Richtungen, überall Geschrei, allgemeines Ducheinander. Die Leute! Sie sind nicht mehr. Sie suchen. «Haben Sie Milch für mein Baby? Es hat Hunger.» – «Wissen Sie, wo man hier Fleisch bekommt?» – «Ich kann nicht mehr, ich brauche ein Bett.» – «Mama, ich möchte …!» – «Sie hätten nicht zufällig eine Zigarette?» – «Das ist unerhört! Wo sind die Gendarmen?» – «Dahinten ist ein Lastwagen die Böschung hinuntergestürzt, alles ist voller Blut. Wo ist das Krankenhaus?» – «Wenn man nur Nachricht hätte …» – «Was soll aus mir und den Kindern werden, so ganz allein?» – «Wo ist mein Vater? Er ist achtzig Jahre alt, trägt eine Baskenmütze und eine Brille, Sie wissen nicht, wo er sein könnte?»

Flucht.

Niemand stört diese beiden, die sich gefunden haben.

«Armes Frankreich», sagt Hannah. «Geht es dir gut?»

«Ich habe scheußlich entzündete Ohren», sagt Heinrich. Sie lachen.

Sie betrachten das Unglück der Menschen. Dann

gehen sie Hand in Hand dem Flüchtlingsstrom entgegen.

«Sie wirken verloren», stellt Hannah fest. «Wohin gehen sie alle?»

«Und wir?», fragt er. «Was machen wir?»

«Ich weiß es», sagt sie, ohne zu zögern. «Wir gehen zu Lotte. Da ist auch Erich. Mach dir für heute keine Sorgen.»

«Sind wir auch bestimmt in der freien Zone?» Er runzelt die Stirn.

«Hast du das Licht auf den Dächern bemerkt?», fragt Hannah. «Wie wunderschön!»

Unversehens ist mit den Wörtern das Leben zurückgekehrt.

«**Hast** du das Licht auf den Dächern bemerkt?», flüsterte sie verstört.

Elfride fasste nach ihrer Hand. Sie war eiskalt.

«Wo sind Sie, Hannah?», fragte sie sanft. «Kommen Sie zurück … Bleiben Sie nicht in der Vergangenheit.»

«In der Vergangenheit?», flüsterte Hannah. «Was habe ich gesagt?»

«Sie haben mich geduzt. Sie waren nicht mehr hier.»

«Ach», seufzte Hannah. «Ja. Mein Gedächtnis läuft entschieden über. Ich habe noch einmal den Tag erlebt, an dem ich Blücher in Montauban wieder fand. Das Wetter war unglaublich schön.»

«Ein sehr großes Glück», sagte Elfride.

«Sehr. Aber ständig verlasse ich die Gegenwart. Das ist nicht mehr normal. Ich frage mich, ob ich nicht bald sterbe.»

Elfride fröstelte. Sterben, Hannah, vor ihr?

«Ach was!», rief sie mit aufgesetzter Munterkeit. «Wenn es eine glückliche Erinnerung ist, so verlassen Sie ruhig die Gegenwart. Das kann nicht schaden! Das macht Martin auch oft, wenn wir von unserer Griechenlandreise sprechen. Genau wie Sie. Ich hole Fotos hervor und er verliert sich in seinen Träumen.

In Delos sagte er wegen all der umgestürzten Säulen zu mir: Das Verhüllte eines gewesenen großen Anfangs spricht aus allem.»

«Hat er sich schließlich doch noch dazu entschlossen, sein Griechenland zu sehen», lächelte Hannah.

«Zweimal hintereinander!», rief Elfride. «Zweimal hat er mir grundlos Reservierungen rückgängig gemacht! Im allerletzten Moment mochte der gnädige Herr nicht mehr.»

«Das überrascht mich nicht. Er hatte Angst, enttäuscht zu werden.»

«Genau das war am Anfang auch der Fall», seufzte Elfride. «Überall Touristen! Zu viele Menschen. Er schmollte … Und ich hatte ein schlechtes Gewissen, weil mir Griechenland gefiel.»

«Es war nicht das Richtige», erklärte Hannah. «Martins Griechenland verträgt sich nicht mit den heutigen Menschen. Ich habe Martins Griechenland in Sizilien gesehen. Die Säulentrümmer, die in den Himmel ragten, und mitten im Blau ein abwesender Gott. Eine Erleuchtung.»

«Waren Sie allein?»

«Ich war dort auch mit Blücher.»

«Sie haben ihn wirklich geliebt», sagte Elfride. «Und heute spüre ich, dass Ihr Gefühl für Martin sehr rein ist.»

«Sehr», sagte Hannah. «Sie hätten nicht ein kleines Stückchen Kuchen oder so?»

Elfride sah in den Vorratsschrank.

«Ich habe noch Marzipan.»

«Marzipan!», rief Hannah. «Her damit!»

Genüsslich leckte sie an der Zuckerkruste, bevor sie behutsam in die Mandelmasse biss.

«Als ich klein war, war ich ganz wild auf Marzipan», erklärte sie mit vollem Mund. «Sie ahnen ja nicht, welche Freude Sie mir machen.»

«Sie haben Krümel am Kinn», machte Elfride sie aufmerksam.

«Aber das gehört dazu, zum Marzipan. Wissen Sie, das ist meine Kindheit, dieser Geschmack von Gewürzen und Zucker.»

«Da.» Elfride hielt ihr eine Serviette hin. «Wischen Sie sich den Mund ab.»

Hannah tat, als höre sie nicht. Krümel wegwischen, Servietten bereithalten, das war Elfrides Deutschland. Sauber. Nichts Weiches, nichts Krümelndes. Hannahs Deutschland roch nach Klopsen, nach Roter Grütze, nach Milchreis mit Zimt und Zucker, nach Marzipan. Ihr Deutschland genoss man krümelnd, von Kind an.

«Haben Sie noch mehr?», fragte sie.

«Ein wenig, aber es ist zu trocken», sagte Elfride. «Es gehört in den Müll.»

«Sie werden es doch nicht wegwerfen», protestierte Hannah. «Nein!»

Zu spät. Mit einem Handgriff hatte Elfride die Sache erledigt.

«Das hätten Sie nicht tun dürfen», sagte Hannah vorwurfsvoll.

«Warum?» Elfride war erstaunt.

Ein blendender Blitz vor Hannahs Augen.

Hannah
Paris, April 1939
Der Mülleimer

Martha hält das Corpus Delicti fest in der rechten Hand.

«Nein, davon kann ich mich nicht trennen.»

«Mutti, sei vernünftig», sagt Hannah. «Wir haben hier den Flüchtlingsstatus, und wir sind Deutsche. Stell dir vor, der Krieg bricht aus ...»

«Frankreich wird uns schützen.»

«Frankreich wird uns misstrauen! Es gibt Scheinflüchtlinge, getarnte Nazis der fünften Kolonne ... Die Polizei hat das Recht, jederzeit hier zu erscheinen. Und was ist, wenn sie ihn finden?»

«Ein alter militärischer Orden», sagt Martha.

«Das Eiserne Kreuz! Sie werden uns ins Kittchen bringen! Also bitte, gib ihn mir.»

Gestern ist Martha Beerwald ohne ihren Mann, der ungeachtet der Gefahr in Königsberg bleiben wollte, in Paris eingetroffen.

Nachdem sie gemeinsam mit Hannah nach Prag geflohen war, hat sie Deutschland zum zweiten Mal verlassen, diesmal für immer.

1933, nach ihrer Rückkehr nach Königsberg, hoffte Martha noch, auch Hannah würde in ihre Geburtsstadt zurückkommen. Vielleicht war es nur eine schwierige Zeit, wie sie die Juden oft erlebt hatten, alles würde besser werden, Hitler versöhnlicher …

Bis zu dem Tag, als ein junger Pole einen Gesandtschaftsrat der deutschen Botschaft in Paris tötete, am 9. November 1938. Noch in der Nacht erhielten die Nazimilizen ihre Anweisungen: die Synagogen in Brand setzen, die Geschäfte der Juden verwüsten, ihre Häuser plündern, sie niederknüppeln und möglichst viele von ihnen verhaften. Die von Goebbels geleitete Operation sollte einen märchenhaften Namen erhalten: «Kristallnacht».

Die entsetzten Einwohner Königsbergs rebellierten gegen das, was mit ihren Juden geschah. Martin Beerwald sah keinen Grund zur Beunruhigung, die Königsberger Juden konnten auf ihre deutschen Mitbürger zählen. Marthas zweiter Mann, sichtlich alternd, hat nicht mehr genug Kraft für die Emigration. Und wiegt sich in Hoffnungen. Martha nicht. Hannahs Briefe informierten sie besser als die offizielle Propaganda. Schließlich begriff Martha, dass ihre Tochter nicht mehr in Hitlers Land zurückkehren würde.

Sie entschloss sich schweren Herzens, ihr zu folgen.

Es dauerte einige Monate, bis alles für ihre Abreise bereit war.

Martha hat die kostbarsten Besitztümer der Familie Arendt mitgebracht, einschließlich der als Knöpfe getarnten Goldstücke. Heute Morgen hat Martha ihren Brautkranz, ihre Fotografien und ihr Tagebuch über Hannahs Kindheit aus dem Koffer geholt. Und Onkel Rafaels altes Eisernes Kreuz aus dem Ersten Weltkrieg.

Martha kannte Heinrich Blücher, Hannahs Gefährten, noch nicht. An einem Tag erlebt sie das Exil, Paris, Blücher und das Wiedersehen mit Hannah, von der sie seit 1933 getrennt war.

Martha auf ihrer Stuhlkante hat nichts mehr, woran sie sich halten könnte, außer ihrer Tochter und den Erinnerungsstücken, die sie sorgsam eingepackt hat, bevor sie ihr Land verließ. Und dieses ehrenvolle Anhängsel, dieses Stückchen Vergangenheit muss man ihr entreißen …

Hannah hat keine Wahl.

Nach der «Kristallnacht» sind die Juden in Paris in Panik geraten. Die Gemeindevorstände haben sich sogleich eifrig bemüht, sie zu beruhigen. Vor allem kein Aufsehen erregen. Die Losung der jüdischen Gemeinde ist klar: keine Politik. Dieser Attentäter ist kein Franzose. Angeblich ist er homosexuell, ein mieser Typ, der in der deutschen Botschaft seine Netze auslegte, eine üble Geschichte, halten wir uns raus.

Die Rabbiner haben eindringlich dazu aufgerufen,

zu den Werten des Ghettos zurückzukehren. Allgemeine Abschottung.

Zum Teufel mit den Rabbinern! Hannah engagiert sich tatkräftig für die Rückkehr der Juden nach Palästina, darin sieht sie den einzigen Ausweg für ihr Volk. Sie macht sich keine Illusionen. Der Hass auf Deutschland hat in Frankreich seinen Höhepunkt erreicht und der Antisemitismus blüht im Land der Dreyfus-Affäre. Also werden die deutschen jüdischen Flüchtlinge als Erste in die Ziellinie geraten.

Und da sitzt ihre Mutter und umklammert diesen Gegenstand, will ihn nicht hergeben.

«Hör zu, Mutti», versucht Hannah es noch einmal. «Du wirst hier mit uns zusammenwohnen. Heinrich ist Kommunist, seine Papiere sind gefälscht. Du hast nicht das Recht, uns in Gefahr zu bringen.»

«Aber es ist doch nur der Orden meines Bruders», murmelt Martha.

«Und das Symbol des deutschen Heeres! Und wenn der Krieg ausbricht …»

«Ich verstehe», gibt Martha nach. «Ich werde ihn verstecken.»

«Gut», seufzt Hannah.

Martha geht zum Schrank, hebt einen Stapel Bettwäsche hoch und legt das Eiserne Kreuz darunter. Dort wird die Polizei zuerst suchen.

«So», sagt Martha befriedigt. «Das fehlte noch, dass man mir Rafaels Kreuz wegnimmt. Vergiss nicht, er bekam ihn …»

«Posthum, ich weiß», vollendet Hannah. «Geh schlafen, Mutti. Ich komme noch und gebe dir einen Gutenachtkuss.»

Als Martha im Bett ist, zieht Hannah das schwarze Metallkreuz am Band mit weißen Seitenstreifen unter dem Bettwäschestapel hervor. Ein hübsches Stück, der Stolz der jüdischen Offiziere, die tapfer für ihr Land gekämpft haben.

Hannah sucht einen Lappen in der Küche, wickelt ihn um das Kreuz und geht in die Nacht hinaus. Wohin mit dem Bündel? Unter einer Tür durchschieben? Zu gefährlich für die Hausbewohner. In die Gosse werfen? Hannah zögert. Bis zur Seine ist es zu weit, es wird immer später. Sie muss sich beeilen. An der Ecke Rue de la Convention, Rue de l'abbé Groult steht ein Mülleimer aus Blech.

Es gibt keine andere Möglichkeit, also los. Den Deckel hochheben, das Bündel hineinwerfen, den Deckel zuklappen und schnell verschwinden. Onkel Rafaels Orden wurde in einem Abfallgrab bestattet. Ob zwischen Kartoffelschalen, Hühnerknochen oder faulen Eiern – sie weiß es nicht.

«Elfride», wisperte Hannah, sehr bleich. «Ich fühle mich nicht gut.»

«Ist Ihnen übel?»

Ein Stechen auf der linken Seite. Hannah kontrollierte ihren Herzschlag. Das Stechen konzentrierte sich aufs Zwerchfell.

«Wahrscheinlich Seitenstechen», murmelte sie. «Hoffe ich jedenfalls.»

«Kommen Sie mit und legen Sie sich hin», entschied Elfride.

Das nächstgelegene Schlafzimmer war das der Eheleute.

Von der Türschwelle aus sah Hannah die Brillen, die Medikamente, den üblichen Nachttischkrimskrams und Martins Schuhe unter dem Bett. Sie blieb stehen.

«Stellen Sie sich nicht an», sagte Elfride. «Legen Sie sich hin. Legen Sie Ihre Uhr ab, ich werde Ihr Oberteil lockern.»

Die sanfte Elfride mit den leichten Händen ... Hannah ließ alles mit sich geschehen – das Leben war voller Überraschungen. Das Kopfkissen hatte eine einfache Spitzenbordüre, auf Martins Bett lag eine behagliche Decke. Aber das Seitenstechen ließ nicht nach.

«Marzipan liegt schwer im Magen, Sie haben es zu schnell hinuntergeschlungen», sagte Elfride tadelnd. «Daher das Seitenstechen. Versuchen Sie ein wenig die Augen zu schließen und sich zu entspannen.»

«Es waren zu viele Erinnerungen heute», murmelte Hannah. «Ich weiß auch nicht, was sich in meinem Gehirn zusammenbraut.»

«Gar nichts! Sie sind neunundsechzig, das ist alles! Sie sollten die Herumreiserei lassen.»

Nein. Hannah würde weder das Reisen noch das Rauchen aufgeben. Sie würde plötzlich tot umfallen, mitten im Flug vom Blitz getroffen, eines Tages oder eines Nachts.

«Wissen Sie, was Papst Johannes XXIII. sagte? Jeder Tag ist ein guter Tag, geboren zu werden, jeder Tag ist ein guter Tag zu sterben. Er hat Recht. Ich werde mein Leben nicht ändern.»

«Sie Plappermaul! Seien Sie still …»

«Wenn ich still bin, sterbe ich.»

«Aber nicht hier», protestierte Elfride. «Gedulden Sie sich noch ein wenig, bitte!»

Sie lachten. Durch das Fenster sah man die Sonne, die wieder auf die Löwenmäulchen schien. Elfride fühlte Hannahs Puls.

«Ein bisschen schnell.» Sie runzelte die Stirn. «Aber ehrlich gesagt, finde ich ihn nicht Besorgnis erregend. Ruhen Sie sich ein wenig aus! Ich lasse Sie allein, dann können Sie nicht mehr reden.»

Hannah war allein im Schlafzimmer.

Hannah
Königsberg, 15. Januar 1919
Der Tod der roten Rosa

Der Schlüssel dreht sich im Schloss, die Tür klappt, Martha ist nach Hause gekommen. Hannah liest in ihrem Zimmer, als sich ihre Mutter zu ihr aufs Bett setzt, ein Taschentuch in der Hand. Ihre Augen sind gerötet, sie hat geweint. Hannah legt ihr Buch weg und schmiegt sich in ihre Arme. Martha bricht in Tränen aus.

«Hannah, du musst es wissen …», beginnt sie.

«Ist jemand gestorben?», schreit Hannah.

«Ja. Erinnerst du dich daran, wie wir beide durch die Straßen gerannt sind?»

«Durch die Straßen? Kurz vor Weihnachten?»

«Nein, es war im Januar, zurzeit des großen Streiks, kurz vor dem Aufstand.»

«Streik ist, wenn die Arbeiter gegen die Unternehmer demonstrieren», sagt Hannah. «Du hast mir gesagt, sie hätten Recht. Haben sie gewonnen?»

«Nein! Versuch dich zu erinnern, was ich dir am Tag der Demonstration gesagt habe.»

Hannah denkt angestrengt nach.

Sie waren in das verrauchte Hinterzimmer eines Cafés gegangen, wo haufenweise Leute laut redeten. Ihre Mutter hatte sich in die Diskussion gemischt, und alle waren auf die Straße gegangen, um sich den Arbeitern anzuschließen. Und dann hatte sie plötzlich, ohne ersichtlichen Grund, ihre Hand genommen und gesagt, sie müssten ganz schnell laufen. Die Polizisten hatten ihre Waffen geladen. Sie hatten sich in einen Eingang geflüchtet, und da hatte sie etwas gesagt … Aber was?

«Du bist dreizehn Jahre alt, Hannah», sagt ihre Mutter. «Ich hatte dir gesagt, du solltest diesen Augenblick nicht vergessen.»

«Ein historischer Augenblick!», ruft Hannah strahlend. «Siehst du, ich weiß es noch! Pass auf, Hannah, das ist ein historischer Augenblick.»

«Gut», sagt ihre Mutter. «Dann erinnerst du dich auch noch an Rosa Luxemburg.»

«Die Dame, die für die Arbeiter Revolution macht. Wie Spartakus, der römische Sklave, der in der Antike gegen seine Herren gekämpft hat … Du hast mir von ihr erzählt, als sie im Herbst aus dem Gefängnis kam.»

«Ihr Haar war weiß geworden», sagte Martha.

«Aber du sagtest, diesmal würde sie es schaffen.»

«Sie ist tot!», schluchzt Martha und presst Hannah an sich.

Hannah ist bestürzt, mit aller Kraft umarmt sie ihre Mutter.

«Vielleicht war sie krank. Wie Papa. Nicht weinen ... Hör auf!»

Martha schnäuzt sich kräftig.

«Sie war nicht krank. Man hat ihre Leiche in einem Kanal in Berlin gefunden. Sie, die so schön war, so rein!»

«Wie ist sie denn ...»

«Sie haben sie mit einem Pistolenschuss in den Kopf getötet», stöhnt Martha. «Dann haben sie sie ins Wasser geworfen ...»

Sie, denkt Hannah. Sie, das sind die Unternehmer, das Bürgertum. Die Römer, die Herren. Der Spartakus-Aufstand ist beendet. Sie darf ihn nicht vergessen. Merk es dir gut, Hannah, du erlebst einen historischen Augenblick, den Tag nach dem Tag, an dem die rote Rosa erschossen wurde.

«Rosa Luxemburg», sagt Martha. «Vergiss ihren Namen nicht.»

Hannah

Nach Paul Arendts Tod hatte sich Martha getröstet, indem sie sich der revolutionären Spartakus-Bewegung anschloss. Paul hatte die Spartakisten unterstützt. Wenngleich kein fanatischer Anhänger von Volkserhebungen, sympathisierte er doch mit den kommunistischen Ideen. Dem Bürgertum die Macht entreißen und sie der Arbeiterklasse zurückgeben, das schien gerecht. Paul Arendt war nicht für Waffengewalt, aber die Revolution verlangte ihren vorübergehenden Einsatz.

Seine Witwe übernahm die Fackel. Mutter und Tochter lebten so innig zusammen, dass sich jede Regung Marthas auf Hannah übertrug. Hannah weinte über Rosa Luxemburg wie ihre Mutter.

Dann hatte Martha Arendt eine Wandlung durchgemacht.

Die Gegenrevolution hatte die Arbeiterbewegung zerschlagen, deren Anführer umgebracht. Keine Versammlungen mehr in Lokalen, keine Demonstrationen, kein Rennen durch die Straßen, keine leidenschaftliche Begeisterung. Die Reaktionäre erstickten die Freiheiten. Der bewaffnete Kampf der Roten war aus der Mode.

Der Spartakus-Aufstand war zur selben Zeit zu Ende wie die Trauerzeit für Paul Arendt. Martha hatte sich ganz in sich zurückgezogen. Ein Jahr später, 1920, nahm sie einen Antrag Martin Beerwalds an, dessen Frau fünf Jahre zuvor an Diabetes gestorben war.

Kein schlechter Gedanke, zumal Martin Beerwald bereits zwei Kinder hatte, Eva und Clara. Zwei Schwestern für Hannah … Natürlich kam es zu Zank zwischen den drei Töchtern des Hauses, aber nie für lange.

Clara konnte wunderbar Klavier spielen, doch sie war unsagbar traurig; mit dreißig Jahren nahm sie sich das Leben. Eva spielte Cello; sie wanderte nach England aus, nachdem ihr Verlobter in der «Kristallnacht» umgekommen war. Martin Beerwald hatte das Glück, noch vor 1942 friedlich zu sterben.

Zu jener Zeit hatte Martha Paris bereits verlassen, war der Flüchtlingsroute durch Spanien gefolgt und hatte sich wie Hannah und Heinrich in Lissabon nach Amerika eingeschifft. Sie war in die Wohnung der Blüchers gezogen, wo sie Jahre später starb.

Von der einstigen Familie waren nur Hannah in New York und Eva in London übrig geblieben. Günther Anders alterte in Österreich vor sich hin. In Deutschland lebte niemand mehr.

Hannah hatte Rosa Luxemburg nicht vergessen. Sie hatte sich nach und nach mit ihr vertraut gemacht, dieser zarten, gebrechlichen Frau, die so begabt war und so rebellisch, dass man ihr auf dem Gymnasium die goldene Medaille verweigerte. Rosas Willenskraft bezwang ihren schwachen Körper.

Die hinkende Rosa leitete das Spartakistenorgan *Rote Fahne*. Sie stellte den Imperialismus des Ersten Weltkriegs bloß, der mit von deutschen Sozialdemokraten genehmigten Kriegsanleihen finanziert worden war. Rosa hatte Lenins Despotismus und sogar Marx' Fehleinschätzungen vorausgeahnt. Eigensinnig, kühn – gefangen.

Hannah hatte Rosas Lebensweg verfolgt, ihr leidenschaftliches Interesse an den Naturwissenschaften, an Pflanzen, Vögeln, ihren Eintritt in die Sozialistische Internationale, ihre Reden, Artikel, Gefängnisaufenthalte. Ihr Mitgefühl für die Kampfgefährten, die Glut ihres Blicks. Rosa war Hannahs Traumschwester geworden, nicht wie Clara und Eva, sondern eine Tochter Marthas und des revolutionären Geistes.

Nach Hannahs erster Vorlesung in den Vereinigten Staaten hatte ein Student hinten im Hörsaal gerufen: «Die Rosa ist wiedergekommen!» Hannah war vor Freude errötet.

Hannah und Rosa gehörten zu den Jüdinnen, für die nur der Geist zählt.

Rosa hatte einen Beinamen: «Rote Rosa».

Die rote Rosa spielte mit den Kindern der Spartakus-Anführer, schmückte den Weihnachtsbaum und kochte, obwohl sie das Kochen hasste. Die rote Rosa sang um Mitternacht eine Mozart-Arie und die Internationale. Die Künstlerin Rosa hatte ihr Leben nach ihrem Ideal gelebt: «eine Kerze, die an beiden Enden brennt». Rosa hatte keine Kinder gehabt.

Hannah sang falsch. Aber auch sie hatte keine Kinder, hasste das Kochen und konnte schreiben. Beider Kerzen hatten an beiden Enden gebrannt. Blieb noch der Tod.

Erschossen werden wäre am besten. Aber wer würde auf Hannah Arendt schießen? Ein verrückt gewordener Jude? Ein Gangster? Da müsste ein Wunder geschehen! Selbst die 68er Revolte war vorüber ... Nicht der kleinste Attentäter in Sicht. Rosa Luxemburgs heroischer Tod schied aus.

Oder aber hier sterben, jetzt gleich, in Martins Bett?

Er würde aus seinem Sessel aufstehen, in sein Schlafzimmer treten, die leblose Hannah sehen und sich über sie beugen, um sie ins Leben zurückzurufen. «Hannah!», würde er mehrmals schreien, sie anflehen. Dann würde er verstehen. Seine Hand würde sich auf ihre noch warme Stirn legen und ihr die Augen schließen.

Nein. Elfride würde ins Schlafzimmer zurückkommen und einen Schreckensschrei ausstoßen. Sie würde zum Telefon eilen und den Rettungswagen rufen. Und Martin würde es erst verstehen, wenn der

Krankenwagen schon zur Leichenhalle unterwegs wäre. Er würde in seinem Sessel sitzen bleiben und weinen, vielleicht.

Martin
Delphi, Mai 1960
Die Ziege

Immer mehr Olivenbäume. Die Ferne verschwimmt im Dunst, das Apollon-Heiligtum rückt näher. Martin hat Kallimachos' und Pindars Hymnen wieder gelesen. Er hat sich von der Kraft des Gottes durchdringen lassen, der in Delphi den Drachen Python mit einem Pfeil tötete. Dort, bei Apollon, wird er das Griechenland finden, das sich in Athen verbarg.

Der Wagen hält. Von weitem schon sieht Martin die Busse und die Trauben fotoapparatbehängter Touristen daneben.

«Da gehe ich nicht hin. Zu viele Menschen.»

«Martin, bitte», sagt Elfride.

«Das Konzentrationsbedürfnis macht wieder einmal seine Rechte geltend. Ich ziehe es vor, hier nachzudenken.»

«Die Touristen kommen nicht an, sie fahren weg. Sieh doch.»

Misstrauisch wartet Martin die Abfahrt der Busse ab. Als sich die Staubwolken wieder gelegt haben, ist die Umgebung des Heiligtums fast leer. Es ist vier Uhr nachmittags. Die wenigen Besucher kraxeln die Stufen, die zu den Ruinen hinaufführen, schon wieder herunter. Bald, bei Sonnenuntergang, wird Delphi menschenleer sein.

«Na gut», sagt er. «Versuchen wir es.»

Der Schatten der Platanen ist rasch passiert. Der tiefer gelegene kleine Rundtempel rechts steht nicht zur Besichtigung offen. Dann sengende Sonne. Man muss die ausgetretenen Steinstufen erklimmen, tritt immer wieder Geröll los. Martin gerät außer Atem, bleibt stehen. Eine einzelne Stimme gurrt auf Italienisch müßige Sätze in den Wind: «Vieni, e tarde, Benito!» Kein Schweigen. Höhlengeschwätz! Der Gott wird sich vor dem Treffen davonstehlen. Die Verabredung in Delphi ist schon verpasst.

Martin setzt sich auf einen Marmorblock und betrachtet das riesige Stadion unter der Steilwand. Es muss schön sein. Zumindest sagt «man» das. Aber die Säulenschäfte sind weniger gewaltig als in Olympia. Trotz der antiken Stufen ist in Delphi nichts vom göttlichen Atem spürbar. An welcher Stelle hat Apollon seinen schrecklichen Bogen gespannt? Wo nahm er seine Priesterin? Eine verschleierte Frau auf einem Dreifuß, vom Gott besessen, barbusig in ihrer Trance, entfesselt ... Ein aussichtsloser Traum! Wo ist sie, die Pythia, die das doppeldeutige Orakel verkündete?

Nirgends. Es ist immer noch sehr heiß. Martin fächelt sich mit seinem Hut Kühlung zu.

Dort hinten springt eine Ziege die Felsen hinab. Ihre Hufe berühren die Steine nicht, sie streifen sie nur. Graziös stellt sie sich auf die Hinterbeine, richtet sich an einem Busch auf und nascht mit anmutig vorgestrecktem Mäulchen die Blätter. Ihr Bart zittert ein wenig. Das gekrümmte linke Vorderbein schwebt in der Luft. Dann lässt sich die Ziege mühelos wieder ins Gleichgewicht fallen. Sie verharrt, springt los und steht mit einem Mal vor Martin.

Den Kopf ein wenig geneigt, sieht sie ihn aus ihren Augenspalten unverwandt an. Sie steht absolut still. Martin verliert sich im Grün ihres Blicks, betrachtet die feinen Strahlen in den Pupillen, die seltsame Linie, die sie in zwei Hälften trennt. Das Auge der Ziege stellt stumm Fragen, und das feuchte Maul zittert ein wenig, als könne es sprechen. Liebevoll packt Martin sie an den Haaren unter dem Kinn, hält sie fest.

«Und wenn du das Gesicht des Gottes wärest?»

«Du glaubst ja nicht, wie Recht du hast», antwortet die Ziege, senkt die Hörner und greift an.

Betäubt rollt Martin auf den Boden, die Hörner lassen nicht von ihm ab. Durchstoßen eine Hand, spießen einen Schenkel auf. Mit einer kraftvollen Kopfbewegung schleudert die Ziege Martin auf ihren gewaltigen Rücken und fliegt mit ihm davon. Der Wind pfeift in seinen Ohren.

«Siehst du, das passiert den Sterblichen, die widerstehen! Du wolltest am entschwundenen Göttlichen teilhaben, da hast du's. Ich entführe dich. Du wolltest, dass sich die Wolken lichten, nun kannst du ein Stern unter anderen werden. Strahle! Du wirst die Erde nicht wieder sehen. Dort oben ist alles nur totes Licht.»

Auf dem Wasser sieht Martin winzige weiße Flecken, Segel, die sich immer weiter entfernen. Der Horizont verschwimmt mit dem Meer, die Ziege fliegt geradewegs auf die gleißende Sonne zu. Von Panik erfasst, stößt er einen Schrei aus, der die Zeit zerreißt.

«Die Sterblichen sind Feiglinge», säuselt die Stimme. «Das wussten wir immer schon. Erst fordern sie uns heraus und dann machen sie einen Rückzieher. Die Sterblichen sind nicht fähig, zum Göttlichen vorzudringen, sobald es tötet. Und du bist wie die anderen, hast keinen Mut ...»

«Wer bist du?», schreit er verzweifelt.

«Ich bin das Andere in dir», ruft die eigensinnige Stimme. «Ich bin die Kraft, die vom geraden Wege abführt. Ich bin der Pfeil des Gottes, der ins Herz trifft und tötet. Ich bin die, der du immer nachjagtest. Ich bin die, die flieht und immer zu dir zurückkehrt, die Fremde in deiner Welt. Ich bin deine Einzige und dein Tod.»

«Hilfe!», schreit Martin.

«Armer Martin», seufzt die vertraute Stimme. «Du hast dich nie entscheiden können. Kaum wird dir das so sehr erhoffte Zeichen zuteil, bekommst du Angst. Du willst den Sturz? Bitte sehr! Hau ab!»

Mit einem Satz entledigt sich die Ziege ihrer Last. Martin fällt in die graue Wüste einer großen Einfalt. Sein Körper, in einzelne Gliedmaßen zerfallen, kreist. Er trifft auf in alle Ewigkeit rollende Steine, verloren gegangene Lanzen und Gewehre, Granatsplitter, Eisenbahnräder, Asche. Es gibt keine Erde mehr, auf die er fallen könnte. Der Sturz ist unendlich.

Martin erwacht mit schmerzenden Schläfen. Seine Frau beugt sich über ihn, küsst ihn auf die Stirn.

«Schlaf wieder ein», flüstert sie. Und geht hinaus.

Aber er schläft nicht wieder ein.

Nicht mehr schlafen! Sie zusammen; Bienen ohne Drohne. Je-ich. Nein, je-mein. Die Eine-und-andere.

Die andere. Achtzehn Jahre alt, eine kleine Wilde mit sanften Augen, zartem Flaum auf den Lippen, bissig, verängstigt, unterdrückter Schrei, zusammengekauert ... Aber bei ihm, offen, die Arme, Federn, Aufflattern, Lust, eine große Lerche. Dann, kein Wort. Sei still ... Ich liebe dich? Was? Drei Wörter? Ich-Du-Mein verbunden? Schnell weg! Komme wieder. Bestimmt? Ja, ja ... Sag, wann?

Die Eine. Die Erste, immer, die Rechtmäßige. Blaues Licht, weiter See. Schweigen, Gewalt. Fließend das Kleid, flüssig die Haut. Manchmal gereizt. Wut? Und dann die Laken, das Bett. Ich bin da. Ich bin, sie ist da, immer. Nie weit.

Zwischen den beiden wählen? Aber nein! Gehen und Kommen, hinein und hinaus. Lächeln! Klarer Himmel, grüne Saat, Wind, Gipfel, Aufstieg … Oder?

Aber ja doch! Luft! Wandern, klettern, höher hinaus, noch weiter, atmen. Kein Wort … Ruhiges Herz, scht … Sachte …

Und sterben, eines schönen Tages. Schon jetzt? Nein, nein! Sich vergewissern … Ohren taub. Hände zittrig. Und das Herz? Hält stand. Und das Lächeln? Versuchen wir es … Ja!

Ich lächle, also lebe ich. Zurückgezogen. Ich wohne nicht hier. Wo ich wohne, bin ich nicht … Ich?

Aber ja! Ich habe das Ich wieder gefunden! Ich bin da! Ich rufe …

«Kommt!», schreit Martin.

Sie hörten ihn nicht. Allein aufstehen. Gehen.

«Ich will gehen», sagte Martin laut. «Luft!»

Hannah hörte Elfrides gleichmäßige Schritte, sah, wie die Tür sich öffnete.

«Nun?», fragte Elfride. «Wie fühlen Sie sich?»

«Sie hatten Recht. Es war nicht, was ich fürchtete. Es ist vorüber. Ich stehe jetzt auf.»

«Langsam!», rief Elfride. «Ich helfe Ihnen.»

Hannah stand, auf tauben Beinen. Sehr langsam bewegte sie sich zu einem Spiegel und kämmte sich.

«Ich sehe ja zum Fürchten aus!»

«Kommen Sie und setzen Sie sich wieder in die Küche», sagte Elfride. «Ein bisschen Melissengeist auf einem Zuckerstückchen wird Ihnen gut tun.»

Nebeneinander gingen sie hinaus, die eine trippelnd, die andere schleppend. Der Weg zur Küche schien unendlich. An der Flurecke stützte sich Elfride auf Hannahs Arm.

«Eine tückische Ecke», sagte sie und blieb stehen. «Ich stoße mich oft daran.»

«Ja, die blauen Flecken! Das kenne ich.»

«Aber Sie sind doch noch jung.»

«Ach das! Ich werde natürlich immer ein paar Jahre hinter Ihnen herhinken ...»

«Das meine ich nicht», sagte Elfride. «Das wissen Sie genau. Ihre Augen sind noch wie früher.»

«Auch dafür kann ich nichts.»

Nur noch wenige Schritte bis zur Küche. Hannah setzte sich. Der Wasserkessel sang noch auf dem Herd. Elfride machte sich an einer bunten Blechschachtel zu schaffen, holte ein Fläschchen aus einer Schublade. Genussvoll kaute Hannah das likörgetränkte Zuckerstückchen.

«Haben Sie diese Art Unwohlsein häufiger?», erkundigte sich Elfride.

«Erst seit ich gefallen bin.»

«Gefallen! Wann?»

«Kürzlich. Ein Loch im Asphalt, ich bin mit dem Fuß hängen geblieben, und die Leute liefen zusammen. Sie wollten mich ins Krankenhaus bringen, aber nein danke! Sie haben mich aufgehoben und ich bin heimgegangen. Ich mach mich nicht gern interessant.»

«Sind Sie wenigstens zu einem Arzt gegangen?»

«Nein», brummte Hannah.

«Trotzkopf!», sagte Elfride. «Sie wollen das Schicksal der gewöhnlichen Sterblichen nicht teilen.»

«Vielleicht», lächelte Hannah. «Übrigens werde ich jetzt rauchen.»

Ahnungsvoll fragte sich Elfride, ob Hannah nicht bald sterben würde.

«Was werden Sie nach Freiburg machen?», fragte sie.

«Meine alte Freundin Anne in Tegna in der Schweiz besuchen. Außerdem muss ich eine Arbeit über Kant fertig schreiben. Und dann wieder nach New York, was mich nicht sonderlich begeistert.»

«Die Einsamkeit», schloss Elfride.

«Aber ich bin nicht allein. Ein Telefonanruf, und die Freunde machen sich auf den Weg, wir essen zusammen, reden … Nein, es ist etwas anderes. In meinem Viertel passiert immer mehr, ich fühle mich nicht mehr sicher.»

In dem Zimmer, in dem Martin schlief, quietschte etwas. Wie eine Tür im Wind.

«Hören Sie», sagte Hannah beunruhigt. «Da ist ein Geräusch.»

«Bestimmt nicht», antwortete Elfride. «Ich war gerade da. Er schlief noch.»

«Ich sage Ihnen, ich höre etwas. Und wenn er aus dem Sessel gefallen ist?»

«Ich gehe noch einmal hin, aber nur Ihnen zu Gefallen», sagte Elfride.

Sie verließ die Küche. Von fern hörte Hannah sie rufen:

«Aber was machst du da! Du hättest rufen sollen, Martin!»

Hannahs Beine fanden ihre Beweglichkeit wieder. Sie ging nicht, sie rannte.

Martin zitterte ein wenig, aber er stand.

Schweigend stand er zwischen Elfride und Hannah. Seine Augen gingen langsam von einer zur anderen, wanderten über ihre Gesichter, ohne zu verharren.

«Setz dich wieder hin», sagte Elfride gebieterisch. «Sonst fällst du noch.»

Er hob seine buschigen Brauen und machte einen Schritt vorwärts.

«Sie sollten tun, was Elfride sagt», bat Hannah.

Mit gesenktem Kopf machte er einen weiteren Schritt.

«Diese Dickköpfigkeit», seufzte Elfride. «Du sollst in deinem Zustand nicht herumlaufen ...»

«Seien Sie vernünftig!», schrie Hannah.

Die eine und die andere, zusammen. Beide geben keine Ruhe. Sie-hier, Sie-da. Du sollst, du sollst nicht. Je-ich. Sprechen verboten ... In Ruhe lassen. Gehen, ja! Dritter Schritt. Vierter. Vorwärts. Nach draußen!

Die beiden Frauen schrien gleichzeitig auf. Hannah war schneller als Elfride, nahm den Arm des alten Mannes und schob ihn unter den ihren.

«Ich halte Sie», sagte sie. «Ich lasse Sie nicht los.»

Versteinert sah Elfride zu, wie sich Martin und Hannah langsam auf die Haustür zubewegten.

«Würden Sie uns die Türe öffnen, Elfride?», rief Hannah.

Elfride öffnete sie und hielt Hannah wortlos Martins Spazierstock hin. Und trat zur Seite, als sie Arm in Arm an ihr vorübergingen.

Draußen glänzten die regennassen Blätter der Rosenstöcke, und die wenigen verschont gebliebenen Blüten öffneten sich zur Sonne. Auf Hannah gestützt, ging Martin die Stufen hinunter. Einmal auf festem Boden, griff er nach seinem Stock. Hannah spürte, wie sich sein Körper in Bewegung setzte. Die Zeit stand still.

Hannah
Königsberg, 1911
Der Sturz des Vaters

Sie ist sieben und stützt ihren schwankenden Vater.

Martha hat ihre Tochter gebeten, mit Paul Arendt den üblichen Spaziergang im Tiergarten zu machen. Er kann fast nicht mehr laufen. Er hat den Gleichgewichtssinn verloren, jeden Augenblick kann er stürzen ... Seine von ruckartigen Bewegungen geschüttelten Beine gehorchen nicht mehr. Allein fiele er hin.

Hannah redet ihm leise und beruhigend zu. So lauten Muttis Anweisungen: leise mit ihm sprechen, ihn am Arm führen und ihn dieses Mal nicht loslassen.

Denn kürzlich hat sie während des Spaziergangs einen kleinen Augenblick nicht aufgepasst. Sie hat den Griff am Arm ihres Vaters gelockert, ein Bein verrenkte sich, ihr Vater klammerte sich noch an sie, aber es war zu spät. Er fiel mit seinem ganzen Gewicht zu Boden. Allein konnte sie ihn nicht aufheben. Sie musste Passanten um Hilfe bitten. Wegen seiner in alle Richtungen rudernden Arme konnten sie ihn nur mühsam wieder aufrichten.

Einer von ihnen, ein eleganter junger Mann, wollte einen Wagen rufen, um ihn nach Hause zu fahren, aber in Paul Arendts Augen funkelte eine solche Wut, dass seine Tochter sagte: «Nein, vielen Dank, mein Herr.» Eine Dame murmelte im Weggehen: «Ein Jammer …» Der junge Mann warf dem jungen Mädchen einen mitleidigen Blick zu, den ihr Vater auffing.

In seiner Demütigung zitterte Paul Arendt am ganzen Körper. Während seine Tochter den Staub von seinem Anzug klopfte, stieß er zusammenhanglose Wörter hervor, Speichel lief ihm aus dem Mund. Dann hatte er sich an ihrem Arm wieder in Bewegung gesetzt, bei jedem Schritt mit den Beinen ausschlagend. Ein Hampelmann.

Seit seiner Entlassung aus dem Krankenhaus redet ihr Vater irre. Martha hat ihre Tochter vorgewarnt: Ihr Vater sei sehr krank, eine schlimme Krankheit. Sie hat nicht gesagt, dass er bald sterben würde, aber Hannah ahnt es. Woran stirbt er? Als Hannah das fragt, antwortet ihre Mutter nicht. Noch lebt er. Martha besteht darauf, so zu tun, als sei nichts.

Paul Arendt kann noch mit seiner Tochter Karten spielen, aber er verliert die Kontrolle und gerät in Wut, wenn ihm die Karten aus den Händen rutschen. Die Kleine redet ihm ganz leise zu, ganz sanft, als würde er wirklich bald sterben. Ruhig, Papa, sachte, na … Mit ihrem Vater hat Hannah unerschöpfliche Geduld.

Bei jedem seiner Schritte auf dem Kies des Tiergartens bebt Hannah. Wenn er fällt, ist es ihre Schuld. Er kann nichts dafür.

Martin und Hannah

Hannah umschloss Martins Arm fester. Aber mit zitternder Hand wehrte er sie ab.

«Allein», murmelte er.

Hannah entfernte sich.

Martin ging mit kleinen Schritten.

Elfride trat zu Hannah, die unten an der Treppe stand. Ab und zu blieb Martin vor den verregneten Löwenmäulchen stehen. Dann setzte er sich wieder in Bewegung.

«Er wird ausrutschen, die Platten sind feucht», sorgte sich Elfride.

«Lassen wir ihn», sagte Hannah.

Sie war erschrocken, wie laut sie sprach. Während des Spaziergangs musste man seine Stimme dämpfen. Martin setzte seinen zielgerichteten Gang fort, das Gesicht dem Gras, den Pflanzen, den heruntergewehten Blättern zugewandt.

«Er wird sich erkälten», sagte Elfride.

«Das macht nichts», antwortete Hannah ganz leise.

Sie schritt nach vorn, im hellen Licht. Er kehrte ihr

den Rücken zu. Sie trat zu ihm, ohne ihn zu berühren.

«Martin», sagte Hannah.

Er drehte sich um, stand ihr gegenüber. Das helle Sonnenlicht blendete ihn. Auf seinen Stock gestützt, schützte er seine Augen mit der Hand, um Hannah im Okzident der Welt stehen zu sehen. Dort begann sich ein Regenbogen abzuzeichnen.

«Und wenn Gott es gibt, werd ich Dich besser lieben nach dem Tod», sagte Hannah.

Im Schatten seiner Hände sah Martin von ihr nur die tränenglänzenden Augen. Er schwankte.

«Du fällst nicht, Martin», sagte Hannah, ohne sich zu rühren. «Ich bin da.»

Seine eigensinnige Ziege, sein Griechenland, seine andere Einzige. Er lächelte sie an.

«Was sagt er?», rief Elfride von weitem.

«Nichts», sagte Hannah laut. «Er geht ganz allein!»

Der alte Mann zwinkerte ihr verschmitzt zu und steuerte einen Rohrstuhl unter einem Kirschbaum an.

«Helfen Sie ihm beim Hinsetzen!», schrie Elfride.

Hannah nickte und blieb stehen. Mit einem befriedigten Seufzer hatte Martin sich niedergelassen. Ein letztes Mal streichelte Hannahs Blick über die Stirn mit den geschwollenen Adern, die kurzen weißen Locken unter der schwarzen Kappe, die von grenzenlosem Entzücken erfüllten Augen. Er machte ein Zeichen mit dem Kopf, vielleicht hieß es «Ja».

«Auf Wiedersehen, Martin», sagte sie und machte kehrt.

Ein Lächeln, ein Zwinkern, eine Kopfbewegung, das war enorm. Den letzten Kuss würde es nicht geben. Nur die Sonne zwischen ihnen, einen Blick, ein letztes Wort, «allein».

«Sehen Sie», sagte Hannah, als sie zu Elfride zurückkam. «Er hat es geschafft.»

«Jetzt kann ihm nichts mehr passieren», seufzte Elfride erleichtert. «Ich werde ihm eine Decke über die Knie legen.»

«Eine gute Idee», sagte Hannah.

Als sie die Stufen hinaufging, sah Hannah, wie sich Elfride um ihn bemühte, seine Beine in eine Decke wickelte. Sie sah auf die Uhr.

Ihre Handtasche war noch in der Küche. Und ihr Mantel in der Garderobe, samt Regenschirm und Schuhen. Hannah setzte sich, um sie wieder anzuziehen.

«Was machen Sie denn da?» Elfride stieß die Tür auf.

«Würden Sie mir ein Taxi rufen? Ich möchte den nächsten Zug nicht verpassen.»

«Sie könnten doch zum Abendessen bleiben.»

«Nein», sagte Hannah und schnürte ihre Schuhe zu. «Jetzt, wo es ihm besser geht, kann ich gehen.»

«Er hat nichts gesagt, oder?»

«Kein Sterbenswörtchen», antwortete Hannah. «Aber er ist gelaufen.»

Sie versuchte aufzustehen, aber ihre Knie gaben nach. Elfride beugte sich vor, um ihr zu helfen.

«Er ist sogar besser gelaufen als ich», grollte Hannah. «Die Beine tun mir schrecklich weh. Was ist mit dem Taxi?»

«Sie wollen uns wirklich verlassen», sagte Elfride melancholisch.

«Ja», antwortete Hannah lächelnd.

Elfride wählte eine Nummer. «Fillibachstraße 25, Heidegger. Für Frau Arendt. A wie Augsburg, ja. Ohne H. Eine Viertelstunde? Gut.»

«In einer Viertelstunde», sagte sie und legte den Hörer auf. «Setzen Sie sich doch so lange.»

Martins Sessel am Fenster war leer. Hannah und Elfride setzten sich nebeneinander aufs Sofa.

«Bei uns war es Sitte, sich Salz über den Rücken zu werfen, wenn man für lange Zeit wegging. Damit man sicher wiederkäme», sagte Hannah.

«Wir brauchen kein Salz», sagte Elfride. «Nächstes Jahr kommen Sie wieder.»

«Nächstes Jahr», wiederholte Hannah nachdenklich.

«Auch wenn Martin nicht mehr da sein sollte», fuhr Elfride fort. «Wir haben uns noch so viel zu sagen.»

«Und wenn ich vor ihm stürbe?»

Elfride zwang sich zu einem Lachen und legte ihre Hand auf Hannahs Knie.

«Einer von uns dreien muss schließlich zuerst sterben!», sagte Hannah. «Ich kann nichts Witziges daran finden ...»

«Nein! Das Komische ist, dass Sie die Jüngste von uns dreien sind! Weshalb sollten Sie die Erste sein?»

Weshalb? Darauf konnte man nur mit Schweigen antworten. Hannah hatte ihren Teil Leben gelebt, deshalb. Man würde sie an Blüchers Seite begraben und den Kaddisch für sie sagen.

«Wenn es aber doch so kommen sollte, möchte ich Sie um etwas bitten, Elfride. Dass Martin eine Kerze zu meinem Gedenken anzündet.»

Betroffen sah ihr Elfride ins Gesicht.

«Eine Kerze», sagte sie. «Nur eine?»

«Ja», sagte Hannah. «Danke.»

«Ich werde es tun», bekräftigte Elfride.

Hannah hüstelte. Hinter dem Fenster erschien ein vollkommener Regenbogen, ein Farbentor. Schon bald würde es dunkel werden. Morgen würde ein neuer Tag anbrechen, ein schöner Tag zum Sterben.

«Wo bleibt dieses Taxi?», sagte Hannah. «Es verspätet sich.»

«Warum haben Sie denn solche Eile?», fragte Elfride. «Da ... ich höre einen Motor. Es kommt.»

«Es hat sich beeilt», sagte Hannah. «Also auf Wiedersehen, Elfride.»

«Auf Wiedersehen, Hannah», sagte Elfride.

Sie blieben unschlüssig sitzen. Hannah ergriff Elfrides Hand, diese drückte die ihre.

«Sie sollten Martin hereinholen», murmelte Hannah. «Die Sonne geht unter, der Tau fällt. Er wird sich sonst wirklich erkälten.»

Elfride fasste Hannahs Hand fester und schüttelte den Kopf.

«Sie müssen!», sagte Hannah. «Gehen Sie, stehen Sie auf! Ich komme nach ...»

Elfride ließ Hannahs Hand los und gehorchte.

Noch ein Augenblick vor dem leeren Sessel. Draußen wartete das Taxi, Elfride ging in den Garten. Die Zeit war abgelaufen. Hannah ging zur Haustür, zog ihren Mantel an, nahm ihre Tasche und ihren Schirm und stieg vorsichtig die Stufen hinunter.

Elfride stand hinter Martins Sessel und winkte.

Hannah nickte, spannte den Regenschirm auf und stieß das Törchen zur Straße auf.

«Warum hat sie den Regenschirm aufgespannt?», fragte Elfride Martin. «Es regnet doch gar nicht mehr …»

Hannah klappte das überflüssige Utensil zusammen und stieg in den Wagen. Als der Motor angelassen wurde, kurbelte sie die Scheibe hinunter und winkte ein letztes Mal. Elfride hatte die Hände auf Martins Schultern gelegt.

«Zum Bahnhof, bitte», sagte Hannah.

Hannah
Paris, 23. Mai 1940
Vél d'Hiv

Seit einer Woche sind sie hier.

Am 5. Mai erschien die Pressemitteilung: Alle Ausländer zwischen siebzehn und fünfundfünfzig Jahren aus Deutschland, aus dem Saarland und aus Danzig hätten sich zu sammeln, die Männer im Buffalo-Stadion, die Frauen im Vél d'Hiv, und zwar am 14. Tag im Monat der Maikäfer. Martha Arendt liegt über der Altersgrenze. Sie ist in der Rue de la Convention geblieben.

Die Frauen durften Lebensmittel für zwei Tage, Besteck und dreißig Kilo Gepäck mitbringen. Im Vél d'Hiv hat man sie in Vierergruppen in den Logen des Stadions untergebracht, mit Strohsäcken zum Schlafen. Hannah teilt sich eine Loge mit einer Frau namens Franze und zwei Unbekannten, feindlichen Ausländerinnen wie sie.

Nach zwei Tagen bekamen sie etwas zu essen. Die

Sonne brennt im Sommer 1940. Ihnen ist sehr warm unter dem Glasdach des Vél d'Hiv. So warten sie, stehen von Zeit zu Zeit auf, um die Beine zu lockern. Herumgehen dürfen sie nicht, das ist untersagt. Eines Nachts hat ein Flugzeug die Glasscheiben des Daches zum Erzittern gebracht, vielleicht ein Bomber. Sie hatten große Angst. Seither warten sie darauf, etwas über ihr künftiges Schicksal zu erfahren. Bestimmungsort unbekannt.

Sie werden von französischen Polizisten bewacht. Man tut ihnen nichts, o nein. Man hat sie nur Platz sparend geparkt. Um dann wohin zu fahren? Keine Antwort. Heute, morgen, in drei Tagen? Schon eine Woche.

Ein Polizeikommandant kommt ins Stadion. Sammeln! In Zweierreihen! Heute ist der 23. Mai.

Sie verlassen das Vél d'Hiv, Abfahrt im Autobus für alle feindlichen Ausländerinnen.

Unterwegs ... Bei der Fahrt durch Paris sieht Hannah die Stadt vorüberziehen, in der sie sieben Jahre ihres Lebens verbracht hat.

Sieben Jahre gegenseitiger Hilfe, sieben Jahre Kämpfe und Freundschaft. Sieben Jahre Erschöpfung und Panik. Sieben Jahre mit unsicheren Arbeitsstellen in Sekretariaten und Instituten, sieben Jahre als Gesellschafterin der Baronin Rothschild, die rote Seide trug, um den bedürftigen jüdischen Kindern eine Freude zu machen.

Sieben Jahre der Begegnungen und vier Jahre Blücher, der ihr den Hof macht. Vier Jahre mit Heinrich, ich glaube, ich liebe Sie. Vier Jahre des Zauderns, vier raue und zärtliche Jahre der Zähmung. Vier Jahre französischer Gassenhauer, das Lied von den goldenen Ähren, vier Jahre der Wehmut.

Vier Jahre Spaziergänge auf von blühenden Kastanien gesäumten Avenuen, an den Seine-Ufern, vorbei an Notre-Dame, am Jardin des Plantes und an dem absurden Uhrturm der Gare de Lyon, vor dem sie jetzt steht.

Erleichterung. Von der Gare de Lyon aus fahren die Züge nach Süden, nicht nach Osten. «Wir werden nicht sterben!», rufen die Frauen in Hannahs Bus.

Da sind die Bahnsteige.

Dort die Züge, auch Hannahs Zug.

Als sie den Fuß aufs Trittbrett setzt, ist Hannah frei. Wohin auch immer sie fährt, es wird ein Ort in Frankreich sein, im Süden. Es kann nichts passieren.

Der Zug setzt sich in Bewegung, gewinnt an Fahrt, die Scheiben zittern, die Häuser zeigen ihre blinden Fenster, ihre Wäsche auf der Leine, ihre Geranien. Paris entfernt sich. Der Zug rollt an Kalksteinhäusern vorbei, roten Ziegeldächern, Kletterrosen, kleinen Gärten, Schuppen. Die Banlieue lichtet sich, sie sind auf dem pappelbestandenen Land. Als die Getreidefelder in Sicht kommen, verdüstert sich Hannahs Miene. Die Ernte naht. Und die Ähren werden aus Gold sein, die Ähren, deren Lied Hannah nicht mehr hören wird.

Vielleicht wird sie Paris nie wieder sehen. Und ihre Mutter, die in der Rue de la Convention geblieben ist.

Und Heinrich, der auch weggegangen ist. Was immer geschieht, der Zug verlässt Paris und trägt seine Fracht ins Nirgendwo, ohne Blücher.

Getrennte Reiseziele.

«**Schon** wieder», murmelte sie. «Es hört einfach nicht auf!»

«Nicht doch», sagte der Taxifahrer. «Für heute Abend ist das Gewitter vorbei. Bei Sonnenuntergang lässt der Wind nach in dieser Gegend. Ich weiß es, ich bin hier geboren.»

«Wann?»

«In schlechten Zeiten. Ich bin 1946 zur Welt gekommen. Meine Mutter wäre bei meiner Geburt fast gestorben, so schlecht waren die Verhältnisse während der Besatzung.»

«Nach dem Krieg», korrigierte Hannah.

«Übrigens, haben Sie den alten Heidegger besucht?», fragte der Fahrer. «Er soll sehr gealtert sein.»

«Ja», bestätigte Hannah. «Aber immer noch rüstig.»

«Desto besser. Er ist wirklich eine Ehre für uns, dieser Mann. Bedenken Sie, der größte deutsche Philosoph des zwanzigsten Jahrhunderts! Viele kommen, um ihn zu sehen!»

Hannah schloss die Augen.

«Kennen Sie ihn schon lange?», fragte der Fahrer nach einer Pause.

«Sehr lange», antwortete Hannah. «Seit 1924.»

«Hui!» Der Chauffeur pfiff zwischen den Zähnen.

«Eine alte Bekanntschaft also. Da müssen Sie aber sehr jung gewesen sein!»

«Schon», lächelte sie. «Ich war achtzehn.»

«Ich wette, er hat Ihnen nachgestellt», sagte der Chauffeur.

«Na, Sie sind ja ganz schön frech!»

«Schon gut, das habe ich nur unter uns gesagt.»

Hannah lässt den Kopf gegen die Rücklehne fallen.

Hannah

Marburg, 1924

Das erste Mal

Verschüchtert und auf Zehenspitzen ist sie eingetreten. Er hat ihr die Tür aufgehalten und ist zur Seite getreten, um sie vorbeizulassen. Er sieht sie so aufmerksam an, dass sie die Augen senkt und sich nicht rührt.

«Gut, setzen Sie sich, Fräulein Arendt», sagt der Professor. «Sie wünschten dieses Gespräch, ich höre.»

Hannah hebt den Blick und sieht den unerbittlichen Glanz seiner Augen. Bronze. Sie schweigt.

«Ich höre, Fräulein Arendt», seufzt der Professor. «Keine Angst. Ich bin kein Ungeheuer.»

Sie schrickt zusammen und legt die Hände auf die Knie. Sie bringt keinen Ton heraus.

«Stehen Sie auf», sagt er sanft. «Ich möchte Sie im Licht sehen.»

Hannah gehorcht. Die Sonne scheint ihr in die Augen, sie schützt sie mit einer Hand.

«Gut», sagt er zufrieden. «So werden Sie ganz und gar von Licht durchstrahlt. In der Sonne sind Sie nicht mehr dieselbe, Fräulein Arendt.»

Plötzlich hat sie Lust, zu laufen und zu lachen, ihre Beine versagen ihr den Dienst, aber sie bleibt unbeirrt vor ihm stehen.

«Sie sehen mich nicht und ich beobachte Sie», sagt er amüsiert. «Sie haben etwas Ungewöhnliches, so unter ihrem Topfhut.»

Impulsiv nimmt sie ihn ab und lässt ihre krausen Haare frei. Sie senkt beschämt den Kopf. Was hat sie getan!

«Ich kann Ihren Blick nicht sehen», sagt Heidegger. «Heben Sie den Kopf. Warum zittern Sie?»

Hannah hat keine Angst mehr. Sie wagt es, ins schwarze Feuer zu sehen.

«Was ist das für ein Orient in Ihren Augen?», fragt er. «Woher kommen Sie zu mir? Warum Sie?»

Hannah will antworten, dass sie es nicht weiß, sie öffnet ihre Lippen – und sagt nichts. Plötzlich weiß sie die Antwort. Die Sonne blendet sie. Alles beginnt.

«Donnerwetter», murmelte sie. «Zu guter Letzt ...»

«Was sagten Sie», fragte der Taxifahrer.

«Nichts», sagte sie und kramte in ihrer Tasche. «Ich suche meine Zigaretten. Ich glaube fast, ich habe sie in der Küche liegen lassen.»

«Auf dem Bahnhof gibt es welche», sagte er.

Der Bahnhof, wo die Züge sind. Getrennte Bestimmungsorte.

Ein schöner Tag, um Freiburg zu verlassen.

Hannah Arendt starb vier Monate später, am Abend des 4. Dezember 1975 in New York, ein Herzinfarkt riss sie vor den Augen ihrer Freunde aus dem Leben. Sie war neunundsechzig Jahre alt. Sie wurde in Ferncliff bei Hartsdale im Staate New York eingeäschert.

Martin Heidegger starb am 26. Mai 1976 in Freiburg mitten am Tag in seinem Bett.

Elfride Heidegger, geborene Petri, verschied am Morgen des 21. März 1992. Sie wurde achtundneunzig Jahre alt. Sie ruht bei ihrem Mann in Meßkirch.

Erläuterungen

«Trotz des Debakels ihres Besuchs von 1974 beschloß Arendt, auf ihrem Weg nach Tegna bei Heidegger in Freiburg vorbeizufahren. Es ging ihm nicht gut. Sehr besorgt um ihren Mann, war Elfride Heidegger herzlich zu Hannah Arendt, und zu guter Letzt kam ein Waffenstillstand, eine Versöhnung, zwischen den beiden Frauen zustande.»

So fasst Hannah Arendts Biographin Elisabeth Young-Bruehl das letzte Treffen mit Heidegger im Jahre 1975 zusammen. Diese wenigen Zeilen haben mich zu diesem Roman inspiriert.

Es darf nicht vergessen werden, dass die Geschichte der Juden seit der Jahrhundertwende bis zur Gegenwart zurzeit der Romanhandlung, also 1975, kaum erforscht war. Die unzähligen Widerstandsakte der Juden während der Vernichtung waren noch nicht bekannt, so wirft Simon Epstein Hannah Arendt in seinem Buch *Histoire du peuple juif au XXe siècle* mangelhafte Dokumentation vor. 1975 war eine andere Welt: die, in der die Gestalten dieses Buchs lebten.

Danksagungen

Mein Dank gilt Diana Arndt, Cécile Backès, Jean-Marie Clément, Jean-Étienne Cohen-Séat, Eglal Errera, François Fédier, Irène Frain, Sandra Gaugger, Julia Kristeva, Nathalie Loiseau, Sylvain Sankalé, Daniel Schlosser, Philippe Sollers und natürlich A. L.

Carola Stern

Männer lieben anders
Helene Weigel und Bertolt Brecht

224 Seiten inkl. 23 Abbildungen. Gebunden

Brecht und «die Weigel» – Männertreue hielt er für eine verachtenswerte «bürgerliche Regel». Zeit seines Lebens hatte er «Nebenfrauen». Aber Helene Weigel, Wiener Jüdin und Schauspielerin, die früh mit allen Konventionen ihres bürgerlichen Milieus gebrochen hatte, war seine «Hauptfrau» und blieb es bis zum Ende.

«Öfter als die Schuhe die Länder wechselnd», verbrachten sie 15 Jahre im Exil. Brecht schrieb seine berühmtesten Theaterstücke – undenkbar ohne die Unterstützung seiner Frau: Modell und später auch die nicht zu überbietende Intrepretin seiner Frauengestalten. Gemeinsam schuf das Paar mit dem «Berliner Ensemble» jene weltberühmte Bühne, die aus der Theatergeschichte dieses Jahrhunderts nicht wegzudenken ist.

«Ein mit leichter Hand, aber intensiver Materialfülle skizziertes Porträt einer sich überschlagenden Epoche. Ein erfrischend anschauliches, souverän und pointiert die literarischen Quellen auswertendes Zeitgemälde.» FAZ

Rowohlt · Berlin